염왕진무

閻王眞武

김치진 新무협 판타지 소설

FANTASTIC ORIENTAL HEROES

염왕진무 10

김석진 新무협 판타지 소설

초판 1쇄 찍은 날 § 2011년 4월 25일
초판 1쇄 펴낸 날 § 2011년 4월 29일

지은이 § 김석진
펴낸이 § 서경석

총괄팀장 § 유경화
편집책임 § 주소영
편집 § 어정원

펴낸곳 § 도서출판 청어람
등록번호 § 제1081-1-89호
등록일자 § 1999. 5. 31
어람번호 § 제2-2081호

주소 § 경기도 부천시 원미구 심곡2동 163-2 서경B/D 3F (우) 420-822
전화 § 032-656-4452   팩스 § 032-656-4453
http://www.chungeoram.com
E-mail § chungeoram@chungeoram.com

ISBN 978-89-251-2492-6 04810
ISBN 978-89-251-1646-4 (세트)

0
[완결]

閻王眞武

염
왕
진
무

김석진 新무협 판타지 소설

FANTASTIC ORIENTAL HEROES

도서출판
청람

目次

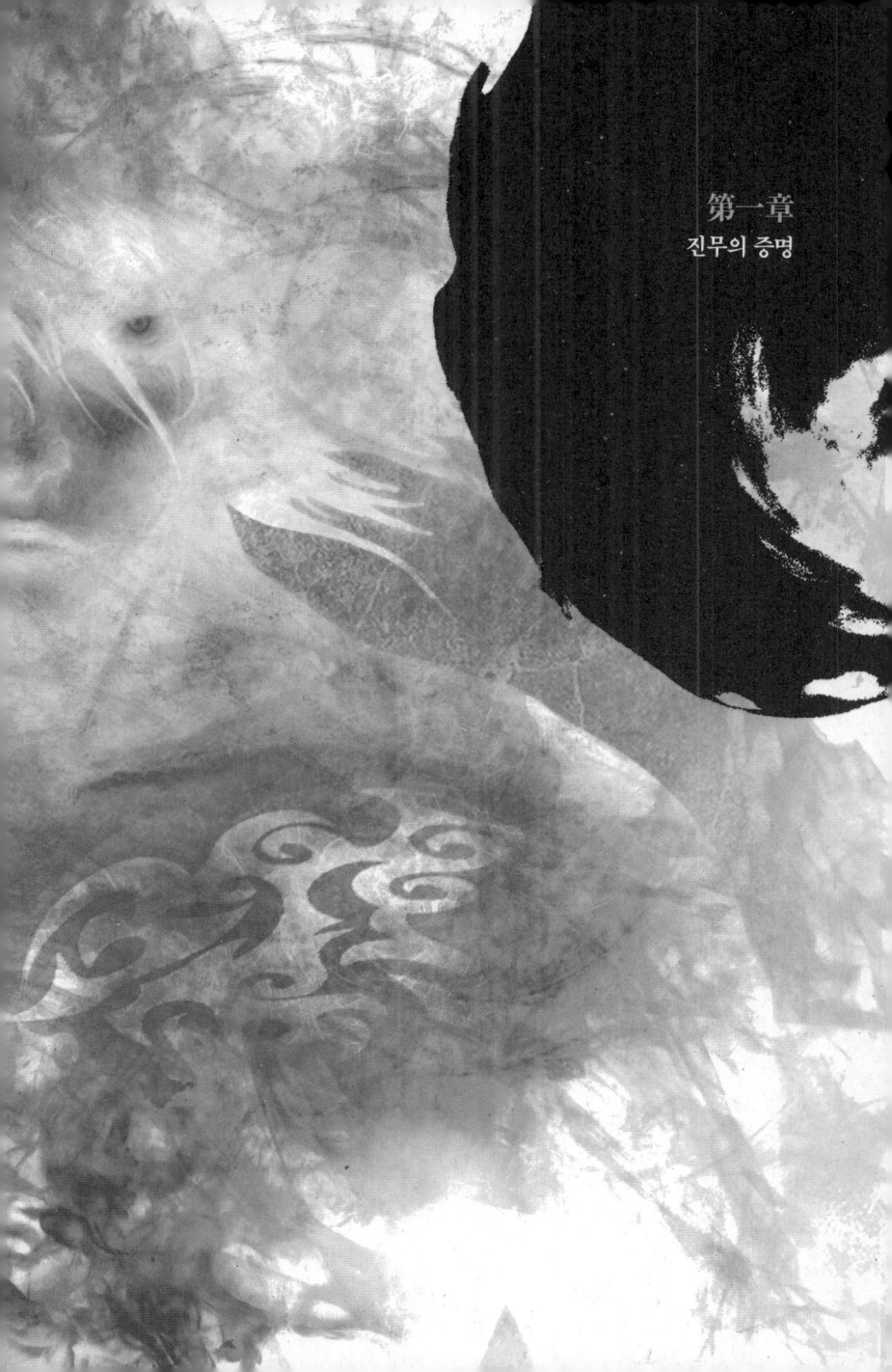

第一章
진무의 증명

염왕진무
閻王眞武

할 일을 마쳤을까?

칠소룡에게서 범천옥쇄진의 기운을 녹여 버린 열 개의 혈
환[血環]이 진무에게로 돌아가자 그를 뻔히 쳐다보던 사군휘
가 묵직한 음성으로 말했다.

"지금 저 아이가 사용한 수법은 불가에서 말하는 인타라
망(因陀羅網)으로 중생을 계도하는 모습과도 같군."

인타라망은 제석천이 사용한다는 강력한 무기를 일컫는
다. 제석천궁에 장엄되어 있는 그물 모양의 무기가 바로 인타
라망인데 그물코마다 수많은 보배 구슬이 박혀 있고 거기서
나오는 빛들이 무수히 겹치며 함께 어우러져 적을 물리친다

고 했다.

"인타라망이라……."

조봉팔이 눈을 감으며 중얼거렸다.

"속세의 악업을 단죄하는 염왕이 아니라 이들 모두를 포용하는 부처의 길을 걷고 싶은 게냐……."

두 사람도 충분히 놀라고 있었지만 척우송과 뇌로가 받은 충격은 그 이상이었다.

한 사람은 자신이 만들어낸 회심의 역작이 무너졌다는 자괴감에, 다른 한 사람은 완전히 포기했던 제자들의 목숨이 구원받았다는 안도감, 그리고 아무것도 하지 못했다는 열패감에.

뇌로가 기이한 표정으로 진무의 전신을 훑는데 나가떨어진 칠소룡을 측은한 표정으로 바라보던 척우송이 입을 달싹였다.

"이보시오, 나라."

사군휘가 몸을 돌리자 척우송이 조금은 허망한 미소를 지었다.

"당신은 내가 만나본 무인 가운데 가히 최고라 칭해도 부족함이 없는 상대였소. 그저 손을 섞는 것만으로 온몸에 전율이 일어날 정도였지."

"칭찬, 고맙소이다."

"하지만⋯⋯."

나지막한 목소리로 사군휘의 말을 자른 척우송이 멸절황룡창을 어깨에 걸치며 성큼 나섰다.

"어쩌다 보니 일이 틀어졌구려. 이 사람의 마음, 이해하리라 믿겠소."

척우송의 착잡한 마음이 전해졌을까? 가만히 그를 보던 사군휘가 입을 굳게 다물며 뒤로 물러섰다.

"나 역시 영광스러운 일전이었소. 기회가 닿는다면 다시 한 번 자리를 마련해 봅시다."

사군휘의 응대에 희미한 웃음으로 대답을 대신한 척우송이 편안한 얼굴로 쓰러져 있는 칠소룡에게 다가섰다.

사 년간 수련을 하면서 단 한 번도 내비치지 않았던 미소, 그리고 안도. 대체 저들은 그 짧은 시간 동안 극광혈무의 무엇을 보고, 듣고, 받아들인 걸까?

"이만."

척우송의 부름에 눈 감고 안온한 미소를 짓던 칠소룡의 맏형, 하정만이 벌떡 일어섰다.

"어, 어르신?! 못난 저희가 그만 어르신의 위명을 더럽혔습니다! 부디⋯⋯."

편안하던 신색에서 죽을죄라도 지은 표정으로 급변하는 그를 보며 척우송이 고개를 절레절레 저었다.

"그만두어라, 그만둬."

"예?"

"이제는 내게 맡기고 가서 쉬어라."

"하지만!"

"쉬라 했다."

나지막한 목소리로 명한 척우송이 반쯤 틀었던 몸을 완전히 돌려 진무와 마주 섰다.

"극광혈무, 아니, 진무라고 했느냐?"

"예, 황룡신창 어르신."

진무의 공손한 응대에 그를 뻔히 바라보던 척우송이 고개를 돌렸다.

"이십 년 전, 그래, 세월이란 녀석은 참으로 무성한 놈이로군. 이십 년 전에 저 친구와 비무를 벌였지. 뜻이 다르기도 했거니와 무인 대 무인으로서 한번쯤은 겨루어보고 싶었거든."

난데없는 과거사 반추에 진무가 의아한 표정을 지었지만 끼어들지는 않았다.

"모두 다 알다시피 결과는 나의 패배였고 그로 말미암아 척우송이라는 이름을 쓰던 정도맹 외당 총당주는 그 자리를 박차고 야인으로 돌아갔다. 물론 내가 이겼더라면 조봉팔이라는 무인이 정도맹의 총관 자리를 벗었을 거야."

강호란 그런 거니까, 하며 고소를 짓던 척우송이 눈을 감았다.

"그래, 한 번의 패배로 쥐었던 모든 것을 내주었지. 하지만 저 친구가 부러웠던 적은 없어, 단 한 번도 말이야……."

길게 말을 끌던 그가 감았던 눈을 번쩍 떴다.

"하지만 오늘만큼은 저 친구가 부럽다. 무척이나 부러워."

부러움을 전의로 치환하려는 걸까? 척우송의 전신에서 엄청난 기세가 뿜어져 나왔다.

'참으로 명료한 분이로군.'

척우송이 투기를 불사르자 조봉괄이 썩 나섰다.

"이보게, 황룡. 아이들의 싸움은 이쯤에서 거두고 우리끼리 승부를 지어보세. 무적사신 가운데 한 사람이 강호초출과 손을 섞었다고 하면 무림의 동도들이 뭐라고 하겠나?"

진무를 지키려는 속내가 고스란히 들여다보여 척우송이 인상을 구겼다.

"참견은 그만둬라!"

"이 사람아, 참견이 아니라……."

"지금 자네의 행동이 참견이 아니면 무엇인데?!"

빙글 몸을 돌리며 척우송이 소리쳤다.

"인간의 몸으로 익힐 수 없다 하여 불가득[不可得]이라고까지 불리는 꿈의 무학, 나찰호접무를 자유자재로 구사하는 것은 물론, 정체불명의 호신강기를 환의 형태로 바꾸어 천하제일뇌라는 뇌로의 범천옥쇄진을 무력화시키는 녀석을 걱정한다는 건가?!"

발을 쿵, 구른 척우송이 멸절황룡창으로 조봉괄을 가리

켰다.

"제자를 의심할 자격이 없다는 자신감… 그저 말장난이 아니었다면 두 눈 뜨고 지켜보아라."

창을 거둔 척우송이 씹어뱉듯 입을 열었다.

"그가 자신을 입증하는 모습을."

척우송의 단호한 태도에 조봉팔도 더는 입을 열지 않았다.

"싸움을 앞두고 주저리주저리 늘어놓는 건 취미가 아니지만 도저히 이해가 안 가는 부분이 하나 있다."

"그게 무엇입니까?"

"사 년간 철혈에게 붙잡혀서 보법이니 뭐니 이것저것 배웠다고 들었다. 그래서 제자라는 거고."

"틀림없습니다."

"그게 이상하다는 거야."

창으로 바닥을 벅벅 긁으며 척우송이 고개를 갸웃거렸다.

"철혈의 보법이라면 정신 사납기로 천하에 으뜸인 풍운조화보라 할 수 있고, 싸움법이라면 무작정 달려들어서 치고받는 단순무식한 수법이거든."

진무의 표정을 세세히 살피며 척우송이 턱을 긁었다.

"그런데 네 싸움은 그렇지 않아. 기본적으로 보법은 정신 없는 풍운조화보와 달리 한 번에 힘을 실어 보내는 진각의 변형에 가깝고, 싸움의 방법 또한 지극히 세련됐다는 거지."

칭찬을 들어서일까? 진무가 멋쩍게 웃자 그 모습을 가만히 지켜보던 척우송이 마음속으로 결론을 내렸다.

"사부와 궤를 달리하는 무학을 사용한다는 말을 듣는다면 그것이 한 차원 높은 경지라고 해도 기분이 나쁠 텐데 네게서는 그런 느낌을 전혀 받을 수 없구나."

"예?"

척우송의 날카로운 지적에 진무가 주춤거렸다.

"과연 너는 나의 예상대로 철혈의 무학을 계승하지 않았어. 네 무학의 연원은 어디서 비롯된 것이냐?"

그의 질문에 진무가 반사적으로 조봉팔을 바라보았다.

인생의 스승. 비록 조봉팔의 무학을 승계하지는 않았지만 그에게서 인간의 향기를 느꼈고, 그를 보며 인생의 좌표를 확인했으며, 그를 통해 사람다운 삶이 무엇인지 알았다.

그래서 제자라 자처했다. 조봉팔 본인이 부정한다고 해도 진무에게는 이미 그가 사부였기에.

—사제의 예를 갖추지 않았지만, 무학을 잇지는 못했지만, 누가 뭐라고 해도 어르신은 저의 스승이십니다.

—허물없는 사이가 편한 것을, 헐헐헐…….

조봉팔에게 눈으로 마음을 전달한 진무가 숨을 크게 들이켰다.

이제부터의 이야기는 무림에 폭풍과도 같은 여파를 몰고 올 것이다. 그렇기에 숨기는 편이 나을지도 모른다.

하지만 밝혀야겠다. 지금까지 음모를 주도했던 이가 은하 노인의 생각대로라면 이쪽의 전력을 조금은 노출시키는 것도 하나의 방편이 될 테니까.

"얘기가 조금 깁니다. 괜찮겠습니까?"

척우송이 묵직하게 고개를 끄덕이자 진무가 천천히 자신의 과거를 반추했다.

시골 천애고아의 힘겨운 성장담은 안쓰러운 것이었으나 그리 특별하지는 않았기에 권태로운 표정을 짓던 척우송이 십호라는 아이의 등장, 그리고 그에게서 무학을 배우고 미약을 극복하는 과정을 들으면서 매처럼 날카로운 눈이 되었다.

"네 독문무공과도 같은 붉은 강기, 그리고 진각이 그 소년에게서 나왔다고?"

"정확히 말씀드린다면 미약을 극복하면서 붉은 강기, 즉 혼돈혈애를 얻었다고 할 수 있겠지요."

그리고 무림출두. 여러 마을을 돌아다니다 귀주성 덕강에서 미약이 제조되고 있다는 소식을 접한 그가 사하와 처음 만나게 되는 과정을 설명하자 사군휘의 입가에 그윽한 미소가 어렸다.

"사하, 구천마련 훈련총교두, 이게 인사말이라니. 멋대가리없는 녀석."

조봉팔과의 만남과 공손천을 통해 이룬 삼단일통까지는 평정을 잃지 않던 척우송이 진무의 입에서 은하노인이라는 명호가 튀어나오자 소스라치게 놀랐다.

"지, 지금 무엇이라고 했느냐? 분명 은하노인이라고 말한 것이냐?"

"은하… 노인?"

놀라기는 조봉팔도 마찬가지였다. 일취월장한 진무의 무학을 보며 어떤 계기가 있었으리라는 생각은 했지만 하늘 밖의 신선[天外四仙] 가운데 한 사람이라는 은하노인의 무학을 이었다니.

"하긴… 삼단일통만으로 천 명에 가까운 혈무주살대를 상대할 수는 없었겠지. 그렇지만 은하노인이라니. 이건 좀 의외로군."

사군휘가 나지막이 중얼거리자 척우송이 재차 물었다. 한순간의 허세를 위해 거짓을 늘어놓을 청년으로 보이지는 않았지만 은하노인이라는 이름은 그것만으로 받아들이기엔 너무 컸으니까.

"분명 천외사선 가운데 한 분으로 분노를 탐구하셨다는 은하노인이 맞느냐는 거다!"

"그렇다고 하더군요."

"넌 그분에게 무학을 배운 것이고?"

"실타래처럼 엉켜 있던 관념들을 풀어주셨지요."

"허허……."

머리를 짚으며 척우송이 너털웃음을 터뜨렸다.

칠소룡의 패배? 이제 보니 승부는 처음부터 예정되었던 거다. 어찌 차신의 무학으로 사선을 범접할 수 있을까.

조금은 기분이 나아진 척우송이 고개를 들었다.

놀라운 이야기의 연속인지라 묻고 싶은 것도, 확인하고 싶은 것도 산더미처럼 많지만 대화가 더 이어진다면 일껏 끌어올린 투기가 모조리 사라질 판이다.

"이제 시작해 보자꾸나."

척우송이 창을 들자 진무가 주먹을 말아 쥐었다.

자타공인 최강자와의 싸움!

무려 천 명에 육박하는 무인들을 격파했다고는 하지만, 그래서 혈무천인돌파라는 위업을 이룬 진무라지만 그건 어디까지나 자신보다 하수들이었기에 가능했던 결과.

눈앞의 상대는 현존 천하제일인과 동수, 아니면 그 이상일지도 모르는 극강의 무인이다!

"그럼."

짧게 답한 진무가 안으로 불러들였던 혼돈혈애를 피워 올렸다.

뭉클뭉클—

"다시 봐도 기이한 강기로군요, 참으로 괴상한 강기예요."

뇌로가 턱을 쓰다듬자 사군휘와 조봉팔도 두 사람의 대치를 지켜보았다.

극광혈무. 뇌로의 말마따나 기이한 형태의 강기 때문에 붙여진 이름. 어쩌면 진무의 유명세는 혈무천인돌파라는 호남에서의 싸움보다 파격적인 그의 외면으로 더욱 증폭되었을지도.

기이한 외양이든, 호남에서의 싸움이든, 모두 잊고 이제는 증명해야 한다.

진정한 실력으로.

차가운 눈으로 진무를 바라보던 척우승이 손가락 세 개를 폈다.

"나락과의 승부에서 펼치지 못했던 후반부 삼 초, 네가 받아주어야겠다."

이는 삼 초로 겨룸을 제안한다는 의미. 그렇다고 후진말학과의 승부에서 망신을 당할 수는 없는 노릇이니 봐줄 리는 만무할 터.

"알겠습니다."

"또한 너와 사감은 없으나 노부 역시 해야만 하는 일이 있기에 손을 섞게 되었으니 생사를 다툴 필요는 없다. 하여 지닌바 내력의 절반만을 운용하도록 하자."

"배려 감사드립니다. 최선을 다해보겠습니다."

"그래?"

진무의 대답에 척우송이 싸늘하게 중얼거렸다.

"잠시 후에도 같은 말을 할 수 있을까?"

윙윙윙—

창을 들어 허공에서 빙글빙글 돌리던 척우송이 크게 소리치며 나섰다.

"각오해라!"

쿠르릉!

그가 창을 휘두르며 달려들자 사방천지는 척우송이 만들어낸 창들의 잔상으로 뒤덮였다.

흡사 사군휘가 척우송의 공격을 막아낼 때 선보였던 도막과도 같은 수법처럼 보였지만 일정 지점을 봉쇄하는 막(幕)의 형태가 아니라 앞으로 뻗어나갔기에 비슷하면서도 전혀 다른 방식이었다.

십방천인류(十方千刃流)!

척우송의 독문절기인 황룡십이모의 후반부 세 가지 절초가 드디어 모습을 드러낸 것이다. 특이하게도 그의 후반부 삼초는 각 초식마다 독특한 성격을 지녔기에 그 하나하나가 독립적인 무학에 가까웠다.

'엄청나구나!'

십방, 즉 전 방위에서 무려 천 번을 베어낸다는 초식 명처럼 십방천인류는 지정된 공간을 모조리 잘라 버릴 기세로 날아들었다.

어디에도 피할 곳이 없는 상황!

멸절황룡창은 엄청난 덩치만큼이나 엄청난 장악력으로 진무를 압박했다. 그것이 지나간 자리에는 아련한 황금빛이 여운처럼 자리했고, 그렇게 멸절창은 황금색의 용처럼 공간을 우적우적 씹어 먹었다.

피할 수도 없다! 막아선다면 베일 것이다!

'그렇다면!'

견뎌내는 거다!

"하압!"

외마디 소리를 내지르며 진무가 두 주먹을 가슴께로 모으자 하늘거리던 혼돈혈애가 서로를 감싸고 어루만지며 점차 합쳐지다 종내 열 개의 구슬로 변모했다.

중중무진법신!

혼돈혈애의 완전한 형태라고 불러야 할 이 열 개의 핏빛 구슬은 등장만으로도 충분히 위력적이었기에 척우송의 눈이 가늘어졌다.

'기괴하다, 정말로 기괴해.'

하지만 괴이한 외면에 얼어붙기엔 척우송의 담량과 무학의 수준이 너무도 크고도 높았다.

"오냐! 그 요망한 구슬들을 갈가리 찢어주마!"

쿠르릉!

천 번이 아니라 만 번이라도 벨 요량인가?

척우송의 멸절창은 미쳐 버린 황룡처럼 광폭하게 허공을 갈랐고, 그 기세만으로도 모든 것을 초토화시킬 것만 같았다.

스르륵—

멸절창의 광오한 움직임과 달리 어떠한 소음도, 요란한 몸짓도 없이 그것을 막아서는 중중무진법신은 너무도 나약해 보였기에 당랑거철이라는 말이 어울리는 순간이었다.

그러나,

"어?"

창을 휘두르던 척우송의 손이 일정 지점에 멈췄다. 스스로 멈춘 것이 아니라 가로막힌 것이다.

작은 구슬 하나에.

"이익!"

근육이 불끈 솟아오를 정도로 힘을 주었지만 멸절창은 단 한 치도 전진하지 못했다. 아니, 오히려 다른 구슬들의 전진에 퇴로마저 봉쇄당하는 입장이라 척우송의 얼굴이 시뻘겋게 물들었다.

"이런 요사한 것들!"

버럭 소리치며 척우송이 거세게 멸절창을 치켜들자 몰려들던 구슬들이 슬그머니 흩어졌다.

"그래, 이 정도의 반항은 있어야 흥이 나지……."

이를 갈며 척우송이 멸절창을 바람개비처럼 돌렸다.

우우웅―

멸절창이 무적의 수레바퀴와도 같이 힘차게 돌자 바닥의 흙먼지가 비상하고 땅거죽마저 조금씩 갈라졌다.

'엄청난 박력이다!'

부드러움으로 대표되는 유중유강신을 힘으로 찍어 누르는 척우송의 완력에 진무가 깜짝 놀랐다. 내공이나 여타 가공된 능력이 아니라 말 그대로 순수한 힘만으로 벌어진 상황이니까.

가중되는 압박!

하지만 이대로가 끝이 아닐 거다. 척우송처럼 직진돌격형의 무인이 제자리에서 팽이처럼 창을 돌리고만 있을 리 만무.

분명 다음 수가 있을 것이다!

진무의 눈에 긴장감이 어리는 순간 창을 돌리던 척우송이 그 기세 그대로 바닥에 멸절창을 박았다.

쾅!!

엄청난 폭음! 천지사방을 분간할 수 없으리만치 치솟아오르는 흙과 먼지들.

'이건?!'

쫘아악!

창이 박힌 곳을 기점으로 땅이 갈라지며 두 줄기의 지류(地流)가 진무에게 쇄도했다.

지붕쌍단류(地崩雙斷流)!

척우송의 타고난 신력을 바탕으로 멸절창의 회전력까지 더해서 지면을 강타하여 그 여파로 상대방을 공격하는 수법!

지붕쌍단류의 무서운 점은 발바닥이 잇닿는 지면뿐 아니라 지상으로도 충격이 전달되기 때문에 지류를 피하기 위해서 뛰어오른다 해도 소용이 없다는 점이다.

물론 진무는 지붕쌍단류가 어떤 무학인지 몰랐지만 대하는 것만으로 뛰어오른다거나 기타의 잔재주로는 피할 수 없다는 걸 감지했다.

"흐읍!"

그가 눈을 감고 숨을 깊이 들이켜자 구슬 형태로 돌아다니던 혼돈혈애, 중중무진법신들이 연기처럼 흩어지며 진무의 콧구멍으로 빨려 들어갔다.

번쩍!

감겨 있던 눈꺼풀을 들어 올리자 혼돈혈애를 전부 흡수한 진무의 눈동자와 전신은 핏빛의 소용돌이로 일렁였다.

그리고 그의 발이 힘차게 대지를 짓눌렀다.

쾅!

쫘아악!

쾅!

쫘아아아―

쾅!

우뚝!

세 걸음! 단지 세 걸음을 옮겼을 뿐인데 무서운 속도로 내달리던 지붕쌍단류의 기세가 한풀 꺾였다.

염왕보인가? 분명 형태와 소리대로라면 염왕보임이 틀림없었지만 기존의 그것은 사냥감을 쫓아 발길을 서두르는 호랑이의 다급함이었다면 지금의 진무는 한결 여유로웠으며, 위엄이 깃든 움직임이었다.

'뭐, 뭐야, 저놈? 정말로 괴물인가?'

자랑해 마지않던 초식, 지붕쌍단류가 그저 발 구름에 가로막힐 거라고는 상상도 해본 적이 없던 척우송이었기에 황당한 표정으로 천천히 다가오는 진무를 바라보았다.

그리고 깨달았다, 자신을 향해 걸음을 옮기는 청년이 괴물 따위가 아니라는 것을.

'저 녀석은……'

"호오, 저것이 바로 염왕보?"

사군휘가 호기심 어린 눈으로 진무를 쫓자 조봉팔이 고개를 저었다.

"아니, 저것은 염왕보가 아닐세. 단지 염왕보라면 힘이야 충만하겠지만 저런 기품을 풍길 수 없지."

"그렇다면……"

무언가 생각난 표정으로 사군휘가 입을 여는데 조봉팔의 얼굴에 잔잔한 미소가 어렸다.

"강호삼대불가득이라는 이론상의 무학 가운데 가장 난해하면서도 위엄있는 보법. 보법이지만 그 자체로 하나의 완성된 무학⋯⋯."

진무를 따사로운 시선으로 바라보며 조봉팔이 빠르게 말을 맺었다.

"바로 염왕군림보일세."

쾅!

다시 한 걸음 내딛는 진무의 위용에 사군휘가 하나의 단어를 떠올렸다.

제왕!

'그래, 저 녀석, 아니, 저 아이는 제왕지재(帝王之材)다, 재목 정도가 아니라 이미 제왕일지도.'

장강의 뒤 물결이 앞 물결을 밀어낸다는 고사, 귀가 닳도록 들었지만 코웃음 정도로 무시했던 이야기. 적어도 자신에게 만큼은 적용되지 않으리라 생각했던 성어.

하지만 척우송 자신도 앞서 태어나거나, 무림에서 활동하던 누군가를 밀어내고 그 자리에 오르지 않았을까?

그것이 순리라는 걸 머리로는 이해했지만 가슴으로는 도저히 받아들일 수 없어서 척우송이 창을 빼냈다.

쾅!

그런 와중에도 진무는 한 걸음 더 진격했기에 척우송이 느끼는 압박감은 대단한 것이었다. 이대로 몇 보를 더 허용한다면 싸워보기도 전에 승부가 판가름 나리라.

'희대의 걸물에 걸맞은 보법이로다! 저런 인재에게 저러한 무학이 주어졌으니 그야말로 호랑이에게 날개를 달아준 격이 아닌가!'

언젠가 자신도 선배에게 들었을 법한 이야기를 되새기며 척우송이 빼낸 창을 고쳐 잡았다.

밀려날 수는 있다. 그것이 약육강식의 율법으로 대변되는 무림이니까. 하지만 이토록 초라한 모습으로 물러나기는 싫다. 후배의 전진을 두 손 놓고 방관하다 끝내기는 싫다.

비록 절반의 내력을 운용하는 와중이라지만 그것은 진무 역시 마찬가지일 터. 어떤 식으로도 변명할 수 없는 상황이지만 이렇게 무기력한 모습으로 무릎을 꿇기는 싫다.

'그래, 그럴 수야 없지!'

마음을 굳힌 척우송이 창을 들어 올렸다.

쫘르릉!

들어 올린 창에 척우송이 힘을 주자 광휘로운 빛과 함께 멸절창에 아로새겨진 황금색의 용이 꿈틀거리기 시작했다.

"일섬류… 황룡은 결국 완성시켰군."

조봉팔이 중얼거리자 사군휘가 더욱 흥미로운 표정으로 그의 다음 말을 기다렸다. 아마도 척우송이 이십 년 전에 도달하지 못했던 경지인가 본데 기수식만으로는 무엇을 어찌하려는지 알 길이 없었다.

하지만 조봉팔은 사군휘의 기대와 달리 척우송의 초식에 대한 설명은 늘어놓지 않았다.

그는 그저 두 사람의 마지막 격돌을 기대할 뿐이었다.

"이제 막바지인가……."

신선이 아닐진대 창에 새겨진 용을 부를 수는 없는 노릇, 그만큼 멸절창에서 뿜어져 나오는 빛이 강렬했다는 뜻이고. 눈이 멀어버릴 것만 같은 광채에 진무가 인상을 구겼다.

"너는 충분히 자신을 입증했다. 증명하고도 남았지."

허허로운 얼굴로 척우송이 입을 열자 목울대가 출렁거릴 정도로 침을 삼킨 진무가 주먹을 말아 쥐었다.

이대로 끝내자고 할 리는 없으니까.

"하지만 이 늙은이는 다르구나. 허명만 요란했을 뿐, 무엇 하나 변변히 보여준 게 없어."

충분히 보여줬다고 강변하고 싶었지만 진무가 말을 꺼내기도 전에 척우송이 이야기를 이었다.

"그렇다고 이대로 끝낸다면 너무도 아쉬워서 몸져누울 판이니……."

무섭도록 퍼져 나오던 광채가 창의 끝으로 몰리자 멸절황룡창은 하나의 빛살이 되었다.

"이것은 일섬탄강류(一閃彈罡流)라고 한다. 이름은 요란한데 그냥 창을 던지는 거야. 이런 별 볼일 없는 초식 하나 깨우치자고 칠십 평생을 허비했으니 나라는 인간도 참으로 못났지."

그냥 창을 던지는 초식? 척우송의 마지막 절초가 그저 창을 투척하는 것이라는 말을 누가 믿을까?

'아마도…….'

무시무시하다 못해 끔찍한 위력의 초식일 것이다!

"이 늙은이의 칠십 년, 받아주겠나?"

척우송을 직시하던 진무가 천천히 입을 열었다.

"영광입니다."

진무가 포권으로 예를 올리자 척우송이 고개를 끄덕였다.

"그래… 고맙구만."

예의는 여기까지다.

"그럼."

짧게 말을 던진 척우송이 팔을 뒤로 젖혔다.

"가라!"

척우송이 힘차게 팔을 뻗자 멸절황룡창이 그의 손을 떠나 진무에게로 쏘아져 나갔다.

쿠르르—

느릿느릿 날아드는 창. 그토록 힘껏 던졌건만 멸절황룡창은 산보 나온 촌부의 발걸음처럼 천천히 날아왔기에 일견 느굿해 보이기까지 했다.

우우웅—

속도는 비록 느렸으나 자체적으로 빙글빙글 회전하며 날아드는 멸절창을 유심히 바라보던 진무가 발을 들었다.

쾅! 쾅!

연달아 두 걸음을 옮겨 칠보무쌍의 기운을 창에 실어 보낸 진무가 아무 일 없었다는 듯 날아드는 빛살을 바라보다 이를 물었다.

'회전력도, 속도도, 처음 그대로다.'

과연 황룡신창. 칠보무쌍이라고까지 불리는 염왕보로도 날아드는 창을 제어하기란 무리였다. 솔직히 진무도 일곱 걸음으로 척우송의 절초를 막으리라 기대하지는 않았기에 그리 놀라지는 않았다.

문제는 할아버지처럼 접근하는 창에 어떤 위력이 담겨 있는지 알 길이 없다는 거다.

'부딪쳐 보면 알겠지.'

뭉클뭉클—

코로 흡입되었던 혼돈혈애를 다시 몸 밖으로 불러낸 진무가 손을 들자 그의 손바닥 위로 새빨간 구슬 하나가 솟아났다. 이글이글 타오르는 붉은 구체. 중중무진법신 두어 개를 하나로 합친 크기였다.

구슬을 슬그머니 잡은 진무가 느릿하게 다가오는 멸절창

을 향해 그것을 던졌다.

쌔앵—

보노라면 하품이라도 나올 듯 느려터진 멸절창과 달리 진무가 던진 구슬은 쏜살처럼 날아갔기에 들이 충돌한다면 멸절창은 그대로 박살 나버릴 것만 같았다.

하지만…….

콰— 앙!

멸절창과 구슬이 부딪치자 작은 폭음과 함께 진무가 던진 구슬은 그대로 연기처럼 흩어졌다.

'법신의 기운을 무려 세 개나 담았거늘, 흠집조차 내지 못한다는 건가?'

척 보기에도 내공으로 도인되는 창. 엄청난 힘과 무게뿐 아니라 상대가 땅속으로 숨는다 해도 끝까지 쫓아가 격중시키리라.

반드시 목표물을 명중시키는 마법의 화살처럼.

'결국 깨지거나 깨뜨릴 수밖에 없다는 얘기.'

맞서는 것으로 결심을 굳힌 진무가 튀어나가려다 우연처럼 척우송의 손길을 응시했다.

'어?'

창을 도인하기 위해서 커다란 태극문양을 허공에 수놓는 척우송의 두 손. 강렬한 움직임을 보일 거라는 예상과 달리 너무도 부드러운 모양새가 아닌가.

순간적으로 진무의 머리를 스치는 어떤 단상.

'무적사신 가운데 위력 면으로 최강을 구가하던 황룡 노선배의 마지막 깨달음이 부드러움이라면……'

힘으로 치받아서는 절대로 승산이 없다!

말 그대로 힘의 극을 본 인물이 척우송이다. 힘 하나로 강호를 주유했던 사람이 결국 강함을 버리고 부드러움을 취했다면 그런 이에게 힘으로 맞상대를 한다는 건 섶을 지고 불에 뛰어드는 격.

어쩌면 척우송은 상대가 힘으로 치받기를 바란 걸지도. 그래서 이토록 느긋한 초식을 마지막으로 택한 걸지도.

생각을 정리하는 순간, 진무가 양팔을 벌리며 소리쳤다.

"어서 와보라고!"

관전자들에게 진무의 방임적인 태도는 기가 막힌 노릇이었다.

"뭘 어쩌려는 거지? 주먹으로 날아오는 창을 쳐내기라도 하겠다는 건가?"

사군휘가 고개를 갸웃거리자 조봉팔도 탐탁찮은 얼굴이 되었다.

"그런 식으로는 절대 황룡을 넘어설 수 없네, 절대로 말이야."

또한 척우송의 입장에서도 진무의 이러한 행동이 눈에 거슬리는 건 당연했다.

전력으로 부딪쳐도 모자랄 판에 양팔을 벌리고 나 몰라라, 라니!

"오냐, 오냐 했더니 아주 천방지축이로구나! 좋다, 소원대로 해주마!"

노갈을 터뜨리며 그가 손을 쭉 뻗자 멸절창이 지금까지와는 확연하게 다른 속도로 쏘아졌다.

쿠르르!

쏜살같이 달려드는 창!

자신을 포기한 것처럼 아무런 대응 없이 서 있는 진무!

그리고…….

멸절창이 지척까지 이르도록 아무런 행동을 취하지 않던 진무가 창끝이 그의 가슴팍을 누르는 순간 직각으로 몸을 틀었다.

휘익!

"이런 송사리 같은 녀석!"

척우송이 이를 갈며 창의 방향을 바꾸기 위해 커다란 태극을 그렸다.

그그그—

워낙 빠른 방향 전환이었기에 멸절창이 창끝을 돌리는 순간 어쩔 도리 없이 속도와 기세가 한풀 꺾여야만 했다.

'이때다!'

쳐들린 오른손에 모든 혼돈혈애를 모은 진무가 천천히 방향을 트는 창을 향해 불쑥 손을 내밀었다.

턱!

"어?"

누구도 예측하지 못했던 전개. 진무는 창을 쳐내거나 막아서지 않고, 그것을 잡는 편을 택했다.

'내 창을 잡아?'

언뜻 보기에는 쉬운 듯하지만 척우송의 창을 잡는다는 건 그리 만만한 일이 아니었다.

기본적으로 멸절창의 주위에는 도인되는 진기가 머물러 있었기에 그것을 뚫기란 난망한 노릇이었고, 창 자체가 회전을 하면서 날아들었기에 섣불리 손을 댔다간 손바닥이 망신창이가 됐을 터.

혼돈혈애로 보호하지 않았더라면 진무의 오른손도 멸절창에 접근하기조차 힘들었을 것이다.

"과연 재미있는 녀석이로구나!"

황당한 얼굴로 그를 보던 척우송이 양손을 기묘하게 뒤틀자 멸절창이 더욱 맹렬하게 회전하며 진무의 손을 빠져나가려 발버둥을 쳤다.

'으으윽!'

부드러운 가운데 깃들어 있는 강함!

갓 잡아 올린 잉어와도 같이 펄쩍거리는 멸절창을 제어하던 진무가 이를 악물자 척우송이 손바닥을 뒤집으며 외쳤다.

"이래도 버티겠느냐?!"

쿠르르릉!

몇십 배는 빠른 속도로 창이 회전하자 오른손을 지키던 혼돈혈애들이 회전력을 이기지 못하고 조금씩 말려 올라가기 시작했다.

오른손을 타고 넘어와 전신을 옥죄는 멸절창의 회전력! 하지만 여기서 창을 놓친다면 승부는 그대로 끝나게 된다!

"타하!"

가슴 깊숙한 곳에서 뭉쳐 있던 내기를 터뜨리며 진무가 청명한 소리를 내지르자 흐트러지던 혼돈혈애들이 다시 뭉쳤다.

"이, 이놈이!"

입술을 꾹 깨물며 척우송도 힘을 끌어올리자 둘의 얼굴이 새빨갛게 달아올랐다.

쿠르르릉!

어부의 손에서 빠져나가려 발버둥치는 잉어처럼 멸절창은 척우송의 지시대로 펄떡거렸지만 이대로 놔줄 수 없는 입장이라 진무도 모든 힘을 다해 그것을 움켜쥐었다.

얼마나 버텼을까?

진무의 입에서 피가 흐르기 시작하고 척우송의 얼굴이 홍시보다 붉어질 무렵, 결국 잉어가 어부를 끌기 시작했다.

"이익!"

기를 쓰며 버티다 멸절창의 저항에 조금씩 딸려 나가던 진무가 크게 나동그라지자 창은 둔중한 소리와 함께 바닥에 꼽혔다.

쾨— 앙!

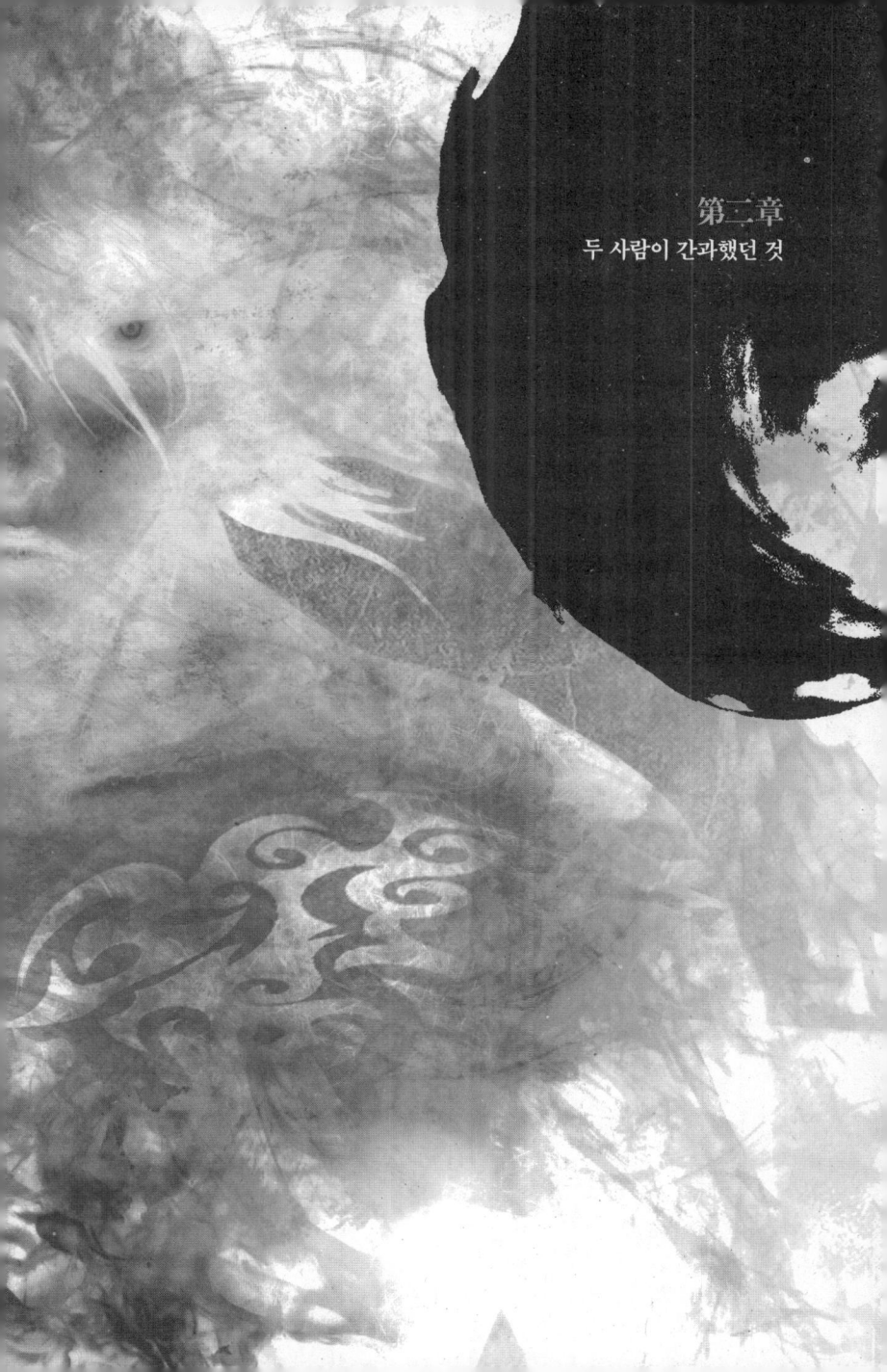

第二章
두 사람이 간과했던 것

엄왕진무
閻王眞武

"지금의 상황을… 어떻게 설명해야 하지?"

입을 떡 벌린 채 아무런 말도 못하던 사군휘가 침묵을 깨고 말하자 그만큼의 크기로 입을 벌렸던 조봉팔이 힘없는 목소리로 중얼거렸다.

"글쎄……."

바닥을 구르던 진무가 안간힘을 쓰며 몸을 일으키자 척우송이 믿을 수 없다는 표정으로 그를 바라보았다.

눈앞의 청년을 뭐라고 형언해야 할까?

괴물? 신성? 떠오르는 태양?

아니다, 그런 진부한 표현으로는 도저히 설명할 수 없었고, 설명되지도 않는다!

'허허… 내 생에 이런 걸물을 대하게 될 줄이야.'

비틀거리며 척우송에게 다가서던 진무가 일정 거리가 되자 무릎을 꿇었다.

"제가… 졌습니다."

졌다?

대체 누가 졌으며, 이긴 사람은 또 누구라는 걸까?

허허로운 미소를 지으며 척우송이 땅에 꼽힌 멸절창을 회수했다.

"이보게, 걸물. 더는 이 늙은이를 비참하게 만들지 말게나."

"그게 무슨……."

"됐네, 됐어. 오늘의 싸움은 여기까지야."

말을 자른 척우송이 멸절황룡창을 부드럽게 쓰다듬었다.

"그러니까 싸운 얘기는 됐고……."

창을 등에 갈무리한 척우송이 땅바닥에 주저앉으며 진무에게도 손짓으로 앉으라고 권했다.

"어떻게 네가 은하노인께 무학을 전수받게 된 것이냐? 이 늙은이가 듣기로 누구 가르칠 분이 아니라 했거늘."

"작은 인연이 따랐습니다."

진무가 황복만의 저택에서 신세를 지게 된 사연, 귀면혈광과 친구였던 십호와의 예상하지 못했던 조우, 십호의 죽음, 그리고 우문초설과의 비무까지 담담하게 술회하자 슬금슬금 모여든 사군휘와 조봉팔, 그리고 뇌로가 놀람을 금치 못했다.

"그런 일이⋯⋯."

척우송이 탄식을 터뜨렸다.

"하면 너는 그야말로 우연처럼 은하노인과 인연을 맺은 것이로구나."

"조 노선배님, 즉, 사부님과도 같은 경우였지요."

씩 웃는 진무를 보며 척우송이 고개를 살래살래 흔들었다.

인연이란 그런 것이다. 원한다고 해서 절대로 마음처럼 얻을 수 없지만 마음을 비우면 어느새 빠끔히 고개를 내미나 보다.

"그런데, 철혈."

조봉팔에게 시선을 돌린 척우송의 표정이 딱딱하게 굳어졌다.

"은월선자, 그리고 은하노인과 그런 구학을 만들었다고? 정신이 있는 거야, 뭐야?"

"그 자리에 내가 있었든 없었든, 강호삼대불가득은 만들어졌을 것이네."

난 그분들이 구술하시는 내용을 받아 적은 정도라고, 하며 조봉팔이 말을 맺자 일리가 있다고 생각했는지 척우송이 입을 닫자 이번에는 사군휘가 나섰다.

"그렇게 중요한 일을 자기 혼자만 품고 살았다니! 정말 너무하지 않은가?"

"말해봐야 무슨 의미가 있을까? 어차피 하늘 밖에서 노니는[天外] 분들이 행한 일인데."

그 또한 설득력이 풍부한지라 사군휘가 못마땅한 표정으로 콧김을 뿜었다.

이때 누구도 예상하지 못한 사람이 진무에게 질문을 던졌다.

"진무 공자님, 귀면혈광이라는 자들을 추적하셨다고요?"

"그렇습니다."

"정말로 그자들이 공자님과 비슷한 연원의 무학을 사용했다 하셨고요?"

"뭐랄까… 제 자랑 같은 말이지만 서로 비슷하기는 한데 그들은 깊이가 떨어지더군요. 겉핥기라고나 할까?"

뭔가 기운을 모으긴 했지만 혼돈혈애라고 딱히 부를 수준도 아니고, 라며 진무가 중얼거리자 뇌로의 눈동자가 조금 흔들렸다.

"그런데 왜 물으시는지?"

"아, 아하하! 그냥 흥미가 일어서. 원래 이맘때쯤 되면 세상만사가 전부 흥미로운 법이지요."

원래 나이가 들면 세상만사가 귀찮아진다고 하지 않았던가?

따지기도 귀찮고 해서 진무가 그냥 머리를 긁었다. 사람이라고 다 같을 수만은 없는 노릇이고, 특이한 사고로 무장한 인간형도 한둘 있어야 균형이 맞을 터.

본인의 마음이 그렇다는데 뭐라고 하겠나?

뇌로의 난입에 잠시 이야기가 헛길로 빠지자 척우송이 인상을 구겼다. 그만 좀 가주었으면 하는데 뭘 더 끼어들겠다고 버티는 걸까.

척우송의 마음이 전달되었는지 뇌로가 눈치를 살피며 일어섰다.

"아, 이거 제가 훼방꾼이 되어버렸나 보군요. 그럼 말씀들 나누시지요."

"가십니까?"

진무가 묻자 뇌로가 어색한 웃음을 지었다.

"이제 볼일이 끝났으니 돌아가야겠지요. 왜, 제게 하명하실 일이라도?"

뇌로의 반문에 진무가 난처한 표정으로 그를 올려다보았다.

하고픈 말이 있는데 당최 무엇인지 떠오르지 않는다. 이런 경우 정말 미치고 팔딱 뛸 상황이지만 아무리 머리를 싸매봐도 잡히는 것이 없을 때가 대부분이다.

"아니, 그러니까, 에……."

헤매는 진무를 넌지시 보던 뇌로가 몸을 돌렸다.

"그럼 저희는 이만……."

사해상방의 인원들을 이끌고 뇌로가 구부정한 등을 보이며 사라지자 척우송이 자세를 고쳐 앉았다.

"하여… 은하노인께서 널 가르치고 무엇을 부탁하시더냐?"

"음? 어찌 그분께서 제게 무언가를 부탁하셨으리라 생각하신 겁니까?"

"그야 뻔하지."

척우송이 어린아이처럼 씨익 웃었다.

"누군가가 여태까지 하지 않던 일을 행한다면, 그것도 몇십 년일지 모를 긴 시간 안 말이야, 커다란 심경의 변화가 있었다는 얘기가 아니겠느냐?"

"예."

"또한 은하노인 같은 분이라면 더하겠지. 당신의 행보 하나가 전 무림에 미치는 영향을 충분히 인지하실 테니."

척우송의 정확한 분석에 진무가 감탄하며 입을 열었다.

"옳으신 말씀입니다. 평생토록 그분은 남에게 자신의 무학을 알리지 않으셨지요. 예외라면 강호삼대불가득이 유일한데, 그마저도 이리저리 꼬아놔서 두 분과 사부님이 아니라면 그 누구라 할지라도 제대로 풀어내지 못하도록 장치하셨지요."

"그래, 어떤 걸 원하시더냐?"

"예상하셨을 테지만······."

말을 끌던 진무가 침으로 입술을 축였다.

"그분의 눈과 귀가 되라 하셨지요, 잠시 동안."

어찌 보면 쉬운 대답. 하지만 이 말에 담긴 의미는 심각한 성질의 것이었다.

진무의 대답을 곱씹던 척우송이 눈을 부릅뜨며 반문했다.

"눈과 귀가 되어달라··· 그렇다면 은하노인께서 저어하는 세력, 또는 인물이 존재한다는 얘기가 아니겠느냐?"

진무가 대답을 하지 않자 척우송이 인상을 구겼다.

무언은 곧 긍정. 그리고 긍정의 의미는 단 하나.

'천하에 사선을 거스를 수 있는 존재는······.'

사선밖에 없다!

조봉팔, 사군휘, 그리고 척우송의 눈이 한 곳에서 격하게 얽혔다.

한 사람은 전대 정도맹주이자 현존 천하제일인으로 군림하고, 다른 하나는 패도의 하늘이자 구천마련의 주인으로 무림을 호령하는 위치에 있으며, 마지막 한 사람은 재야제일인으로 아직도 무림의 추앙을 받는 사람들이라지만 이들 모두를 합쳐도 천외사선이라는 명호 앞에서는 너무도 초라한 존재들이었으니까.

그들이 가슴 깊은 곳에서 치솟아오르는 탄식을 가까스로 억누르는데 진무가 다음 이야기를 이었다.

"문제는 그들만이 아닙니다."

천천히 몸을 돌린 그가 사군휘를 응시했다.

"하지만 지금부터 말하려는 내용은 구천마련의 훈련총교 두인 사하 공자와 함께 알아낸 것이라 나락 어르신의 동의가 없으면 발설하기 어렵군요."

"음?"

"무슨 얘기인데 그러는 건가?"

"사실 이 내용은 공손 어르신께는 말씀드렸던 것입니다. 그렇지만 그분은 기본적으로 정과 패, 어디에도 속하지 않는 자유인이시고, 또한 입이 무거운 분인지라 그럴 수 있었지요."

구천마련에 들렀던 공손천이 은월궁으로 돌아와 뭔가를 열심히 궁리하는 기색이었지만 조봉팔은 그저 진무의 신체에 나타난 변화 때문이려니 하고 이해했었다.

그런데 전혀 다른 내용이라······.

"어떻습니까?"

진무가 묻자 사군휘가 눈을 감았다.

패도의 미래만을 생각한다면 감춰두는 편이 나을 이야기. 그러나 무림이라는 울타리가 사라지는 순간 정과 패의 구분 따위는 무의미해질 것이다.

어떻게든 무림만은 지켜야 한다!

"난 상관없네."

무겁게 고개를 끄덕이는 사군휘에게 존경을 담은 포권으로 감사의 마음을 대신한 진무가 나지막이, 그러나 힘주어 말했다.

"아시다시피 만래고품향에서는 팔패로라는 물건을 얻기 위해 전력을 기울이고 있습니다. 일망성이라는 기물을 뿌려가면서까지 열을 올리는 형편이지요."

잠시 말을 멈춘 진무가 마른침을 삼켰다.

"그들은 팔패로를 얻지 못하면 지금보다 더한 일을 자행할지도 모릅니다. 그렇게 되면 무림의 혼란은 더욱 심화되겠지요."

"그건 모두가 아는 이야기일 텐데?"

새삼스러울 것도 없는 내용인지라 척우송과 조봉팔이 고개를 갸웃거렸다.

"예. 그렇습니다. 여기까지는 강호에 콩담은 이라면 누구나 알고 있는 얘기지요."

고개를 끄덕인 진무가 만래고품향 부향주인 유청하와의 만남, 그리고 동행에 관해 얘기했다.

"흐음."

"음."

짧은 감탄사로 관심을 표시하던 조봉팔과 척우송이 진무

의 다음 말에 입을 떡 벌렸다.

"만래고품향은 무림, 더 정확하게 말해서 무림인에 대한 피해의식이 상당합니다. 그래서 그들만의 자산인 기술로 세상을 바꾸려는 것이지요. 아마도 팔괘로라는 물건은 만래고품향의 소망을 앞당겨 줄 수 있는 물건일 것입니다."

잠시 숨을 멈췄던 진무가 날카롭게 눈을 빛냈다.

"그런데 약을 만드는 세력은 이와 반대로 무림을 개혁하려든다는 것이지요."

"반대라면 그 약 말인가?"

척우송의 물음에 진무가 고개를 끄덕였다.

"약이지요. 그렇지만 방금 전 말씀드렸다시피 그들이 생산하는 약은 놀라운 효과만큼이나 크나큰 부작용을 유발합니다. 한마디로 미완성품이지요."

"그러니까 자네 말은……."

조봉팔이 신음처럼 중얼거리자 진무가 입을 모았다.

"예, 그들 역시 부작용이 전혀 없는 약을 만들어냄으로 그것을 통해 무림의 진화를 시도한다는 말입니다."

진무의 대답에 인상을 구기던 조봉팔이 사군휘를 돌아보았다.

"결국 약은 사람이 복용하기 위해서 존재하는 것. 그렇게 약을 먹은 이는 지금까지의 인간과는 전혀 다른 능력과 힘을 발휘하게 되니……."

조봉팔이 중얼거리자 창을 소리 나게 꼽으며 척우송이 우렁우렁한 목소리로 그의 말을 받았다.

"한쪽에서는 기술의 발전으로 세상을 바꾸려 하고, 다른 한편에서는 새로운 인간형을 탄생시켜 무림을 재편하려 한다, 이건가?"

"훈련총교두와 유청하 소저, 그리고 제 추측으로는 그렇습니다."

놀라운 이야기의 연속.

산전수전 다 겪어 이제는 웬만한 일 가지고는 눈 하나 깜빡이지 않을 노고수들도 진무의 말에 입을 벌렸다.

"그런……."

"…일이."

이들을 가만히 응시하던 사군휘가 진무에게 불쑥 물었다.

"네 말대로라면 만래고품향의 부향주라는 아이도 사안의 심각성을 고려하여 경거망동할 리 없을 텐데 어째서 일망성이라는 물건을 유포시킨 것이지?"

"세세한 연유까지야 알 수 있겠습니까? 다만 모종의 일로 유청하 소저가 변심했을 거라는 정도를 짐작할 뿐입니다."

선인의 명령으로 료료와 잔단이 유청하 일행을 공격하여 무림과 척지도록 유도한 것을 알 리 없는 진무였기에 막연히 모종의 사건이라 칭했던 것이다.

"모종의 사건이라……."

사군휘가 턱을 쓰다듬는데 무언가를 깊이 생각하던 척우송이 몸을 돌렸다.

"이제 거동할 정도는 됐느냐?"

물론 칠소룡에게 던진 말이었고, 일곱 명의 영준한 청년은 용수철처럼 튀어 올랐다.

"무, 물론입니다!"

"어떤 일이든 분부만 내리십시오!"

잔뜩 기합이 든 칠소룡의 대답에 척우송이 고개를 가로저었다.

분부는 무슨.

"그럼 가자."

"예?"

"가신다니, 대체 어디로?"

칠소룡이 어리둥절해서 고개를 갸웃거리자 창을 뽑아 어깨에 걸친 척우송이 그들의 대장, 하정만의 머리를 거칠게 쓰다듬었다.

"어디긴 어디이겠느냐? 다시 수련하러 가야지!"

전에 보이지 않던 짓궂은 미소. 그리고 한결 편안해진 신색. 사 년간 수발을 들면서 척우송의 모든 것을 알게 되었노라 자부했던 칠소룡이 당황하여 말을 더듬었다.

"이, 이대로 그냥 가시면……."

"사해상방과의 약속은 어찌하시려고……."

"됐다."

칠소룡의 말을 자른 척우송이 빠르게 중얼거렸다.

"뚜렷한 언약을 맺은 것이 아니라 심정적으로 통한 정도를 약속이라고 한다면 세상천지는 은통 계약관계만이 난무할 터. 적어도 약속이라 칭하려면 극광혈무와 내가 맺은 정도를 얘기함이지. 봐라, 뇌로도 사해상방의 인원들을 데리고 철수하지 않았느냐."

사군휘를 지나 조봉팔에게 잠시 머물렀던 척우송의 시선이 진무에게로 옮겨졌다.

어쩐지 유쾌하면서도 씁쓸함이 묻어나오는 눈동자.

"약속대로 이 척우송은 더 이상 강호보위대와 관련된 일체의 사건에 관여하지 않겠다. 또한 사해상방과도 얽히지 않을 것이다. 그건 그렇고……."

바람결에 흩어질 듯한 척우송의 독백에는 즐거움과 아쉬움이 담겨 있기에 모두가 그를 주시했다.

"오늘 정말 즐거웠다. 기회가 닿는다면 나중에 다시 어우러져 보자꾸나."

척우송이 사라지자 강호보위대원들도 어깨를 늘어뜨리고 자리를 떴다. 한순간의 기분으로 만들어진 조직의 한계이기도 하려니와 황룡신창이라는 거대한 구심점이 등을 돌리자 마지막 자산인 호기마저 쇠한 것이다.

그들의 쓸쓸한 퇴장을 말없이 지켜보던 진무가 사군휘에게 물었다.

"훈련총교두는 마지막 단서를 얻었답니까? 그 친구, 연락해주기로 했으면서……."

천진난만한 진무의 물음에 사군휘의 표정이 어두워졌다.

"그것이……."

까맣게 타들어가는 사군휘의 표정에서 일이 틀어졌다는 걸 직감적으로 느낀 진무가 입을 닫았다.

"생각대로 잘 풀리지 않은 모양이야."

잘 풀리지 않았다, 라는 말은 추측이다. 왜 손자의 일을 추측해야 할까?

답은 조봉팔이 알려주었다.

"암습을… 당했다더군."

"암습이라고 하셨습니까?!"

깜짝 놀란 진무가 펄쩍 뛰자 사군휘의 입에서 폭풍 같은 탄식이 터졌다.

"그렇다고 하네. 약선전에서 당한 모양이야. 사로 가운데 한 사람인 약로와 함께 있었는데도 그리되었으니 살수의 무학은 상당한 수준이었을 걸세."

"설마……."

진무가 최악을 가정하자 사군휘가 버럭 호통 쳤다.

"지금 무슨 가정을 하는 겐가! 비록 암습을 당했다지만 구천마련의 훈련총교두가 그리 호락호락하게 당했을 거라고 생각하나? 두 번째의 암습만 없었더라면 쓰러진 쪽은 살수였을 걸세!"

"두 번째 암습이라고 하셨습니까?"

"그렇다더군. 일차 암습에 물건을 내주었지만 상황을 통제한 쪽은 훈련총교두였다고 하네. 불의의 두 번째 습격만 없었더라면……."

사군휘가 주먹을 꽉 쥐고 분을 터뜨렸지만 진무의 얼굴은 전혀 다른 색깔로 물들었다.

'두 번째 암습이라, 두 번째……'

잠시 고심하던 진무가 다시 물었다.

"상태는 어떻습니까?"

"겨우 정신을 차렸다더군. 나도 오는 길에 연락을 받았네."

"아, 불행 중 다행이로군요."

크게 안도하는 진무의 표정을 보며 둘 사이의 우정이 생각보다 깊다는 사실을 알고 흐뭇해진 사군휘가 조심스레 입을 열었다.

"한데… 물건을 탈취당해서……."

"그건 중요하지 않습니다. 하지간 당장 만나야겠습니다."

"당장?"

"예, 당장."

진무의 강력한 요구에 동행은 허락했지만 사군휘의 마음은 떨떠름할 수밖에 없었다. 둘이서 진행하던 일을 망쳐 놓은 손자인데 그건 아무래도 좋다는 진무의 말을 액면 그대로 믿기 곤란했으니까.

"정말로… 괜찮은가?"

"예."

무뚝뚝하게 답하는 모양새도 걸려서 사군휘가 낮게 한숨을 쉬자 진무가 고개를 저었다.

"정말로 그건 괜찮습니다. 아니, 어쩌면 그렇게 될 수밖에 없었을지도 모르겠습니다."

"그렇게 될 수밖에 없었다니? 그게 무슨 말인가?"

뒤에서 따르던 조봉팔이 묻자 사군휘의 얼굴은 더욱 어두워졌다.

"자네는 또 왜 따라오는 거야?"

"그건 중요하지 않네."

진무의 말을 그대로 써먹는 조봉팔을 잡아먹을 기세로 노려보던 사군휘가 어깨를 늘어뜨렸다.

사제지간이라더니 이건 부창부수가 따로 없다.

'아주 뻔뻔해!'

뻔뻔함으로 무장한 사제는 사군휘의 생각 따위는 눈곱만큼도 관심이 없었다. 그들은 오로지 자신들의 생각만이 중요했다.

'암습이라… 거기다 이차 암습까지…….'

진무는 진무대로 머리를 굴렸고.

'구천마련의 실질적인 이인자가 공격을 받았다… 이는 습격자가 패도 전체와 등을 지겠다는 의미인데 사하라는 아이가 얼마나 중요한 사안을 캐고 다녔기에 그런 부담을 감수하면서까지 손을 대야 했다는 건가?'

조봉팔은 조봉팔대로 머리를 굴렸다.

그렇게 그들이 머리를 굴리는 동안 마차는 잘도 달려서 구천마련의 총단이 있는 호남성에 이르렀다.

나른함마저 묻어나는, 그런 평온한 오후. 고개 숙인 햇살을 바라보며 조봉팔이 중얼거렸다.

"얼마 전까지는 피바람이 불었다던데 이렇게 보니 너무나 평화롭군."

"그 피바람의 주범이 정도맹 소속들이었다지, 아마?"

"나도 그렇게 들었네."

딴지도 반응이 와야 재미있는 법. 저런 식으로 인정해 버리면 맥이 풀리게 된다. 빈정거림이 먹혀들지 않자 입맛을 다시며 고개를 돌리던 사군휘가 일군의 무리를 발견하고 짜증 섞인 독백을 내뱉었다.

"얼마나 대단한 일을 하고 왔다고 이 난리법석인고…….."

수십을 헤아리는 무리들은 구천마련의 사람들이었는데 이

들은 금방이라도 사군휘를 얼싸안고 눈물을 터뜨릴 얼굴들을 하고 있었다.

"려, 련주님!"

"련주님을 뵙습니다아!"

"자칫 무림이 혼란의 수렁으로 빠질 뻔했는데 련주님께서 홀로 막아내신 겁니다!"

이건 또 무슨 소리야?

자신이 한 일이라고는 황룡신창하고 몸이나 푼 정도인데 혼란의 수렁을 막아냈다니?

사군휘가 어리둥절하여 고개를 돌리자 진무가 킥킥 웃었다. 아마도 얘기가 와전된 모양인데, 강호의 소문이란 이런 식으로 뒤틀리는 경우가 흔한지라 웃을 도리밖에 없었다.

물정 모르는 구천마련의 식구들이 마차 앞에 부복하며 울음을 쏟아내자 사군휘가 손을 저었다.

"어허, 대로에서 이 무슨 소란인가? 어서 련으로 가세!"

감동에 못 이겨 눈물을 흘리는 이들을 겨우 수습하여 구천마련으로 돌려보낸 사군휘를 슬쩍 보며 조봉팔이 기이한 웃음을 머금었다.

"대단한 인기로세! 난 한 번도 받아보지 못했던 대우인걸?"

"부러우면 이제라도 다시 맹주 하든지!"

퉁명스런 사군휘의 응대에 조봉팔의 미소가 더욱 묘해졌다.

"나같이 인덕없는 작자가 맹주 다시 한다고 이와 같은 찬사를 받겠는가?"

"모르지. 정도맹의 바보들은 그럴지도."

"하긴."

또다시 썰렁한 반응에 사군휘가 입을 다물었다. 열혈폭급의 전형과도 같았던 인간이 언제부터 이렇게 유들유들해졌을까?

아마도…….

'능구렁이 스무 마리 정도는 눈 한 번 껌뻑이지 않고 찜쪄먹을 제자 녀석과 함께한 후부터겠지.'

능구렁이 스무 마리 정도는 눈 한 번 끝뻑이지 않고 찜쪄먹을 조봉팔의 제자가 구천마련에 들어서자마자 열화와도 같은 마련도들의 인사를 뒤로하고 사하가 가료하는 방으로 향했다.

"면목없게… 됐다."

진무가 들어서자 고개를 떨어드리며 사하가 중얼거렸다.

완전히 몸을 회복하지는 못한 듯 사하는 침상에 비스듬히 걸쳐 앉은 상태였는데 움푹 들어간 그의 볼을 보자니 절로 한숨이 나와 진무가 거칠게 제 머리를 쓰다듬었다.

"그 얘기는 집어치우라고."

"그래도……."

"됐다니까!"

버럭 소리를 지른 진무가 가슴까지 치밀어오른 한숨을 끝내 뱉었다.

언제 어디서나 당당하던 구천마련의 훈련총교두가 이 무슨 나약한 모습이란 말인가! 물건을 잃어버렸더라도, 그래서 강호를 뒤흔들 중요한 단초를 놓쳤더라도, 되찾으면 그만이라는 패기를 기대했거늘!

"정말 괜찮아. 괜찮으니까 그런 표정 따위는 씹어 먹으라고."

의자에 털썩 앉으며 진무가 손을 젓자 사하가 주먹을 쥐었다.

"한순간의 방심으로 모든 걸 잃었다. 강호는 무슨 일이 생겨도 이상할 것이 없는 대지이니 언제 어디서나 경계를 게을리하지 말라며 장광설을 늘어놓던 구천마련의 훈련총교두가 고작 암습으로 쓰러졌다는 거야. 후후후……."

자책이다. 살아가면서 때로는 자책도 필요한 요소이기는 하나 지금의 시점이라면 하등 도움이 될 것 없다.

"자네의 시간을 빼앗은……."

"언제까지 들어줘야 하나?"

"음?"

"언제까지 자네의 징징거림을 참아줘야 하는데? 내일? 아니면 모레? 대체 언제까지 그럴 건데?"

"하아……."

사하가 엄지손가락으로 관자놀이를 짚는데 창노한 목소리가 끼어들었다.

"그건 이 친구의 말이 맞네. 지난 과거에 얽매이기보다 다가올 미래를 염두에 둬야지."

"처, 철혈신권 어르신!"

조봉팔이 들어서자 비틀거리면서도 일어서려 노력하는 사하의 의지는 가상한 것이었지만 이내 그의 무릎이 풀렸다.

"큭!"

"무리하지 말라고."

힘없이 침상에 주저앉는 사하를 받치며 진무가 혀를 끌끌 찼지만 그는 기어코 일어서서 조봉팔에게 포권을 올렸다.

"구천마련의 훈련총교두 사하가 전대 정도맹주 철혈신권 어르신을 뵙습니다. 몸이 좋지 않아 추레한 모습으로 인사드리오니 넓은 마음으로 이해해 주십시오."

"됐네, 됐어. 어서 눕게나."

"아닙니다."

"어른 말씀 들어!"

반 강제로 진무가 그를 침상에 비스듬히 앉히자 조봉팔도 침상 맡에 의자를 끌어왔다.

"그래, 고생이 많았다고 들었네. 뒷이야기는 나중에 하기로 하고……."

슬쩍 진무를 쳐다본 조봉팔이 빠르게 물었다.

"두 사람이 찾으려던 물건이 대체 무엇이었나?"

"그러니까……."

"그게……."

진무와 사하가 서로를 보며 난처한 표정을 지었다.

사실 그들도 내용물이 무엇인지는 모르니까.

그래서 사하가 이렇게 대답했다.

"사실 저희도 내용물이 무엇인지는 모릅니다."

"뭐?"

황당함이 가득 찬 조봉팔의 반문.

"무엇인지도 모르는 물건을 쫓아 구천마련의 훈련총교두가 잘 알지도 못하는 녀석과 동행을 했다는 겐가?"

"바로 그거거든요."

장난스럽게 고개를 끄덕이던 진무가 어디선가 흘러나는 살기를 느끼고 잽싸게 말을 이었다.

"아니, 그게 아니라! 내용물이 뭔지는 몰라도 그것이 대단한 무엇이라는 확신은 있었다고요! 그렇지, 그렇지?"

지적받은 사하가 고개를 끄덕이자 조봉팔의 황당함은 극에 달했다.

"자네들 말이 말 같다고 생각하나?"

말이니까 입에서 나왔지요, 따위의 얌통맞은 소리를 지껄이려던 진무가 조봉팔의 근엄하다 못해 위험한 표정을 인식

하고 얼른 입을 닫았다.

여기서 더 가다간 친구와 침상을 공유할 상황에 이를지도
모른다.

"앞뒤 잘라서 들으셨기에 그런 의문을 품으신 겁니다."

"앞뒤를 잘랐다… 그렇다면 앞과 뒤를 붙여주겠나?"

조봉팔의 진중한 물음에 사하가 진무의 구천마련 방문, 그
리고 마련의 문헌비고에서부터 시작된 의혹을 간략하게 설명
했다.

"저 친구가 그런 발상을 했다고?"

경악에 어린 눈으로 조봉팔이 진무를 좇자 사하가 고개를
갸우뚱거렸다.

'친구?'

저 호칭은 말이 안 된다. 칠십이 넘은 노강호가 이십대 중
반의 청년에게 친구라니?

진무와 조봉팔의 기이한 관계를 몰랐기에, 또 진무가 느닷
없이 조봉팔을 사부라 부른 사실을 알 리 없었기에 사하는 의
혹을 억누르고 공손하게 답했다.

"그렇습니다."

"믿기 어렵군. 무데뽀 정신으로 온몸을 감싸고 일단 저지
르자는 발상으로 천하를 상대하는 친구였거늘. 그래서 나와
첫 만남에서도 바락바락 대들… 아, 이건 쓸데없는 말이었군.
아무튼, 그래서?"

"물론 어르신 말씀처럼 저 친구가 무데뽀 정신이 투철하다는 사실은 저도 공감합니다. 하지만 사람은 의외성을 가지는 존재인지라 가끔은 틀에 벗어난 행동을 하더군요. 그나저나 감히 어르신과의 첫 만남에 그런 행동을 했다니, 무데뽀 정도가 아니라……."

둘의 대화가 이어진다면 사하의 말처럼 무데뽀를 넘어서 천하의 꼴통으로 전락할 판이라 진무가 다급한 목소리로 개입했다.

"잠깐, 이제부터는 제가 설명하도록 하지요!"

번쩍 손을 들고 끼어든 진무가 문헌비고에서 유추한 내용들을 쏟아냈다.

"그러니까… 약으로써 무림을 개혁하려는 인물들이 구중무련을 추종한다? 해서 구중무련의 군열과 몰락의 순간을 함께한 패도 세 개 문파의 흔적을 쫓기 시작했다?"

"그렇다니까요?"

"믿기 어렵군, 정말로 믿기 어려워."

"하지만 그게 사실이에요."

"아니, 그걸 믿지 못하겠다는 것이 아니라 자네처럼 단순한 인간형이 그런 생각을 했다는 게 믿을 수 없다는 거야."

집요할 정도로 계속해서 시비를 거는 조봉팔에게 천천히 고개를 돌린 진무가 입꼬리를 서서히 추켜올렸다.

"쑥스러우셨구나?"

"뭐, 뭣?!"

"사부라는 말, 쑥스러웠던 거였어."

"그, 그 무슨!"

"평소에는 점잔 빼는 것만으로도 하루를 소일할 양반이 재미도 없는 농을 집요하리만치 계속해서 고집하는 이유가 뭘까나?"

"어, 어험험!"

짓궂은 진무의 역공에 수세에 몰린 조붕팔이 폭풍 같은 헛기침으로 분위기 반전을 노렸다.

"지금 중요한 건 그런 게 아닐세. 그보다……."

역시 전대 정도맹주. 조붕팔의 목소리에 힘이 실리자마자 단번에 분위기는 정돈되어 진무가 깐죽거릴 여지는 어디에도 없었다.

"패도 세 개의 문파를 쫓기로 했다. 발상은 좋았는데, 결과 또한 그랬나?"

"초반 두 곳에서는 난항을 겪었으나 다행히도 세 번째 방문지에서 괜찮은 수확을 건지게 되었습니다."

"초반 두 곳에서는 난항을 겪었다고? 왜 그랬나?"

조붕팔의 물음에 진무가 불쑥 끼어들었다.

"선객이 있었거든요, 제길."

"그렇다면……."

"뻔하잖아요, 살인멸구."

"차이는?"

"예?"

"선객과 자네들의 방문일자, 어느 정도나 차이를 보이느냔 말일세."

송곳 같은 조봉팔의 질문에 사하가 기계적으로 답했다.

"며칠 상관이었습니다."

"며칠? 그렇다면 상대는 자네들의 행보를 앞질렀다는 가정이로군?"

"하지만 우리가 그들을 다시 앞질렀지요."

진무가 희희낙락, 대답했지만 조봉팔의 다음 말에 꿀 먹은 벙어리가 되었다.

"이백 년간 방치하다시피 내버려 두다 자네들이 조사를 시작하자마자 곧바로 살인멸구를 감행했다? 너무도 공교롭지 않은가?"

"헙!"

"앗!"

진무와 사하의 눈이 허공에서 격하게 얽혔다.

선객의 행보를 앞지르는데 신경을 쓰다 보니 간과했던 점.

조봉팔의 말에 담긴 뜻은……

'우리의 행적이……'

'……그들에게 낱낱이 알려졌다는 건가?'

또한……

'어떻게, 대체 어떤 방법으로⋯⋯.'

'⋯우리의 의중을 파악했다는 건가?'

둘의 동행은 구천마련 사람들이 대부분 알고 있었지만 마련을 벗어나서의 행보는 돌발적인 측면이 많았기에 알 사람이 드물다. 아니, 없다고 봐도 무방하다.

그런데도 살인자는 두 사람의 방문 예정지에 먼저 침입하여 살인을 저지르고 유유히 사라졌다.

주묵상의 자택에서 조우한 료토와 전대고수들이 선객, 즉 살인자들로 추정되지만 진무와 사하가 천성현과 작현 마을을 방문할 것이라는 걸 어떻게 알았을까?

'답은⋯⋯.'

'⋯하나!'

두 사람이 동시에 고개를 끄덕였다. 둘의 생각대로 답은 하나밖에 없었으니까.

'무언가 결론을 내린 모양이로군.'

단지 문제를 던져 준 것만으로도 알아서 해답을 찾아가는 두 청년의 능동적인 모습에 적이 만족한 조봉팔이 수염을 쓰다듬었다.

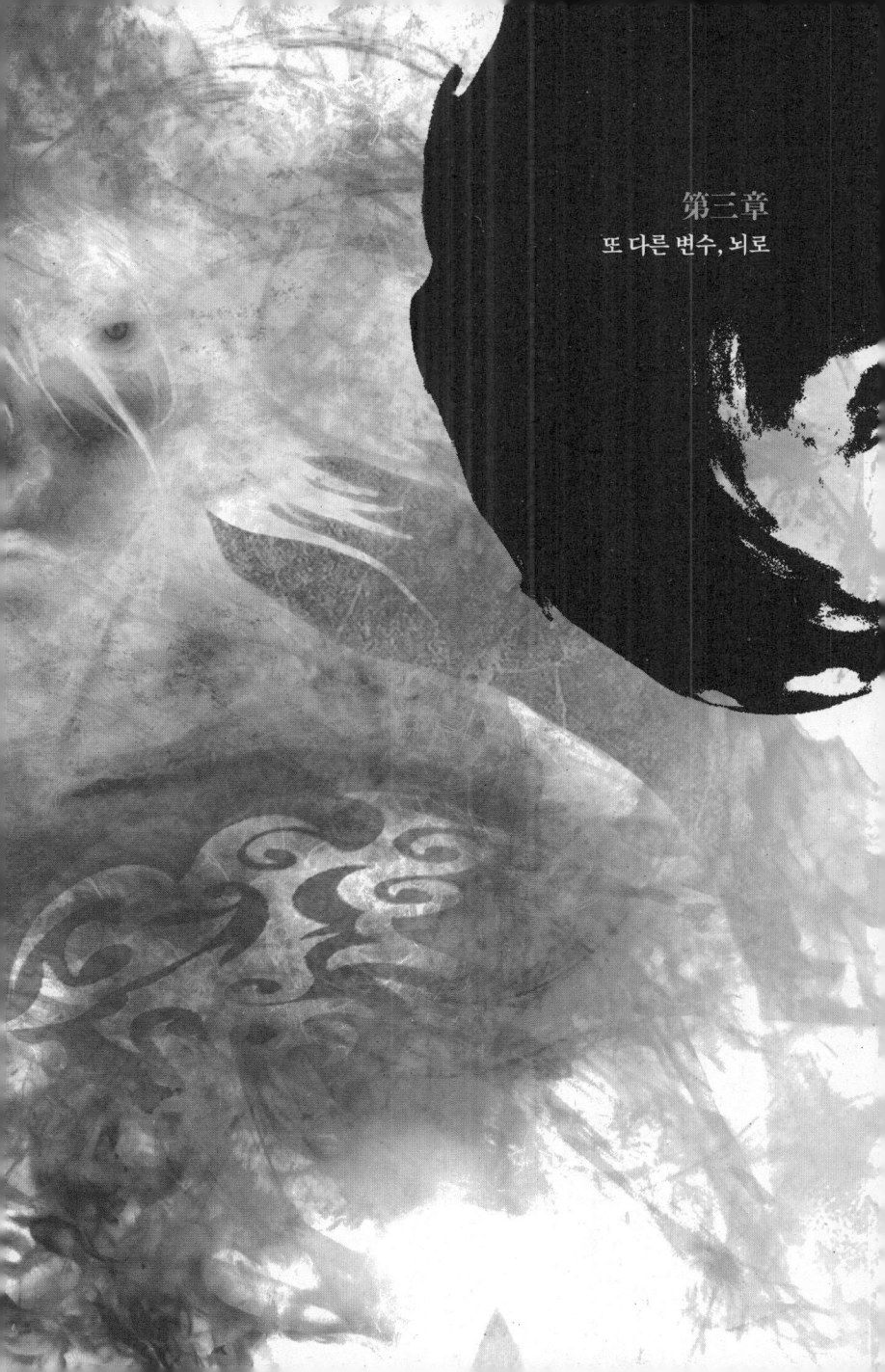

第三章
또 다른 변수, 뇌로

염왕진무
閻王眞武

"아무튼 그 문제는 자네들이 해결할 부분이고… 그래, 세 번째 장소에서 단서를 찾았다는 건가?"

진무가 주묵상의 집에서 벌어진 결투, 그리고 얻어낸 단서로 추풍표국으로 향하던 중에 만래고품향 부향주, 유청하의 일행과 동석하게 된 경위까지 설명하자 조봉팔이 탁자에 턱을 괬다.

"풍운의 세 청년이 그렇게 만난 것이로군."

"풍운까지는 모르겠고… 아무튼 그렇게 부향주 일행과 추풍표국에 들렀다 애먼 정도맹 원로전 어르신들하고 한판 붙고… 아니, 이건 논외로 치고, 아무튼 육잠화란 상자를 얻게 되었지요."

"육잠화?"

"그래요. 우리가 그 고생을 한 이유지요. 육잠화가 완성되어야만 열 수 있는 상자, 한마디로 육잠화는 열쇠인 거거든요."

호남오가에 대한 설명없이 진무가 마구 내뱉자 혀를 차던 사하가 끝내 끼어들었다.

"그런 식으로 말하면 천하의 현자라도 알아듣지 못할 거야! 그러니까 육잠화란……."

호남오가에 관한 일화, 그리고 그들 가문이 각기 하나씩의 신물을 나눠 가졌고, 그것이 모여야 육잠화라는 꽃모양의 열쇠가 완성된다는 사하의 설명이 추가되자 아하, 하며 탁자를 내려친 조봉팔이 문득 고개를 갸웃거렸다.

"그것 또 이상하구만. 어떻게 부향주라는 아이가 작현 마을을 알게 되었으며, 나풍이라는 사람을 꼭 짚어서 접촉한 걸까?"

"그거야 저는 노인네들하고 한판 붙는 동안 이 친구가 일행을 이끌고 먼저 가버려서… 가만?! 부향주에게 어떻게 알게 되었는지 물어보지도 않은 거야?!"

"다른 이야기에 정신이 팔려서 그만……."

"에휴, 아무리 다른 이야기에 취해도 그렇지. 어떻게 그 중요한 일을… 아니야, 됐어."

손을 휘휘 저은 진무가 아무렇게나 중얼거렸다.

"뭐, 우리의 정보를 빼낸 쪽이 만래고품향에도 흘렸겠지요."

"당연히 그쪽이겠지. 문제는 흘린 이유인데……."

잠시 고심하던 조봉팔이 입술을 우그러뜨렸다.

"자신들도 원하지만 정보를 흘렸다, 자네들과 부향주의 대립을 부추기려는 목적이었다고 억지로 이해를 해보려고 해도 단지 그 목적이 전부였다면 이득보다 손해가 더 많아."

"그렇습니다. 저희와 부향주의 대립이라는, 불확실한 가치를 얻기 위해서 확실한 가치, 즉 자신들이 얻어낸 정보를 포기한다는 건 무리가 있는 가정입니다."

"하면 대체 무슨 꿍꿍일까……."

눈을 감고 생각하던 조봉팔이 가장 중요한 부분에 관해서 물었다. 아직 주어진 정보가 턱없이 부족하고, 이렇게 부실한 것들로 유추하기에는 사안이 너무 컸으니까.

"이제부터가 진짜로군. 기억하기 싫은 순간일 테지만 떠올려 주게."

조봉팔의 부드러운 독촉에 사하가 주먹을 쥐었다.

정말로 떠올리기 싫은, 치욕적인 순간.

하지만 말해야만 한다.

"마지막 단서를 지닌 분이 우연찮게도 근거리에 계시더군요. 바로 사사겹천 가운데 약으로 유명한 약로, 능용헌 노대협이셨습니다."

"약로라……."

"미리 기별을 넣은 방문이었고, 약로께서도 저를 호남오가의 후예로 흔쾌히 인정하셨기에 신물을 얻는 과정은 아무런 문제가 없었습니다. 그리고 마지막 신물을 받고 작별을 고하는 순간 그들이 들이닥쳤지요."

분노를 눌러 참으며 사하가 당시의 상황을 담담히 구술하자 이번에는 진무가 펄쩍 뛰었다.

"귀여운 생김새에 욕설을 일삼는 소년? 그거 충인이잖아!"

"소년의 이름이 충인이었나? 아무튼 자네를 아는 눈치더군."

"알기만 해? 그 자식 때문에 죽을 뻔했는데?"

흥분한 진무가 충인과의 지긋지긋한 악연을 늘어놓았다.

"진정한 소악귀로군."

어지간한 일 가지고는 흥분하지 않는 조봉팔마저 충인의 악행에 혀를 차는데 진무가 고개를 갸웃거렸다.

"하지만 그놈 실력으로는 무린데……."

"두 번째 암습에 당했다. 산발을 한 여인이었는데 무서울 정도로 빠르더군."

"얼마나 빨라서 자네가 당하는데? 말 그대로 전광석화 같다는 거야?"

"전광석화는 모르겠지만 빠르고, 정확했다. 무엇보다 기척을 완전히 숨기고 접근했지. 우리 구천마련에도 수많은 은잠술이 있지만 그토록 철저하게 자신의 기척을 숨길 무학은 없어."

약로가 아니었더라면 목숨마저 위태로웠을 거라면서 사하가 말을 맺자 조봉팔이 작은 탄식을 터뜨렸다.

"결국 자네들의 행적은 그들의 손바닥 안이었다는 말이로군, 딱 그 시기에 습격한 걸로 보아."

"변명의 여지가 없습니다."

"탓하자는 것이 아니라, 탓할 위치도 아니지만, 지금 중요한 것은 대체 누가 고변자일까, 라는 의문일세. 아까도 말했지만 자네들의 동선은 불규칙적인 측면이 많았는데 어떻게 저들이 그리 쉽게 접근했느냐는 거야."

조봉팔이 팔짱을 끼자 진무가 손을 저었다.

"짐작은 하고 계시잖아요."

"음?"

"이 친구 기분 나쁠까 봐 얘기만 안 한다뿐이지, 짐작하고 있잖아요."

"으음……."

"솔직히 저도 동의해요. 아마 이 친구도 동의할 테고."

"그런가?"

고개를 돌린 조봉팔이 사하를 응시하자 구천마련의 미래라는 청년의 얼굴에 진한 아픔의 빛이 내리깔렸다.

"저희에게는 호남오가를 알아낼 정보가 없었습니다. 그래서 구천마련의 지부를 돌며 정보를 수집했지요."

"그 말은……."

"저 친구의 말대로 내부 고변자… 밖에 답이 안 나오는 상황입니다. 또한 그는 구천마련의 모든 지부에서 정보를 얻어낼 능력이 있는 사람일 겁니다. 그렇지 않으면 저희의 움직임을 실시간으로 파악하기란 불가능할 테니까요."

사하의 말대로라면 둘의 움직임 자체가 정보의 유출이었다는 거다. 음모자는 아무런 제약 없이 두 사람의 동선을 파악했던 것이고, 먼저 손을 쓸 수 있었다는 말이 된다.

"그러한 능력, 즉 전 지부에서 보고를 받을 위치에 있는 사람이 구천마련에서 몇이나 될까……."

"생각보다는 많습니다. 어차피 통상적인 업무 보고를 빙자한다면, 또 저의 안위를 걱정해서, 라는 구실을 단다면 그런 보고를 얻어내는 것쯤은 어렵지 않지요. 정도맹의 경우를 생각해 보시면 유추가 가능하실 겁니다."

정도맹 각 지부에서 정보를 취합할 수 있는 위치의 사람을 헤아려 보니 얼추 서른 명은 넘게 나오는지라 조봉팔이 쓴웃음을 지었다.

"그래, 그런 식으로의 접근은 무리가 따르겠어. 하면 자네는 어떻게 가려내겠다는 건가?"

조봉팔이 묻자 사하가 묘한 미소를 입가에 띠었다.

"아무것도 하지 않을 겁니다."

"뭐?"

"상대는 예상을 뛰어넘는 지략과 힘, 그리고 무학을 소유한 자입니다. 또한 우리 구천마련과도 밀접한 관계를 맺고 있지요. 이런 사람은 의심을 달고 사는 법. 섣불리 캐내려 들다 자칫 타초경사의 우를 범하느니 차라리 아무것도 하지 않을 생각입니다."

"그 말은……."

"원하는 바를 얻었으니 상대는 어떤 식으로든 분명 움직임을 보일 것입니다. 그때 가려내는 편이 나을 것입니다."

"허허실실이라?"

박수를 치며 조봉팔이 말을 받자 사하가 고개를 끄덕였다.

"자신에 대한 의심의 눈초리가 전무하다고 판단이 들면 움직임은 조금씩 커지겠지요. 그렇게 되면 결국 마각이 드러날 것이라고 봅니다."

"너무 늦지 않을까?"

진무가 입을 내밀자 사하가 손을 저었다.

"의심받는다고 판단해서 구천마련과 연을 끊는다면 더욱 상대하기 어렵게 된다. 차라리 조금 기다리는 편이 나아."

일리있는 사하의 분석에 조봉팔과 진무가 동의의 시선을 던졌다.

"그런데 말이야… 기분 나쁘겠지만 당시의 정황을 구체적

으로 얘기해 줄 수 있겠어?'

뒷머리를 긁으며 진무가 물었다.

"이만하면 충분히 구체적이었다고 생각하는데…….."

"조금만 더 구체적이었으면 좋겠다는 거지."

"흠……."

듣기 좋은 장단도 겹치면 싫다는데 떠올리기 싫은 순간을 자꾸 되새기라는 진무의 요구에 짜증이 왈칵 솟구쳤지만 지은 죄가 있는지라 사하가 당시의 일을 또 한 번 반추했다.

"약선당의 접객실에서 약로, 아니, 개천능씨세가의 현 주인, 능용헌 노선배를 만났지. 통상적인 방문이라고 생각했는지 그분은 그저 사람 좋은 웃음만 흘리더군. 주위를 물리쳐 달라고 청하자 그제야 능 노선배의 안색이 굳어지더군. 얼마나 엄하게 명을 내리셨는지 모르나 개미 발걸음 소리 하나 안 들릴 정도로 주위는 엄격히 통제되었다."

"개미 발걸음 소리 하나 들리지 않을 정도라……."

"그리고 내 신분을 밝히자 대경한 능 노선배가 감격 어린 표정으로 신물을 넘겨주셨지. 모든 조각이 맞춰진 터라 상자를 열어볼까 생각도 했지만 안의 내용물이 무엇인지도 모르면서 설불리 개봉한다면 어떤 결과를 초래할지 모른다고 생각해서 능 노선배께 양해를 구했다. 원래 도량이 큰 양반인지 손사래를 치며 신경 쓰지 말라고 하시더군. 고개를 끄덕이고 돌아서는데 문을 박살 내면서 충인? 그래 충인이라는 소년이 접객실에 난입해서 탁자 위에 놓여 있던 상자를 집어 들고 도주를 시도했다."

"물론 자네는 막았겠고?"

"일원제왕륜은 그리 만만한 물건이 아니다."

"그럼, 그럼. 어련하겠어. 그다음은?"

"충인이라는 소년, 도주로가 막히자 욕을 하면서 달려들더군. 묘한 기의 파고를 일으키면서 갈이야. 하지만 일원제왕륜에게 그 정도의 구름은 단지 솜뭉치에 불과했다."

"음? 그렇다면 충인을 제압했다는 거야?"

"완벽하게 제압하지는 못했지만 얼굴에 잊지 못할 흔적을 안겨주었지. 한 번 더 황금륜이 날았다면 그 아이는……."

"그 순간 두 번째 암습자가 뛰어들었고?"

"어떠한 기척도 없었다. 옷깃 스치는 소리조차 없었어. 그녀는 땅에 솟아난 것처럼 날아왔지."

그 말을 끝으로 사하가 입을 다물자 장내는 침묵의 늪으로 빠져들었다. 사하는 한순간을 버텨내지 못했다는 죄책감에, 조봉팔은 미지의 음모자에 대한 생각에, 그리고 진무는…….

무언가를 골똘히 생각하던 진두가 벌떡 일어섰다.

"아직 완전히 회복한 상태도 아닌데 너무 오래 잡았나 보다. 몸조리 잘해."

"환자 취급하지 마라."

"환자잖아."

피식 웃으며 그가 문을 열자 조봉팔도 엉겁결에 일어섰다.

"그럼 쉬게나."

사하의 방을 나선 조봉팔이 주위를 둘러보고 진무에게 귓속말을 던졌다.

"뭔가 알아낸 것 있지?"

"예?"

"혼자 인상을 썼다, 풀다, 아주 난리도 아니던데, 뭔가를 알아낸 게야."

"그렇게 보였어요?"

"그렇게 보였으니 말하지. 대체 뭘 알아낸 건가?"

"아직은 확실하지 않아서 말씀드리기 곤란해요. 조금만 기다려 주세요."

차분한 진무의 대답에 조봉팔이 입맛을 다셨다. 일리있는 말이고, 달리 추궁할 방법도 없었으니까.

그렇게 걸음을 옮기던 진무가 소스라치게 놀라며 박수를 쳤다.

"아! 이제 생각났어!"

"음?"

돌발 상황에 조봉팔이 눈을 꿈뻑이는데 머리를 감싸고 주저앉은 진무가 마구잡이로 말을 쏟아냈다.

"하필 이제야 생각이 날 게 뭐람? 아, 난 정말 천성적인 돌머리라는 건가! 미치겠네, 정말!"

"갑자기 왜 이러나? 어디 안 좋은가?"

척우송과의 일전으로 살짝 맛이 갔나, 하는 표정으로 조봉
팔이 바라보자 진무가 제 가슴을 마구 두드렸다.

"뭔가 묻고 싶더라니… 그거였어!"

"그러니까 그게 뭐냐고?"

"저기 혹시나 해서 여쭙는 건데……."

"어서 말하게."

"뇌로가 만들었다는 삼대진법. 모두 아세요?"

"삼대진법? 대충은 들어봤는데, 왜 그러나?"

"여태까지 제가 그 가운데 두 가지를 상대했잖아요. 기억
하세요?"

당연히 기억한다. 진무는 뇌로가 만들었다는 세 가지 진법
가운데 십이성궁진을 생사침전에서 사해상방의 파황대원들
이 난입하여 펼쳤기에 상대했고, 얼마 전 섬서성 상남에서 황
룡신창의 제자인 칠소룡이 범천옥쇄진으로 압박해 들어와 역
시 맞서야만 했다.

공교롭게도 그 자리엔 모두 조봉팔이 함께했었다.

"물론일세. 기억하고말고."

"그래서 여쭙는 건데요. 마지막 진법의 형태를 아시면 말
씀해 주세요."

"마지막? 천지휘무진(天地揮舞陳)을 말하나 보구만."

"천지휘무진이 마지막이었군요……."

진무가 중얼거리자 조봉팔이 의아한 얼굴로 물었다.

"뜬금없이 뇌로의 진법에 관심을 가지는 이유가 뭔가?"

"뜬금… 없는 것이 아니라… 좀 이상해서요."

"이상하다고? 뇌로의 진법이?"

"예. 이상해요, 그것도 무지무지."

뇌로의 삼대진법은 누가 뭐라고 해도 현존하는 최강의 절진이다. 비록 진무가 그것들 가운데 두 개를 격파했다지만 그건 어디까지나 극광혈무라는 희대의 괴물이었기에 가능했던일이고, 일반적으로 뇌로의 진법을 상대한다는 건 거의 자살행위에 가깝다고 하겠다.

그런 진법이 이상하다?

"뭔가… 다른 이야기를 하고 싶은 게로군."

"그게……."

인상을 찌푸리며 진무가 중얼거렸다.

"미친 소리로 들리실지 모르지만 그 삼대진법이라는 놈 말이죠. 마치 삼대불가득을 상대하도록 만들어진 느낌을 받아서……."

쿵!

"뇌로의 삼대절진이 강호삼대불가득을 상대하기 위해서 만들어졌다니? 그 무슨!"

조봉팔이 버럭 소리쳤다, 진무의 말엔 엄청난 의미가 내포

되어 있었으니까. 만약 그의 가정이 사실이라면…….

"그건 말이 안 돼! 어떻게 뇌로가 삼대불가득을 알 수 있다는 거야?"

"저도 당황스럽네요. 어떻게 뇌로가 삼대불가득을 아는 거지?"

바보 같은 진무의 넋두리에 조봉팔이 입을 떡 벌렸다. 자신이 말을 꺼내놓고도 모르겠다니.

지금 장난치자는 건가?

"가만? 삼대불가득을 모두 아는 사람이라고는 그것을 창안하신 은월선자와 은하노인, 그리고 참관했던 나와 은월선자의 애제자인 우문 소저, 그리고 자네, 특히나 자네는 수라격체술을 응용할 단계까지 익혔고, 나찰호접무 역시 우문 소저의 움직임을 보면서 자연스레 터득했으며, 두 무학의 근간인 염왕보와 군림보를 자유자재로 구사하기에 어쩌면 창시자인 두 분, 그리고 나보다도 삼대불가득에 관해서 잘 아는 사람이라 할 수 있는데… 그런 자네가 그리 느꼈다면……."

눈을 끔뻑거리던 조봉팔이 진두를 응시했다.

"근거는?"

조봉팔의 질문에 진무가 생사침전에서의 대전을 천천히 떠올렸다.

"제가 처음 견식한 절진은 십이성궁진이었습니다. 격살(擊殺), 합(合), 산(散), 종(縱), 횡(橫), 종(終)이라는 여섯 변화로

적을 무력화시키는 진법이었지요. 그런데 이 변화, 무학으로 치자면 초식 정도로 이해가 됩니다만, 어딘가 묘해요."

"묘하다?"

"예. 제각기 따로 떼어놓으면 별 의미가 없어 보이지만 이 여섯 가지가 유기적으로 맞물려 돌아가면 묘한 결과를 도출할 수 있다고 보거든요. 물론 저 혼자만의 상상이지만."

고개를 반쯤 틀며 진무가 소곤거렸다.

"그게… 십이성궁진을 잘 활용한다면 특정 초식을 무력화시킬 수 있게 돼요. 그리고 이런 여섯 변화보다 무서운 건 십이격체진력이라는 일종의 내공 합일 공격법인데, 이것까지 더해진다면 인간의 몸으로는 절대 익히지 못한다는 절대의 초식 가운데 하나를 맞상대할 수 있게 된다니까요?"

"그게 무언가?"

"수라격체술이지요."

"음? 그게 무슨 말이야? 자네가 수라격체술로 십이성궁진을 깨뜨린 건 내가 똑똑히 봤는데? 언제는 특정 초식을 상대하기 위해서 만들어졌다더니 그 특정한 초식에 의해서 깨졌다면 무슨 의미라는 건가?"

"일단 결과론적인 측면은 뒤로 미뤄두고 다음을 말씀드릴게요."

진무가 담담하게 말을 이었다.

"제가 칠룡화를 나찰호접무로 깨뜨리자마자 뇌로가 황룡

노선배를 부추겼다는 건 잘 아실 거예요. 그리고 어쩔 도리 없이 칠소룡이 펼쳤던 범천옥쇄진… 누가 뭐라고 해도 꽃을 희롱하는 나비처럼 부드럽게 다가와 차디찬 나찰의 손짓으로 적을 격상시키는 수법, 나찰호접무를 상대하기 위해서 만들어진 진법이었어요."

확신에 찬 진무의 말에 조봉팔이 인상을 구겼다. 어느 누구보다 강호삼대불가득에 관해서 달통했다는 진무라지만 이런 식의 자신감을 보이려면 적어도 확실한 무엇이 있어야만 할 테니.

"기왕 이렇게 된 거, 하나 더 말씀드릴까요?"

반짝 눈을 빛내며 진무가 조봉팔에게 한 걸음 다가섰다.

"우연인지 몰라도 지금까지 제가 경험했던 뇌로의 두 가지 진법은 공통점이 있더군요. 바로 격체진력을 통한 내공 증폭이에요. 굳이 이런 위험한 방식을 택한 이유는 적의 무학이 진을 구성하는 이들보다 강하다는 전제하에 이루어진 안배겠지요."

"그렇겠지."

"하지만 너무 추상적이지 않아요?"

"음?"

"언제 어떠한 형태의 적을 만난다는 가정을 내렸는지 몰라도 격체진력이라면 거의 배수진이나 다름없는데, 일반적인 수많은 방법을 두고 가장 위험한 수법, 예, 그래요, 거의 극단적인 방법을 택했다는 건 상대를 너무나, 너무나 추상적으로 가정한 결과라는 거죠."

일리있는 말이다.

"방금 전에 결과를 물어보셨잖아요? 그것 또한 마찬가지예요. 분명 십이성궁진은 수라격체술을 상대하기 위해서 만들어졌지만 치밀한 맛이 없었어요. 뭐랄까… 수라격체술의 원론적인 부분만을 듣고서 만들었다고 해야 할까?"

"자네의 말은?"

"무학은 이론이지만 그것을 사용하는 사람은 인간이라는 거지요. 뼈와 살로 이루어진, 그리고 끊임없이 고뇌하고 사색하는 존재. 그렇기에 이론으로 머물던 무학은 인간을 통해 구체화하면서 변형에 변형을 거쳐 처음과는 다른 모습으로 세상에 드러난다는 겁니다. 이론으로 머물던 수라격체술은 저라는 인간으로 구현되면서 두 분 선인의 의도와는 다른 형태를 띠었을 수도 있다는 말이에요."

"좋은 말이로군."

"그런데 삼대절진은 이 점을 간과했습니다. 무학에 대해서 평면적으로 들여다봤다는 거지요. 그러다 보니 수라격체술도, 나찰호접무도 그저 하나의 무학 이론에서 멈췄거든요."

"그렇다면 범천옥쇄진으로도 나찰호접무를 막지 못했을 거라는 말인가?"

"우문 소저가 칠소룡을 상대했다면 일곱 명의 젊은이는 큰 곤욕을 치렀을 거예요. 말라비틀어진 무학 이론으로 살아 숨 쉬는 실전 무학을 어떻게 이겨요?"

"으음……."

"아무튼 간에 이렇게 파훼의 흉내라도 냈다는 건 최소한 뇌로라는 노인이 삼대불가득에 관한 전반적인 개요 정도는 알고 있다는 얘기죠."

뇌로가 언제 강호에 출도했는지는 아무도 모른다.

그는 여타의 강호인들과 다르게 무학을 사용해서 유명해진 것이 아니라 기존 무학을 파훼하거나 진법 또는 기관으로 은근히 이름을 알린 터라 정확한 등장 시기를 아는 이가 없었다.

"그건 불가능한데… 삼대불가득을 아는 사람은 선인 두 분과 자네와 나, 그리고 우문 소저가 전부인데……."

"또 모르지요. 그 두 분의 선인이 다른 사람에게 발설했을지도… 아니면 뇌로가 두 분께 무학을 의뢰했던 암중의 인물 가운데 한 사람인지도."

"뇌로가 암중의 인물 가운데 하나? 아니지, 그건 아니야. 만약 뇌로가 암중의 음모자라면 삼대불가득을 파훼할 이유가 없지. 어차피 두 분 선인의 무학이 삼대불가득으로 대변되는 성질의 것이 아니니까. 그건 무의미한 행동이거든."

조봉팔의 지적은 정확했다. 뇌로가 삼대불가득을 만들어

달라고 요구했던 암중인이라면 두 선인의 무학 수준을 모를
리가 없을 터. 삼대불가득은 두 사람의 무학 가운데 일부일
뿐인데 굳이 그것을 깰 이유가 있을까?

"역시… 그 가정은 무리가 있네요."

머리를 긁으며 조봉팔의 분석을 인정한 진무가 코를 실룩
거렸다.

"그럼 물어보면 되겠네요, 간단하게."

"물어본다고? 무엇을?"

"저나 어르신을 통해서 유출되지는 않았으니 남은 가능성
은 두 분 선인밖에 없잖아요. 그분들한테 물어보면 되겠지
요."

당사자들에게 직접 물어보겠다?

말이야 쉽다. 또 그보다 정확한 방법이 어디 있을까?

문제는…….

"은월선자의 거처는 알지만 은하노인께서 어디에 기거하
시는지 아는 사람이… 아!"

꼬리를 감춘 신룡처럼 종적이 묘연한 은하노인이라지만
그에게 직접 무학을 배운 이가 눈앞에 있다!

"맞아요. 제가 그분께 여쭈어볼 테니 어르신께서는 은월궁
으로 가세요. 이상하게 신경이 쓰인다고요, 뇌로라는 노인
네."

                    *   *   *

  세간에서 꼬리를 감춘 신룡이니, 말 그대로 신기루처럼 사
라졌다느니, 말들이 많았지만 사실 은하노인은 호북성 의창
에서 일반인들과 버젓이 섞여 살고 있었다.

  나무를 숨기려면 수풀로 가라는 격언을 따른 걸까?

  진무가 들어서자 전처럼 책 더미에 파묻혀 있던 은하노인
벽룡월, 아니, 황복만이 고개를 빼꼼히 내밀며 물었다.

  "다니는 곳마다 풍파를 일으키는 모양이더구나. 그래, 가
닥은 좀 잡았냐?"

  "가닥… 까지는 모르겠고, 아무튼 종착역으로 치닫는 모양
이에요."

  "종착역?"

  호기심이 동했는지 황복만이 책의 바다에서 몸을 빼내 방
으로 향했다.

  "이번 강호행이 쓸모없는 시간만은 아니었구나. 한번 들어
볼까?"

  "… 그렇게 되었단 말이지."

  "예."

  "육잠화, 그리고 호남오가라… 열쇠는 역시 구중무련이 쥐

고 있다는 소리인데…….."

말을 끌던 황복만이 인상을 찡그렸다.

궤짝만 열렸다면 기본적인 의문들은 해결됐을 터. 어쩌면 그보다 중요한 정보까지 얻을 수 있는 기회였을지도 모른다. 그런데 그것을 눈앞에서 놓쳐 버리다니.

"구천마련의 훈련총교두까지 역임했다는 녀석이 제 한 몸 간수하지 못하고 암습이나 당해! 이름값이 아깝다!"

"에이, 그러지 마세요. 그 친구도 나름대로 최선을 다했다고요."

진무의 너스레에 황복만이 전에 없던 표정을 지으며 무겁게 중얼거렸다.

"누구나 최선은 다하는 법이다. 생사를 담보로 사람을 상대하는 강호인들이라면 더욱 그러하지. 그 모든 최선들 가운데 목적한 바를 이루는 사람은 소수에 불과하지. 결국 최선이란 말은 패배자의 넋두리에 불과하다."

갑자기 무거워진 분위기. 진무도 눈치 정도는 있는 터라 이런 상황에서 농을 던졌다간 경을 치리라는 것쯤은 알았기에 가만히 고개를 숙였다.

물론 한마디 종알거리는 건 잊지 않고.

"불가항력이란 경우도 있는데…….."

"그야 불가항력이었더라면… 뭐?"

"아니, 뭐, 그렇다는 거예요. 경우의 수는 다양하면서도 많

으니까. 당사자가 아닌 이상 어떤 상황이었는지 알 길이 없잖
아요."

"흐음······."

저 어린 너구리가 뭔가를 숨긴다. 딱 보면 감이 잡히는데
두드려 팬다고 해도 제 입 열기 싫으면 말하지 않을 놈이니
어쩌겠는가.

"뭐 그건 그렇다고 치고, 결론은 결정적인 단서를 놓쳤다
는 얘기 아니냐?"

"그렇지요."

"어린아이와 산발한 여인이라. 극락 그 친구의 제자들인
가··· 만약 그렇다면 그 친구는 대체 무엇을 바라는 걸
까······."

황복만이 신음처럼 중얼거리자 진무가 황당하다는 듯 눈
을 꿈뻑였다.

"음? 모르셨어요?"

진무의 반문에 이번에는 황복만이 눈을 꿈뻑였다.

"그게 무슨 소리야? 나도 모르는 사실을 자네가 안다는 거
야? 극락의 최종 목표를 안다고?"

"어떤 상황과 맞물려서 유추하다 보니 결론이 나더라고
요."

만래고품향이 기술로서 강호를 재편하려 든다는 얘기, 그
리고 일망성에 관해서 진무가 설명하자 황복만이 침중한 얼

굴로 깊게 한숨을 내쉬었다.

"기본적으로 인간은 육체적인 진화 속도보다 정신적인 진화, 즉 기술력이 앞섰었지. 내공이라는 개념을 만들어내지 못했더라면 기술이 인간사회를 지배했을 거야. 하지만 언젠가는 기술이 육체적인 진화를 압도하는 날이 오겠지. 그러나 아직은 아니라고 생각했거늘."

일망성은 천외사선에게도 충격적인 물건으로 다가왔나 보다. 그도 그럴 법한 것이, 일반인의 손가락질 한 번의 움직임에 천하를 호령하는 고수들이 목숨을 잃는다면 머지않아 천하제일의 고수도 안전할 수 없다는 말이니까.

자신이 소속된 천외사선이라도 말이다.

"그렇지만 내가 보기엔 만래고품향에서 삼망성은커녕 아직은 이망성, 즉 두 번 발사가 가능한 물건은 만들어내지 못한 모양이다."

황복만의 분석에 진무가 머리를 갸우뚱거렸다.

"어떻게 그리 단정하시는 건데요?"

"봐라, 만래고품향에서 일망성을 유출시킨 이유는 그들의 기술력을 과시하는 일방, 강호를 혼란에 빠뜨리고자 하는 목적이라고 했지 않느냐?"

"그렇지요."

"하면 두 가지 목적에 가장 부합하는 물건이 무엇일까? 유청하라는 아이의 말이 사실이라는 가정하에 살상능력이 가장 높은 삼망성을 뿌린다? 이론적으로는 그것이 정답이겠지만 만약이라도 만래고품향에서 삼망성을 실제로 만들었다면 절대 그것을 퍼뜨리지 않았을 거다."

"왜 그렇지요?"

진무가 묻자 황복만이 단호한 어조로 답했다.

"필연적으로 무림과 만래고품향은 전면전을 벌일 수밖에 없을 테니까."

"아……."

"비록 기습적인 공격이었다고는 하나, 구천마련의 장로 급 인물이 한 번의 공격에 목숨을 잃을 정도라면 연속해서 세 차례의 공격을 당해낼 사람이 어디 있겠느냐? 하지만 강호인에게 이건 충격이라기보다 사기에 가까운 일로 다가올 터. 무림에 몸담은 이들로서 이런 거대한 변혁은 도저히 받아들일 수 없는 문제일 테니 이판사판 만래고품향으로 향하겠지."

"그렇다면……."

"만래고품향의 입장에서 본다면 삼망성을 만들어냈다고 하더라도 이망성을 뿌렸을 것이고, 이망성까지 만들었다면 또 이망성을 뿌렸을 것이다. 모자라지도 않고 넘치지도 않는 둘이라는 숫자. 일망성보다도 더한 위협을 주었겠지만 강호인들로서는 이러지도 저러지도 못했겠지."

"하지만 굳이 일망성을 뿌렸다는 건……."

"만래고품향의 기술력은 아직까지 일망성이다. 하긴, 그것만으로도 사기에 가까운 진보라 할 수 있지."

어떤 이에게는 사기일지 몰라도 다른 사람에게는 평생의, 아니, 누대에 걸친 숙원이었을지 모를 기술의 진보. 그 결과물로 모습을 드러낸 일망성.

"거역할 수 없는 시대의 흐름일지도……."

생각에 잠겼던 황복만이 눈을 치뜨며 소리쳤다.

"그렇다면 극락, 그 친구는 기술력으로 재편되는 세상을 육체적인 진보로 막으려 한다는 거냐?"

"정확히 보셨습니다. 아마도 그분은 약을 통해서 신인류, 즉 지금까지의 강호인과는 차원이 다른 신체조건을 지닌 이들로서 무림을 재편하려는 모양이에요."

"신인류……."

"황 대인께서도 아시다시피 그분이 짓는 약은 아직까지 많은 문제점을 가지고 있잖아요? 기본적인 부작용, 즉 금단증상조차 어쩌지 못한다면 그건 선단이라기보다 마약에 가깝지요. 뭐, 세 분이야 전인미답의 경지에 이른 분들이니까 극복했다고 치고, 일반인들에게 환희제련산의 금단현상은 감당할 수 없을 정도로 거대한 것이거든요."

잠시 말을 끊은 진무가 안면 근육을 기묘하게 뒤틀었다. 뭔가 쑥스러우면서 어색한 표정이 있다면 바로 이런 얼굴일까?

"그런데 완벽한 일반인, 그것도 어린아이가 환희제련산의 금단현상을 이겨냈다는 거지요. 예, 바로 제 얘기예요. 거짓

말 같지만 실제로 일어났던 일이지요."

"극복 방법 또한 놀라웠지. 어떠한 인공적인 수단이나 도움없이 이빨 꽉 깨물고 참았다고 했다. 그 결과… 염왕진기를 얻었지, 누구도 알려주지 않았는데."

네가 아닌 다른 사람이 말했다면 절대로 믿지 않았을 것이야, 하며 말을 맺은 황복만이 진무를 빤히 쳐다보았다.

"어떤 식으로라도 금단현상을 이겨낼 사람들. 이른바 새로운 강호인들, 네가 말하고자 하는 것이 이런 사람들을 일컫느냐?"

"부작용만 이겨낸다면 환희제련산은 어쩌면 무림에 축복일지도 몰라요. 하지만 현실적으로 부작용 때문에 환희산은 순간적인 축복, 그리고 영원한 저주가 되었어요. 그런데 만약 환희산의 부작용을 극복하는 이가 있다면 말 그대로 환희산은 축복이고, 극복한 소수는 강호를 이끌겠지요."

"그렇지."

"또한 그들을 이끄는 인물이야말로 진정한 선도자가 될 테고요."

"정영주의……."

"그들이라면, 그런 선택받은 소수가 지배하는 강호라면, 만래고품향에서 원하는 기술적인 진보는 필요없다, 이거지요."

진무의 이야기에 황복만이 극락선인과의 지난 일들을 반

추했다.

"네 말이 맞을 것이다. 극락 그 친구는 늘 얘기했거든."

그렇다. 극락선인은 정영주의자였다. 선택받은 소수의 천재들이 무지하고 몽매한 다수의 중인을 지도하고 이끌어야만 세상이 행복해질 거라 여겼다.

어쩌면 세상은 극락선인의 이상대로 이미 움직이고 있는지도 모른다. 굳이 인간이 아니더라도 무리를 짓고 사는 생물들은 자신보다 뛰어난 존재를 믿고 따르는 법이니까.

하지만 사람의 힘은 한계가 있다. 거대한 흐름, 세월의 조류는 인간이 막을 수 있는 성질이 아니다. 만래고품향에서 일망성과도 같은 신무기를 제작했다는 건 인류의 진화가 다른 방향으로 시작되었음을 의미하지 않을까?

"시대가 원하는 물줄기를 어찌 인위적으로 틀어버리겠다는 건지!"

탄식하던 황복만이 문득 중얼거렸다.

"그들 말대로 삼망성이 등장한다면 인간의 신체를 아무리 극한으로 단련한다 할지라도 막을 도리가 없다, 그 누구라도 말이다."

무림의 위대한 하늘이라는 사사겹천 가운데 최고수의 입에서 나온 말은 처참한 것이었다.

"다만… 그 시기가 아직은 아니라는 거지."

"모르지요. 그들 말대로 팔괘로만 얻는다면 삼망성이 아니라 육망성까지 만들지도."

"그건 불가능해."

"예?"

황복만의 단언에 깜짝 놀란 진무가 눈을 동그랗게 떴다. 만래고품향에 가본 적도 없는 사람이, 거기다 장인과는 거리가 한참 먼 무림인이면서 어찌 그렇게 단정 짓는 걸까?

"네 말대로 기술은 비약적인 발전을 보일 때가 있다. 일망성이 바로 그런 경우지. 하지만 거기까지다. 딱 일망성만큼만 발전한 거다. 그것만 해도 충분히 획기적인 발전이지. 무림 고수의 강기막을 뚫을 정도의 힘으로 무언가를 밀어낸 용수철인데 그 탄성 그대로를 또 한 번 가능케 한다? 절대로 불가능하지."

"딴은."

진무가 머리를 긁자 황복만이 문득 고개를 갸웃거렸다.

"그런데… 이런 말이나 하자고 왔느냐?"

"그게 무슨……."

"명확하게 밝혀진 사실이 아무것도 없고, 사태는 급하게 전개가 되는 양상인데 설마 이런 이야기나 나누자고 들렀느냔 말이다."

함께 지낸 시간은 그리 많지 않지만 황복만이 아는 진무는 이렇게 시간을 허비할 사람이 아니다. 당장에라도 정도맹, 혹은 만래고품향의 부향주라는 여인을 찾아보든지, 아니면 탈취된 목함을 쫓아도 모자라고, 또 그렇게 행동할 성격인데.

이곳에 왔다면 여타의 일보다 중요한 무엇이 있을 터!

"다시 묻자, 왜 왔느냐?"

예리하게 눈을 빛내며 황복만이 묻자 진무가 고개를 끄덕였다. 세월은 그저 얼굴이나 몸으로 받아들이는 것이 아닌가 보다.

"솔직히 말씀드리면 여쭙고 싶은 일이 있어서 왔습니다."

진무가 실토하자 그럴 줄 알았다는 표정으로 턱을 긁으며 황복만이 다가와 앉았다.

"그 일이 뭘까?"

"단도직입적으로 여쭐게요. 두 분이 창안하신 삼대불가득, 조 노대협 말고 다른 사람에게 약간이라도 알려주신 적이 있습니까?"

"엥?"

대단한 일은 아니더라도 뭔가 특이한 일에 관한 질문일 거라고 생각했던 황복만에게 진무의 물음은 황당함을 넘어 매가리 확 풀리는 것이었다.

"고작 이걸 물어보려고 왔다고?"

"고작이 아니에요."

손을 슥 저으며 진무가 눈을 빛냈다.

"현 무림에 강호삼대불가득을 파훼하려는 사람이 있다면 믿으시겠어요?"

"뭐라고? 그건 불가능해!"

어처구니없다는 듯 황복만이 고개를 저었다.

현 무림에서 강호삼대불가득에 관하여 조금이라도 아는 이라면 창안자였던 두 사람과 그것을 지켜본 조봉팔, 우연히 전수받은 진무, 정식으로 배운 우문초설, 그리고 암중의 인물이 전부다.

"무슨 근거로 삼대불가득을 파훼하려 든다고 생각했느냐?"

너무 앞서가는 것 아니냐는 황복만의 시선에 진무가 반발했다.

"창안이야 두 분이 하셨다지만 써먹은 사람은 바로 저, 진무라는 놈이라고요. 몸으로 체득한 무학이라서 역으로 치고 나오면 곧바로 반응하게 되지요."

강력한 진무의 대응에 황복만이 눈을 끔뻑였다. 진심 어린 목소리가 아니더라도 진무가 흘리는 기세에서 사실임을 감지할 수 있었으니까.

"그렇다면 혹시……."

"음모자는 아니래요."

황복만의 말을 자르며 진무가 조봉팔의 추리를 들려주었다.

"그리 생각하니 그렇군. 그들, 또는 그 친구라면 삼대불가
득을 파훼할 이유가 없어."

잠시 숙고하던 황복만이 무언가를 떠올린 듯 펄쩍 뛰었
다.

"맞아! 그 친구를 잊고 있었어!"

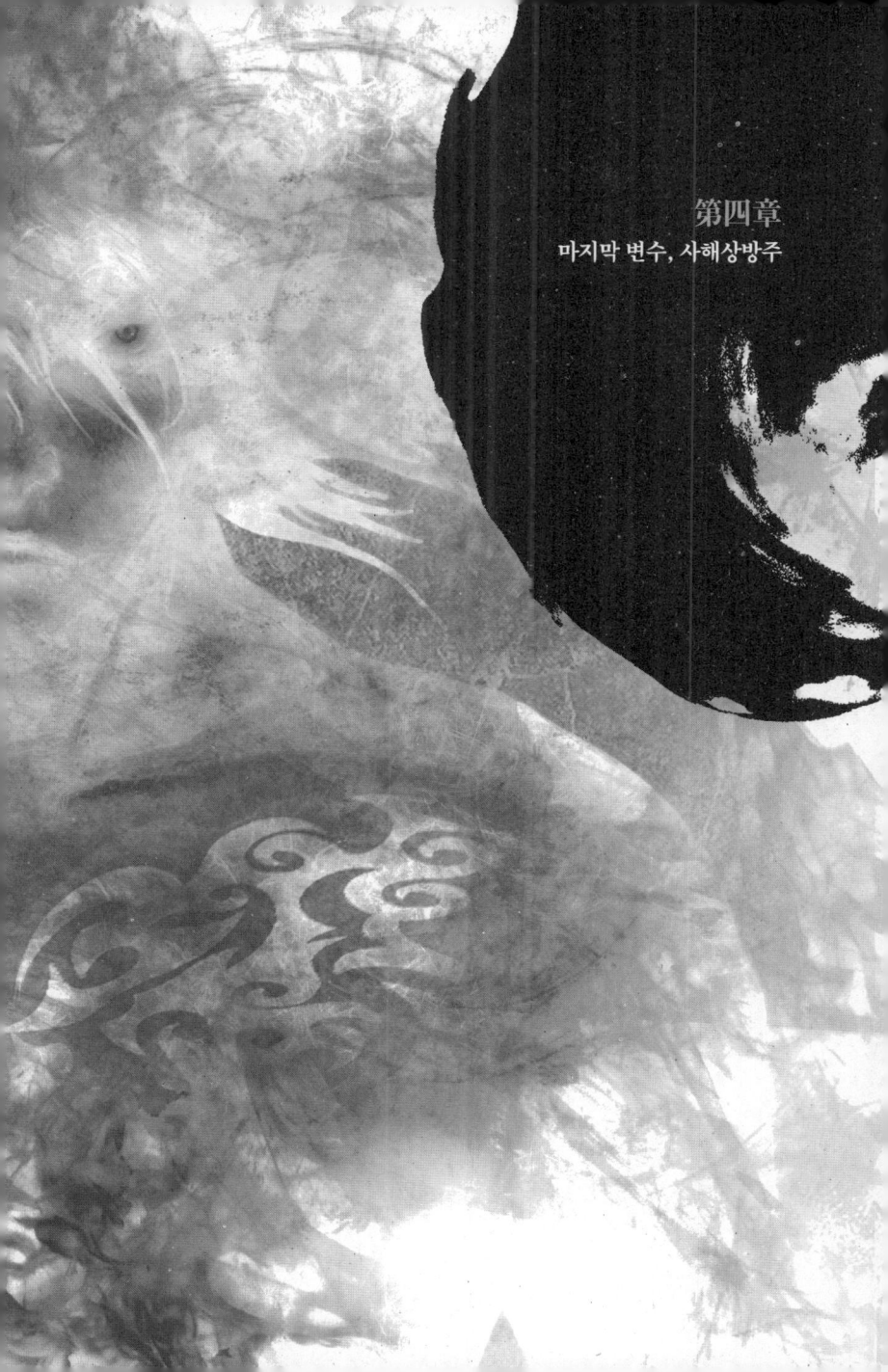

第四章
마지막 변수, 사해상방주

염왕진무
閻王眞武

비슷한 시각, 은월궁의 접견실에 조봉팔과 공손천, 그리고 은월선자와 우문초설이 심각한 표정으로 대화를 나누고 있었다.

"그러니까, 조 대협의 말씀은 누군가가 강호삼대불가득을 파훼하려 든다는 건가요?"

"선자의 말씀대로입니다."

"현실적으로 불가능해요. 무학이란 기본적으로 일정한 틀 안에서 행해지는 동작이기에 그것을 파훼하려거든 요결까지는 아니더라도 윤곽 정도는 잡은 상태여야 합니다."

"물론입니다."

조봉팔이 고개를 끄덕이자 은월선자가 느긋하게 부채를 부쳤다.

"그런데 조 대협도 아시다시피 강호삼대불가득을 아는 사람은 많지 않아요. 음모자를 제외한다면 전 무림을 통틀어 다섯 명이 전부랍니다."

"다섯 명……."

공손천이 머리를 긁자 은월선자가 나이에 맞지 않는 섬섬옥수를 치켜들어 하나하나 꼽았다.

"이 사람, 은하 늙은이, 조 대협, 아설, 그리고 변……."

"할머니!!"

우문초설이 버럭 소리를 지르자 은월선자가 뜨끔한 표정으로 말을 바꾸었다.

"변… 이 아니라 진무인지 개똥인지 모르는 놈."

"개똥도 펼쳐 내는 무학이라면 삼대불가득은 똥만도 못한 무공이네요?"

냉기를 풀풀 날리며 우문초설이 힐난하자 은월선자가 한숨을 내쉬었다.

죽이라고 보냈더니 생각지도 못한 정(情)을 안고 돌아오지 않았는가!

"너는 그놈의 이야기만 나오면 물불을 가리지 않는구나?"

"할머니야말로 진무 공자에 관한 말만 나오면 체통도 잊고 그저 비난하기에 바쁘시네요?"

말로는 당할 수가 없다!

자고로 나이 어린 사람하고 말싸움해서 좋은 꼴 보기 힘들다지만 이렇게 쌍심지를 켜고 달려들면 버텨낼 재간이 없다.

"됐다. 그만하자."

은월선자가 손을 내젓자 우문초설도 바짝 추켜올렸던 꼬리를 내렸다. 기세 좀 탔다고 여기서 더 가다간 낭떠러지로 직행할 테니까.

"험, 험, 아무튼, 이렇게 다섯인데 조 대협이 다른 누구에게 말을 흘렸을 리는 없을 테고, 은둔자처럼 사람 상대하기 꺼리는 은하 늙은이도 아닐 테고, 물론 이 늙은 여자의 입도 그리 가벼운 편은 아니고……."

"저도 아니에요. 그럴 정신도 없고, 그런 말을 누구랑 나눌 처지도 아니었으니."

"결국……."

은월선자가 눈을 상큼 빛내자 우문초설이 고개를 홱 돌려 그녀를 응시했다.

"진무 공자는 절대 아니라고요, 절대!"

"네가 어찌 그렇게 잘 아느냐? 누가 들으면 그놈의 안사람이라고 해도 믿을 판이다."

"억지 좀 부리지 마세요! 사람 판단하려면 그 사람하고 성혼해야 한다는 법이라도 있나요?"

크르릉!

다시 한 번 둘이 격돌하자 은월궁 접견실은 서리라도 내린 것처럼 차갑게 식어갔다.

"아, 아니, 지금 그것이 중요한 게 아니라……."

"그렇습니다. 지금 말씀드리고자 하는 이야기는……."

조봉팔과 공손천이 수습해 보려 말을 꺼냈지만 두 여인의 대치를 풀 수 없었다.

"물론 사람 판단하는데 성혼까지 할 필요는 없겠지만 그놈에 관해서 지나치게 싸고도니까 이런 말을 하는 게지."

"제가 지나치게 싸고도는 건지, 아니면 할머니께서 지나치게 비하하고 싶으신 건지 모르겠네요."

"말본새 참으로 예쁘구나. 누가 이렇게 가르쳤을까?"

"가르친 분이 모르시면 누가 알까요?"

우우웅—

공력만 일으키지 않았다뿐이지 두 사람의 대결 구도는 살벌한 것이라 남정네 둘은 눈동자만 데룩데룩 굴려야만 했다.

그렇게 서로를 싸늘하게 노려보던 은월선자와 우문초설이 고개를 모로 틀며 맹렬한 콧방귀를 뀌었다.

"훙!"

"큥!"

냉막한 정적.

뭘 어떻게 해보지도 못하고, 아니, 해볼 엄두조차 못 내며 두 노인이 전전긍긍하는데 우문초설이 입을 열었다.

"그런 의심을 품으시게 된 동기를 듣고 싶습니다."

드디어 이야기의 활로가 열리자 반색을 하며 조봉팔이 진무와의 대화를 늘어놓았다.

"역시 진무 공자님은 아니셨군요. 그럴 줄 알았지."

장본인이 의혹을 제기할 리는 없으니, 하며 우문초설이 그것 보라는 듯한 얼굴로 한 곳을 바라보자 그녀의 시선을 애써 외면하며 은월선자가 침착하게 질문을 던졌다.

"당시 우리를 초청했던 사람은 절대로 아니다?"

"말씀드렸다시피 그들에게 있어 그러한 행위는 무의미합니다."

"그렇다면 대체 누구일까요……."

생각에 잠겼던 은월선자가 무언가를 떠올린 듯 펄쩍 뛰었다.

"맞네! 그 사람을 잊고 있었어!"

주먹을 바르르 떨던 은월선자가 벌떡 일어섰다.

"지금 한가하게 이럴 때가 아냐!"

"어딜 가시려는……."

돌발적인 그녀의 행동에 조봉팔이 엉거주춤한 자세로 묻자 은월선자가 눈썹을 추켜올렸다.

"여기서 백번 상의하고 추리해 봐야 아무런 의미 없어요. 본 사안에 가장 접근해 있는 사람하고 이야기를 해야지."

"그런 사람이 있습니까?"

"있지요."

잘라 말한 그녀가 눈짓을 하자 우문초설이 따라 일어섰다.

"계속 앉아 계실 건가요?"

"예?"

조봉팔과 공손천이 눈을 꿈뻑이자 은월선자의 입에서 탄식이 흘러나왔다.

"참으로 답답한 분들이로군요. 그럼 계속 앉아서 추리놀음이나 하세요."

그녀가 빙글 몸을 돌리자 황급히 일어선 두 사람이 은월선자를 따랐다.

"어디로 가시는 겁니까?"

"행선지라도 알아야……."

그러나 은월선자는 아무런 답을 하지 않고 걸음을 재촉할 뿐이었다.

'분명 그 영감은 단서를 쥐고 있을 거야. 변종하고 함께라면 더더욱 그렇겠지.'

*　　　　*　　　　*

언제나 어둠이 깃들어 있는 사해상방주의 집무실. 빛이라고는 한 점도 없는 방에서 말소리가 들렸다.

"편지는 전달했는가?"

"예."

"뇌로의 반응은?"

"그, 그게……."

"반발하던가?"

"아닙니다, 그건 아니고요……."

잠시 말을 더듬던 보고자가 힘겹게 말을 토했다.

"뇌로께서는 편지를 보시고 껄껄 웃더니 어차피 내놓을 자리였다며 문상 직을 놓고 떠나셨습니다."

보고자의 목소리는 심하게 떨렸다. 그도 그럴 법한 것이 대천주의 심기를 건드릴 담량은 그에게 없었지만 보고 내용이 충분히 문제가 되었던 것이다.

보고를 올린 후에도 발 뒤에서 아무런 답이 없자 보고자가 더듬거리며 같은 말을 반복했다.

"다, 다시 말씀드리지만 뇌로께서 문상 직을……."

"들었다."

보고자의 말을 자른 후, 발 뒤에서 주판알이 바삐 움직이는 소리가 들렸다.

"거금을 들여서 영입했거늘, 마음대로 자리를 박차고 나갔다? 비록 뇌로가 사사접천 가운데 한 분이라고 해도 이건 명백한 계약 위반이니 책임을 묻지 않을 수 없는 일."

타다닥!

차가운 어조로 입을 연 대천주가 계산을 끝내고 말을 이었다.

"오늘까지라면 황금 사천 냥을 위약금으로 지불해야 하는데 뇌로께서 그만한 돈을 지불하실 능력이 될까 모르겠군?"

"그, 그것이……."

"음?"

사력을 다해 보고자가 대답했다.

"정확하게 사천 냥을 주고 가셨습니다, 사직서와 함께."

"호오? 사천 냥이라고? 황금으로 말이더냐?"

"예……."

어디서 그런 물주를 물었을까, 하던 대천주가 문득 생각난 것처럼 물었다.

"뇌로께서 그만두신 것에 관해서 아는 이가 누구냐?"

"시중을 드는 시비 둘, 그리고 제가 전부입니다."

"자네와 시비 두 사람만 안다……."

보고자는 사해상방 총단의 내당을 관장하는 이필용이라는 사람이었는데 총관의 직에 딱 어울리는, 그런 소심하고 꼼꼼한 성격의 소유자였다.

당연히 눈치도 빠른 인간이었다.

"그, 그건 갑자기 왜 물으시는지……."

다시 침묵. 이번의 고요는 심연 깊은 곳까지 내려갈 기세라 전전긍긍하던 이필용이 엉덩이를 슬금슬금 움직여 뒤로 물러섰다.

"그럼 저는 이만……."

"잠깐."

발 뒤에서 느긋한 목소리가 나오자 이필용이 모든 동작을 멈췄다.

"뭐가 그리 급한가, 할 일도 없으건서."

"아닙니다! 할 일이 없긴요! 당장 서방천주님께서 보낸 곡물과……."

"자네는 일단 다른 일부터 해줘야겠네."

"무슨 일인지는 모르나 다른 사람에게 맡겨도……."

"아니."

이필용의 말을 자른 대천주가 속삭임처럼 이야기를 이었다.

"자네만이 할 수 있는 일이야."

"그, 그런 일이……."

"그런 일이 있어."

발이 열리며 손 하나가 불쑥 나타나자 반사적으로 이필용이 문고리를 잡았지만 그보다 손이 빨랐다.

"죽어줘야겠네."

퍽!

*   *   *

뇌로가 기거하던 방은 호화롭기 그지없었으나 지금은 두 여인의 시신, 홍건한 피, 그리고 어둠으로 가득 차 있었다.

"근데 이것들은 왜 죽인 거야?"

앳된 음성이 묻자 진중한 음성이 대답했다.

"뇌로가 나를 거부하지 않았나? 그렇다면 그에게 나도 선물을 줘야겠지."

"하긴, 너라는 인간은 자신을 거부하면 참지 못하니까."

"또한……."

말을 길게 늘인 중후한 음성이 무겁게 중얼거렸다.

"일이 막바지에 이르렀지 않나? 하나하나 정리를 해야지."

"정리라고?"

어린 음성의 물음에 중년 음성이 단호한 어조로 답했다.

"그렇다네, 정리."

"무, 무슨 정리?"

어린 음성이 떨리는 목소리로 묻자 진중한 음성이 더욱 진중하게 말했다.

"사해상방을 마지막으로 이용할 기회일세."

어린 음성이 뭐라고 하기도 전에 중년 음성이 누군가를 불렀다.

"암야일객."

"예."

아무도 없는 공간에서의 대답이지만 중년 음성에게는 놀

랍지 않은 모양이었다.

"자네들과 나는 참으로 오랜 시간을 함께 했지?"

처음으로 인간적인 감정이 배어나는 중년의 목소리.

"그렇습니다. 어느 결에 사십 성상이 흘렀지요."

"그간의 노고를 무엇으로 치하해도 모자랄 것이야. 정말로
고마웠네."

어째서 과거형일까?

"내 마지막으로 어려운 부탁을 하나 해야겠어."

아주 짧은 침묵.

"…그렇습니까?"

답이 없자 암야일객이라는 이름의 목소리가 다시 물었다.

"방법은……."

"상잔."

잠시 쉬었던 중년의 목소리가 짧게 이어졌다.

"조금 거칠었으면 하네."

얼마나 시간이 흘렀을까?

"…모셨던 시간 소중히 간직하겠습니다."

"정말 미안하네."

스르륵—

어둠 속에서 열여덟 개의 신형이 나타나 포권을 올리고 서
로 마주했다.

파바박!

쿵! 쿵!

그들이 서로의 무기를 박아 넣고 나무토막처럼 쓰러지자 중년 음성이 뇌까렸다.

"피까지 튈 필요는 없었는데… 하긴 이 옷도 버려야 하니 상관은 없겠군."

"왜 버려? 새 거잖아?"

어린 음성이 묻자 중년 음성이 귀찮다는 투로 답했다.

"옷만이 아닐세."

"뭐?"

"옷뿐 아니라 다른 것도 버려야겠다는 거지."

중년 음성의 무미건조한 대답에 어린 음성이 더듬거렸다.

"그 말은, 서, 설마……."

"맞아."

중년 음성이 짧게 뇌까렸다.

"자네도 죽어줘야겠어."

"왜 그래?! 우리는 언제나 함께일 거라고 네가 말했잖아!"

중년 음성이 답을 하지 않자 어린 음성이 절박한 어조로 매달렸다.

"그러지 마. 제발 날 버리지 마. 여태까지 둘이서 잘해왔잖아!"

"맞아, 여태까지는 잘해왔지."

중년 음성이 긍정의 화답을 했다.

"하지만 이제는 다르다네."

파악!

*   *   *

"이게 뭔가요?"

황복만이 품을 뒤져 편지 한 장을 꺼내서 건네자 그것을 받아 들며 진무가 고개를 갸웃거렸다.

"뭐긴, 편지지."

우문현답?

볼을 불룩하게 만든 진무가 황복만을 슬쩍 노려보다 편지에 눈길을 주었다.

염치없지만 사천 냥만 빌려주게.

딸려 보낸 아이는 믿을 만하니 그 녀석에게 주면 좋겠네.

그리고 두 사람에게는 참으로 면목이 없니, 그게… 만나서 얘기함세.

흠.

편지에서 눈을 뗀 진무가 황복만을 보며 물었다.

"혹시 이 편지의 발신자가 기쁨을 주제로 하셨다는……."

"만희산인(萬喜散人)이지."

"편지 내용을 보니 그간 왕래가 뜸하셨나 본데, 웬 사천 냥을⋯⋯."

"그야 알 수가 있나. 달라는 대로 주긴 했지만 워낙 재물에 담백했던 사람이라 좀 의외였지."

"흐음⋯⋯."

팔짱을 끼고 진무가 생각에 잠기자 황복만이 어깨를 으쓱였다.

"아무튼 이 친구가 느닷없이 돈을 빌려달라고 해서 놀랐는데 어쩐지 네가 한 얘기와 연관있을지도 모른다는 생각이 드는구나."

"편지가 언제 도착했는데요?"

"인편으로 왔다. 그러니까 한 열흘 정도 됐군."

"열흘?"

열흘이라, 열흘.

입술을 우그러뜨린 진무가 열흘 전의 상황을 정리하다 박수를 쳤다.

"열흘 전이라면 제가 척우송 노선배와 손을 섞은 날이에요!"

"그래?"

"또한 그날 뇌로 앞에서 범천옥쇄진을 깨뜨렸고요!"

"하면 뇌로가 네 움직임을 낱낱이 봤겠군."

"당연하지요."

"그리고 네게 귀면혈광에 관해서 캐물었고?"

"예."

"뇌로라는 작자, 어떻게 생겨먹었더냐?"

"허리가 구부정하고 눈알을 데룩데룩 굴리는 노인이었어
요."

허리가 구부정하고 눈알을 데룩데룩 굴리는 노인? 세상 노
인의 절반은 그런 생김새일 것이다.

"만희 그 친구는 그야말로 선풍도골이었지. 그렇다면 뇌로
가 만희와 동일인이라는 가정은 버려야겠다."

"동일인? 너무 앞서 나가시는 것 아니에요?"

진무의 물음에 황복만이 어이없다는 표정으로 그를 보았
다.

"그게 무슨 소리냐? 애초에 그런 가정을 하고 내게 물은 것
아니었어?"

"제가 언제요? 저는 어디까지나 뇌로라는 사람이 삼대불가
득을 아는 눈치라서 이상하다고 들었지요."

"그게 그거지."

이번에는 진무가 어이없다는 표정이 되어 황복만을 바라
보았다. 아니, 어떻게 사람이 이상하다는 것과 그 사람이 다
른 인물하고 동일하다는 얘기가 같을 수 있을까?

하지만 황복만은 당연하다는 얼굴로 배를 내밀었다.

"그게 그 얘기 아냐. 뇌로가 그 친구로 의심된다는 말이었

잖아?"

정말 어이가 가출할 만도 한 것이 만회산인이라는 도호는 오늘 처음 들었다. 그리고 그 사람과 뇌로가 연관이 있으리라 고는 상상조차 하지 못했다.

단지 삼대불가득에 관한 정보가 유출된 것 같다는 말을 하 려는 의도였는데.

"흐음… 샜다면 분명히 만회 그 친구인데, 또한 그 친구가 남에게 그런 중요한 이야기를 흘릴 리도 없고…….."

잠시 생각하던 황복만이 콧등에 주름을 잡았다.

"뇌로와 만회가 동일인인지는 모르겠으나 아무래도 연관 성은 있어 보인다. 일단 내가 아는 선에서 만회에 대해 얘기 를 해줄 테니 잘 듣고 너도 뭔가 떠오르면 말해라."

이제는 절대로 닿을 수 없는 먼 옛날의 언젠가를 회상하며 황복만이 미소 지었다.

"만회는 특이한 친구였지. 도대체가 욕심이라고는 없는 위 인이었어. 하지만 그 때문인지는 몰라도 누구보다도 많은 것 을 가지게 되었지. 무학이면 무학, 깨달음이면 깨달음, 그래 서 잡으려고 들면 멀어지고, 마음을 비우면 찾아온다고 하던 가? 뭐, 기본적으로 천재였지만."

"천재요?"

"그래, 천재. 그 친구는 천재였어."

사선씩이나 되는 사람의 입에서 천재라는 말이 나오자 위화감을 느낀 진무가 인상을 썼다.

"강호에서 사선, 사선 하지만 그 친구는 우리들 가운데서
도 발군이었다. 누구도 만희를 앞서지 못했지. 그래서인지는
몰라도 극락은 유달리 만희를 의식했었지."

자신이 들인 노력에 비해 훨씬 덜 애쓰면서도 나은 성과를
거두는 인물이 주위에 있을 때 사람들은 흔히 질투라는 감정
을 품게 된다. 그리고 그 감정을 합리적이라는 단어로 합리화
시키곤 한다.

그러나 합리적이라는 말은 지극히 주관적이기에 그것을
적용하는 주체에 따라 기준이 바뀐다.

모두가 같은 재능을 지닌 상태에서 출발한다는 건 무리니
까. 결국 자신이 들인 노력에 비해 훨씬 덜 애쓰면서도 나은
성과를 거두는 인물이 존재한다면 그보다 더한 노력을 기울
여야 하는 것이 세상사이련만, 뒤처진 이들은 애써 그 사실을
무시하고 외면하곤 한다.

"욕심이 없는 친구였기에 타인의 욕망을 이해하지 못했지.
그래서 은월과 나도 만희에게만큼은 흉금을 털어놓았다. 삼
대불가득에 관한 일도 얘기하긴 했지만 애매하게 둘러서 대
략적으로 파악하는 정도더군. 또 억지로 이해하려 들지도 않
았고."

밝기만 하던 황복만의 표정이 무언가를 떠올린 듯 조금 어
두워졌다.

"그런데 어느 순간부터 그 친구가 자취를 감춰 버렸어. 사는 곳은 텅 비어 있었고, 연락마저 완전히 끊었지. 처음에야 그저 유람 차 쏘다니나 했지만 한 해, 두 해가 지나면서 슬쩍 걱정이 되더군. 물론 그 친구를 어찌할 존재가 어디 있겠는가, 하며 위안을 삼았지만."

"그러다 얼마 전에 인편으로 연락을 받으신 거로군요."

황복만이 고개를 끄덕이자 진무도 무언가 떠오른 듯 미묘한 얼굴이 되었다.

"이건 어디까지나 혹시나 싶어서 드리는 물음인데요… 산인께서 모습을 감추신 시기가 대략 십오 년 전 정도인가요?"

그의 질문에 뜨악해진 황복만이 눈을 휘둥그레 떴다.

"그걸 어찌 알았느냐? 맞아, 정확하지는 않지만 대략 그 정도일 거다. 마지막으로 그 친구를 본 것이 십오 년 전이었고, 다음 해 중양절에 술이나 한잔할까 싶어서 들렀는데 초옥이 비어 있었으니까."

"음……."

"뭘 떠올린 것이냐? 대체 무엇이야?"

다그침에도 진무가 입을 열지 않자 황복만이 가슴을 쳤다.

"고얀! 내가 말을 하면 너도 말하기로 했지 않느냐! 숨기는 게 대체 뭐야?!"

"딱히 숨기거나 하는 건 아니고요……."

말을 끌며 진무가 머리를 긁었다.

"단편적인 몇 가지의 사실로 전체를 짜 맞추자니 곤혹스럽네요."

"단편적인 사실이 뭔데? 모조리 털어놓아라!"

추상같은 황복만의 태도에 움찔 놀란 진무가 손을 내저었다.

"화통을 삶아 자셨나, 그렇게 닦달하시면 떠오른 사실도 모조리 까먹을 판이네요!"

"뭐라고? 이 못된 놈이!"

황복만이 벌떡 일어서서 주먹을 치켜들자 진무가 황급히 무릎을 꿇었다.

"알았어요, 알았다고요. 죄다 말씀드릴게요."

그가 입을 열려는데 밖에서 누군가 황복만을 불렀다.

"대인, 잠시 실례하겠습니다."

"음?"

절묘한 순간에 끊긴 터라 황복만의 얼굴이 붉으락푸르락 변하는데 불쑥 문이 열렸다.

"이보게! 지금 대화 중인 거 안 보이나?"

"그게… 손님이 찾아오셔서……."

"손님? 손님이 대체 누군지는 몰라도 한 시진, 아니지, 넉 넉잡고 두 시진 후에 찾아오시라고 이르게."

보이지도 않을 텐데 손까지 내저으며 황복만이 짜증을 부 리자 그의 성격을 익히 아는 황가장원의 집사 조만동의 얼굴에 난처함이 가득 깔렸다.

"그런데 그 손님께서 막무가내로⋯ 어이쿠, 여기 들어오시면 안 됩니다요!"

누군가를 만류하는 소리. 그리고 문이 거칠게 열렸다.

"대체 누가 이런 경우 없는 행동을⋯ 음?"

고개를 홱 돌리며 문을 연 사람에게 시선을 돌리던 황복만이 그대로 굳어버렸다.

"나예요."

"으음⋯⋯."

썩어버린 얼굴로 황복만이 침음하자 모습을 드러낸 사람, 은월선자가 자기 집처럼 떡하니 자리에 앉았다.

"뭐 해요? 망부석처럼 서 있지 말고 어서 앉아요."

주객전도라는 단어가 어떤 뜻인지를 잘 보여주는 상황. 웃음이 터질 뻔했지만 초면의 미부인 앞이라 눌러 참은 진무가 어색한 헛기침을 토했다.

"그 성깔머리는 죽어도 변하지 않을 게야. 몇십 년이 흘러도 여전하구만."

허탈하게 중얼거리며 황복만이 앉자 은월선자가 밖에 대고 소리쳤다.

"얼른 들어오지 않고 무엇들 해요?"

기가 막히면 말문도 막힌다고 했다. 혼자 온 것도 아니고, 일행까지 있다?

황복만의 얼굴이 더욱더 썩어 들어가는데 우문초설이 먼저 들어서고, 그다음에 공손천, 마지막으로 조봉팔이 모습을 드러냈다.

"안녕하셨습니까. 절 기억하실지……."

"내가 조 노대협을 어찌 잊겠느? 그런데 오늘은 모양새가 좀 그렇군."

가시 돋친 황복만의 말에 조봉팔이 어정쩡한 자세로 서 있다 진무와 우문초설이 눈짓을 교환하는 걸 보며 탄식했다.

말년에 이 무슨 꼴인가?

사정은 공손천도 마찬가지라 홍복만만큼이나 썩은 표정으로 주위를 두리번거렸다.

"됐네, 됐어. 일단 다들 앉으시게."

모두가 착석하자 황복만이 공손천에게 눈길을 주었다.

"저분은 생사침존 공손천 노대협입니다. 삼단일통으로 불안정하던 염왕진기를 원활하게 도인하도록 도와주신 은인이지요."

진무의 설명에 잠시 놀람을 표시한 홍복만이 자기소개를 하자 공손천이 뛸 듯 일어나 포권으로 예를 표했다.

"그리고 아마도… 저분이 사선 가운데에서 슬픔을 탐구하셨던 은월선자 노여협이겠군요?"

은월선자를 보며 진무가 조심스레 묻자 곧바로 차가운 응대가 뒤따랐다.

"그 냄새나는 입으로 내 명호를 담다니, 죽고 싶은 게냐?"

우문초설이 은월선자를 쏘아보며 입을 열려는데 황복만이 먼저 나섰다.

"부정확한 지식에 근거하여 생목숨을 잡으려 들었으면 미안해서라도 먼저 사과부터 해야 할 것을! 지금 무슨 짓거리인가!"

"뭐가 부정확한 지식이오? 이 말은 은하, 당신이 먼저 뱉었다는 걸 잊으신 게요?"

"내가 먼저 말하기는 했지! 하지만 세상에는 예외라는 놈이 존재한다는 걸 몰라서 하는 소리인가?"

"예외? 당신이 그런 소리를 했었소? 만약 예외라는 말을 덧붙였다면 내가 그랬겠소?"

"아무리 그렇다고 얼굴 한 번 보지도 않은 이를 죽이려 들어? 그게 슬픔을 탐구했다는 사람이 할 짓이야?!"

쿠르릉!

이번에는 황복만을 상대로 싸움을 벌이는 은월선자를 보며 조봉팔과 공손천은 눈을 질끈 감아버렸다.

무려 선자(仙子)씩이나 되는 도인이 싸움닭처럼 저렇게 성질을 부리니 어이가 없었지만 까마득한 선배 무인에게 무슨 말을 할 것인가?

이런 유치찬란한 싸움을 끊을 사람은 따로 있었다.

"할머니."

"왜?"

"싸우려고 여기까지 오셨어요?"

"그건 아니지만 저 영감이 부아를 돋우잖아!"

"틀린 말씀도 아니잖아요."

"너까지……."

우문초설을 노려보며 은월선자가 몸을 부르르 떠는데 진무가 슬그머니 나섰다.

"다른 문제는 일단 젖혀두고 어려운 발걸음을 하신 이유에 관해서 말씀하시는 편이 나을 듯합니다."

"흥!"

고개를 돌리며 진무를 외면한 은월선자가 황복만에게 불쑥 물었다.

"어디까지 알고 있소?"

"그게 무슨 말인가?"

"모른 척하기요?"

은월선자의 시린 물음에 황복만이 뚱한 표정으로 답했다.

"만희에 관한 이야기라면 나도 잘 모르겠네. 이렇게 생각하면 이런 것도 같은데, 저렇게 생각하면 또 저런 것도 같단 말이야. 당최 아귀가 맞지 않는다고."

"흐음."

팔짱을 끼고 황복만의 표정을 주시하던 은월선자가 그의 말이 사실이라는 것을 감지하고 인상을 구겼다.

"실망이로군, 당신이라면 무언가 알 거라 생각했는데."

"나라고 보지도 못한 일에 관해서 알 리가 있을까? 불가에서 말하는 육신통을 지닌 것도 아닌데."

"둘이서 마신 술의 양만 합쳐도 동정호 하나 정도는 만들 판인데, 그런 것조차 모른다는 거요?"

힘없이 고개를 끄덕이던 황복만이 진무를 보며 괴이한 표정을 지었다.

"말한 대로 나는 모르네. 하지만 저 아이는 무언가를 아는 듯하이."

"음?"

그의 말에 은월선자의 눈동자가 반짝 빛났다.

"변… 아니지, 그래, 네가 산인에 대해서 무언가를 알고 있다고?"

"정확하지는 않습니다. 이 또한 여러 가지 가정을 엮은 결과라서……."

"냉큼 고하여라."

은월선자가 부채를 쫘악 펴며 말하자 황복만이 고개를 저었다.

"아니."

"또 뭐요?"

"지난 일에 관해서 사과하기 전까지는 단 한 마디도 뱉지 말거라."

"다시 한 판 벌이자는 거요?"

"인지상정 아닌가, 인지상정. 사과할 사람은 사과를 하고, 받아들일 사람은 받아들이고!"

"아닙니다."

두 사람의 말을 자르며 진무가 힘주어 입을 열었다.

"현 시국은 말 그대로 혼란함의 끝을 보입니다. 이럴 때 자잘한 감정을 내세울 수야 있겠습니까? 그냥 이번 사안에 관해서만 생각하도록 하지요."

담백한 진무의 말에 처음으로 은월선자가 그를 힐끗 쳐다보았다.

"늙은이보다 어린아이가 낫구만."

"맞아, 괜찮은 아이지."

이렇게 나오면 싸움이 안 된다.

"먼저 이야기로 돌아가서… 일단 뇌로와 산인께서는 어떤 식으로든 연결고리를 지녔을 겁니다. 두 분 말씀대로라면 강호삼대불가득은 말만 듣는 것으로 파훼식을 만들 무학은 아닐 테니. 문제는 어떤 연관성인가인데……"

길게 말을 늘이던 진무가 황복만을 보며 물었다.

"뇌로가 제게 던진 말은 오로지 단 하나, 귀면혈광에 관한 질문이었습니다. 기억하십니까?"

"그랬다고 했지."

"또한 그는 그 말만 던지고 사라졌습니다."

잠시 말을 멈춘 진무가 콧등을 손으로 한 번 쓸었다.

"이건 어디까지나 가정인데… 아마도 뇌로는 사해상방을 떠났을 겁니다. 그리고 위약금으로 지불한 금액이 사천 냥일 테지요."

쿠쿵!

"그 말은?"

"뇌로가 만희, 그 친구라는 건가?"

은월선자와 황복만이 동시에 묻자 진무가 희미하게 웃었다.

"그것까지야 어찌 알겠습니까? 황 대인 말씀처럼 제가 불가의 육신통을 지닌 것도 아닌데. 다만……."

황복만과 은월선자를 번갈아 보던 진무가 빠르게 뇌까렸다.

"그가 왜 귀면혈광에 관해서 관심을 보였을까, 이유라고 댄 내용은 말도 안 되는 소리고… 그것이 핵심 같아요."

"흐음……."

황복만이 고개를 숙이고 생각에 잠기는데 은월선자가 이해하기 어렵다는 표정으로 물었다.

"뇌로라는 자가 귀면혈광에 관해서 물은 것이 무에 중요하다는 소리냐? 나는 당최 이해하기 어렵구나."

"생각해 보십시오. 작금 천하를 좌지우지한다는 사신 가운데 세 명이 계시던 자리입니다. 그분들을 모이게 한 사안 또한 묵직했기에 그 중압감은 상상을 초월하는 것이었지요. 한데 난데없이 귀면혈광의 정체를 묻는다? 너무 한가하지 않습니까?"

"뇌로라는 작자가 워낙 괴짜였을 수도……."

자신이 생각해도 말이 안 되는지라 은옥선자가 곧 입을 닫았다.

"강호삼대불가득의 파훼를 시도할 정도의 정보를 지녔다. 전대 정도맹주, 현 구천마련주, 그리고 야인들의 제왕이라는 황룡신창 앞에서도 조금도 위축되지 않는 담대함을 가졌다. 그런 이가 던진 물음이 일반적일까요?"

이때 조만동이 다시 황복만을 불렀다.

"대인! 대인!"

"자네 오늘 왜 이러나? 어디 아픈 거 아닌가?"

"무례를 용서하시길. 화급을 다투는 일이라."

"화급? 얼마나 다급한 일이라서 이러나?"

정말로 중요한 일이 아니면 죽을 줄 알라는 표정으로 황복만이 노려보자, 황가장원의 집사 조만동이 잽싸게 종이 한 장을 건네고 바람처럼 사라졌다.

"얼마나 중요한가 보자, 내 오늘 이 친구를……."

투덜거리며 서찰을 읽어 내려가던 황복만이 입을 닫았다.

급격히 굳어가는 표정. 무언가 일이 터졌음이다, 그것도 매우 중요한 일이.

"뭔데 그러오?"

낚아채듯 종이를 뺏은 은월선자가 가만히 읽다가 고개를 들었다.

"변… 아니지, 아이야."

"예."

공손히 대답하는 진무를 한결 부드러운 시선으로 응시하던 은월선자의 입에서 뜻밖의 말이 튀어나왔다.

"네 가정 가운데 적어도 하나는 틀린 모양이로구나."

"그게 무슨 말씀인지?"

대답없이 은월선자가 종이를 내밀자 받아 든 진무가 그것에 눈길을 던졌다.

강호삼패세 가운데 상권으로 천하를 좌지우지하던 사해상방주가 살해당했음. 범인은 자신의 수발을 들던 시비 둘과 총단의 내당 살림을 맡은 이필용, 그리고 사해상방주를 호위하던 암야 십팔객마저 살해한 뇌로로 추정.

살해 동기는 금전적인 문제라고 판단되나 조금 더 지켜봐야 할 듯.

秘三.

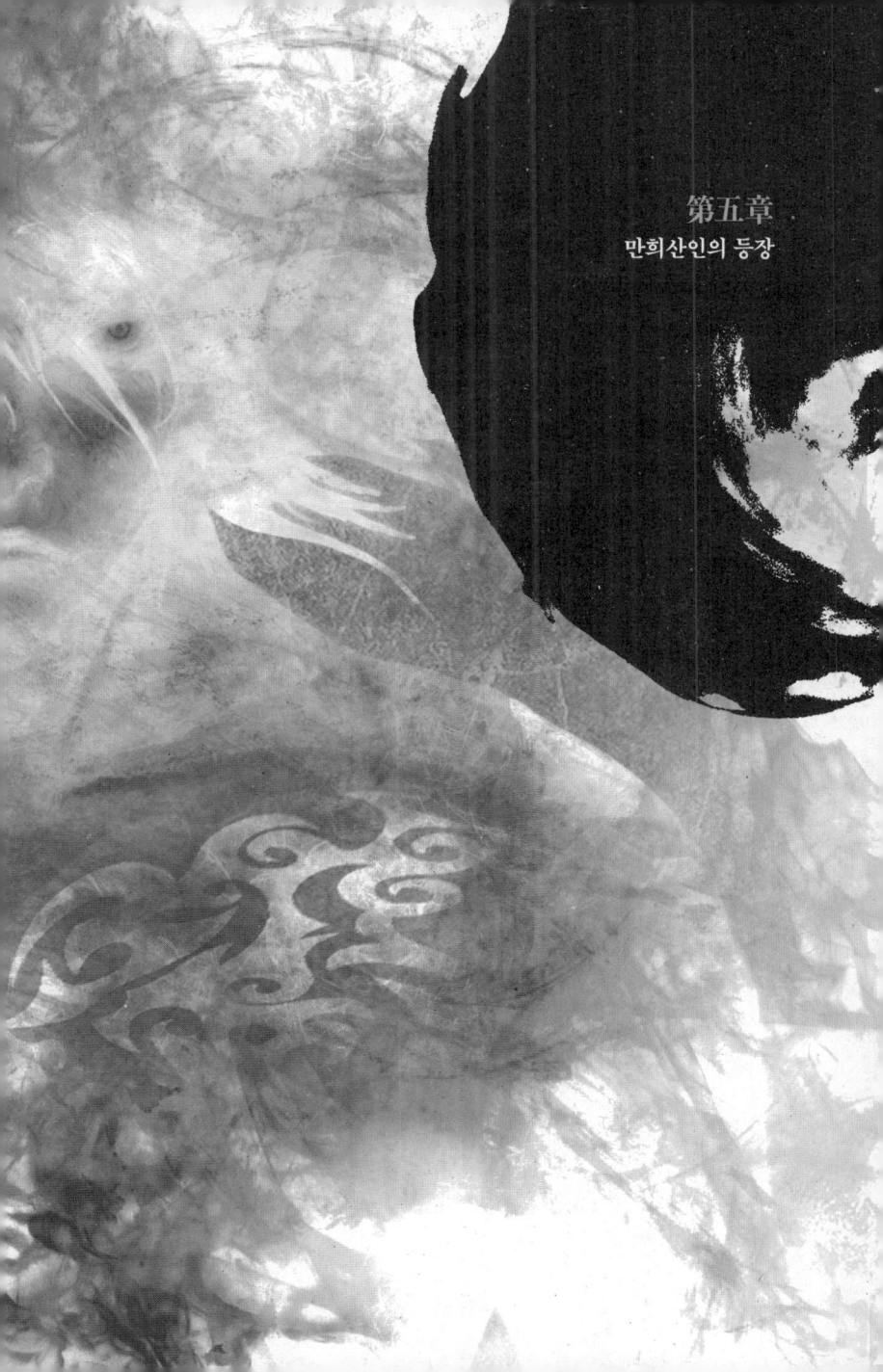

第五章

만희산인의 등장

염왕진무
閻王眞武

정도맹 회의실은 간만에 북적였다.

원로들과 책임자들 모두가 참석한 모양인데 그들은 삼삼오오 뭉쳐서 무언가를 속닥거렸는데 형언하기 어려운 표정과 한껏 찡그린 인상으로 미루어 뭔가 복잡한 문제가 발생했음을 알 수 있었다.

"맹주님 납시오~"

떠들던 이들이 조용해지기도 전에 모습을 드러낸 조선악이 좌중을 둘러보고는 앉기를 청했다.

"여러분을 볼 때마다 공적 논의만 하는 것 같아서 참으로 씁쓸하기 그지없소."

조금은 미안한 듯 조선악이 눈을 감았다.

"하지만 아시다시피 이번 사안은 저번 사건보다도 파급력이 훨씬 크기에 지체할 수가 없어서 이리 청하게 되었으니 양해 바라오."

군웅들이 고개를 끄덕이자 조선악이 몸을 돌렸다.

"집법당주, 사건의 개요를 설명하시게."

"예."

성큼성큼 나선 철동직이 특유의 우렁우렁한 목소리로 입을 열었다.

"열흘 전, 사해상방의 총단에서 잔인한 살인극이 발생했습니다. 피살자는 모두 스물두 명으로서, 뇌로의 수발을 들던 시비 두 명, 사해상방 총단의 내당을 책임지던 이필용 대협, 상방주를 비밀리에 호위하던 암야십팔객 전원, 그리고 사해상방주입니다."

"사인은?"

조선악의 물음에 철동직의 눈썹이 역 팔자를 그렸다.

"시비 둘은 목이 꺾였고, 이필용 대협은 중수법으로 내장이 파열되었으며 사해상방주는 시신조차 수습하기 어려울 정도로 잔인하게 난도질당한 상태였습니다. 마지막으로……."

숨을 가다듬은 철동직이 말라 들어가는 입술에 침을 축였다.

"암야십팔객은 상잔한 듯 서로의 무기를 박아 넣은 상태로 발견되었습니다.

"그렇다면 범인으로 추정되는 인물은?"

"사해상방에서 육 개월 전에 문상으로 영입했던 뇌로의 소행으로 보입니다."

"추정의 근거는?"

"평소에도 뇌로는 사해상방주를 무시하는 발언을 일삼았다고 합니다. 이는 사해상방에 속한 이들이라면 한결같이 증언하는 바라 의심의 여지가 없는 사실로, 고용인과 피고용인의 위치가 뒤바뀐 느낌마저 받은 사람도 있을 정도라 합니다."

철동직의 말에 조선악이 고개를 저었다.

"그 정도의 정황 증거만으로 어찌 그를 범인이라 할 수 있겠나? 부족해."

"또한 암야십팔객의 상잔 이유가 문제인데… 아마도 이들은 특수한 진법에 홀려서 비극적인 최후를 맞이했다고 사료됩니다."

암야십팔객은 전대 낭인집단을 통솔했던 고수들이다. 정과 패 모두가 인정하기 싫어서 그들의 이름을 거론하지 않을뿐이지 암야십팔객의 연수합격을 받아낼 무인은 현 무림에 몇 없다고 했다.

"암야십팔객이 미치지 않고서야 상잔할 리는 없겠지. 그들의 우정은 꽤 단단하다고 들었어."

조선악이 고개를 끄덕이자 철동직이 말을 받았다.

"그렇습니다. 하여 상잔의 이유를 추정한 결과 암야십팔객 정도의 고수들도 헤어나지 못할 정도의 강력한 진이 펼쳐진 것이 아닌가 추정됩니다."

무림에 수많은 진식들이 존재한다지만 암야십팔객을 홀릴 정도의 진식을 만들 이라면 강호에 단 한 사람이 거론된다.

그는 바로……

"하지만 이 모두가 추정이 아닌가? 가정만으로 범인을 판단하기에는 무리가 따를 텐데?"

"물론 다른 사실도 있습니다."

"다른 사실?"

"바로 이 편지입니다."

품을 뒤져 철동직이 종이 하나를 꺼냈는데 군데군데 얼룩진 피 때문인지 군웅들에게 섬뜩한 무엇을 주었다.

"편지? 누가 누구에게 보낸 것인가?"

"사해상방주가 뇌로에게 보낸 것으로서 내용은 이렇습니다."

잠시 숨을 멈춘 철동직이 편지를 천천히 읽었다.

"상방에서 중점 사안으로 추진했던 만래고품향 정벌 건을 이렇게 날려 버리다니, 실망스러운 마음 금치 못하겠소이다. 강호제일뇌라는 뇌로의 지략이 땅으로 꺼진 것이오, 아니면 하늘로 날아가 버린 게요? 신상필벌(信賞必罰)을 신조로 삼는

상방의 원칙에 따라 지급되던 돈의 이 할을 삭감하기로 결정
했으니 노여워 말고 따라주시기 바라오. 차후에도 같은 실수
가 반복된다면 그 이상의 불이익이 돌아갈 터, 분발하길 빌겠
소."

철동직의 말이 끝나기가 무섭게 군웅들이 술렁였다.

"뭐야, 아무리 실수를 했다고 해도 너무하잖아?"

"월봉의 이 할을 깎는 건 그렇다 쳐도 말이 너무 고압적인
데?"

"가는 말이 고와야 오는 말도 곱다는데, 저건 아예 싸우자
는 것과 진배없구만!"

이들의 말처럼 편지의 내용은 고압적이다 못해 죄인에게
벌을 내리는 수준의 문장들로 가득 차 있었다.

"보다시피 편지는 이런 내용이었습니다. 자존심 강하기로
유명한 뇌로가 이를 받아들이기 어려웠겠지요."

"자존심이 상한 뇌로가 사해상방주를 찾아갔다가 말싸움
끝에 우발적으로 살인을 저질렀……."

턱을 쓰다듬으며 조선악이 중얼거리자 철동직이 고개를
끄덕였다.

"그렇게 사해상방주를 죽이고 정신이 든 뇌로가 증거를 인
멸하기 위해서 시비 둘, 그리고 이필용 다 협까지 살인멸구했
다고 사료됩니다. 아마도 이 대협은 내당을 관장한 터라 평소
뇌로와 사해상방주의 다툼을 자주 목격했을 테니."

"흐음……."

조선악이 낮게 침음을 흘리는데 누군가가 철동직에게 질문을 던졌다.

"편지는 어디서 발견되었나?"

"철동직이 남궁 태상 어르신을 뵈오이다!"

일단 포권으로 남궁강에게 예를 표한 철동직이 힘주어 대답했다.

"편지는 시비 가운데 하나인 예향이가 쥐고 있었습니다. 손바닥 크기로 접은 터라 뇌로도 미처 발견하지 못한 것으로 사료됩니다."

"이른바 죽은 자가 남긴 단서, 라는 건가?"

남궁강이 눈을 빛내다 다시 물었다.

"필적은 확실할 테니 거론할 필요는 없겠고… 물론 뇌로는 종적을 감췄겠군?"

"그렇습니다."

"드러난 사실만으로는 확실한데 어쩐지 미심쩍어."

"무슨 말씀이신지?"

"찜찜하단 말일세. 잘 맞물린 톱니바퀴처럼 이음새가 탄탄하지만, 그래서 이상하다는 거야."

정도맹 최고의 두뇌, 남궁강의 느낌을 무시할 사람은 이 자리에 아무도 없었다.

"하지만 증거가 너무 명백하지 않습니까, 남궁 태상."

"물론 맹주님의 말씀이 옳소이다. 밝혀진 바로라면 뇌로가 범인임이 틀림없소. 하지만 무림첩에 관한 논의가 이루어지는 자리이니만큼 신중에 신중을 기해도 모자람이 없다는 판단하에 말씀드리는 거요."

"남궁 태상의 말씀도 맞습니다. 그러나 이 문제를 질질 끈다면 사해상방이나 기타 상권 세력의 반발도 만만찮을 테고, 저번 극광혈무 건과의 형평성 면에서도 문제가 발생할 수 있다는 걸 아셔야 합니다."

정도맹의 주력 부대 가운데 하나였던 폭풍십이대를 참살했다는 혐의를 받았던 극광혈무, 즉 진무의 무림공적 등재는 그야말로 일사천리로 진행이 됐었다.

그런데 이번 사해상방주의 건에 관해서 미적지근한 태도를 보인다면 소위 정파의 태두라는 정도맹이 제 식구 일에는 빠릿빠릿하면서 남의 일에는 무관심하다는 소리를 들을지도 모른다.

정도맹의 원로 가운데에서도 높은 위치를 가지고 있는 남궁강의 입장에서도 그건 난처한 일이 아닐 수 없을 터.

남궁강이 미심쩍은 표정으로 자리에 앉자 조선악이 낮은 목소리로 말했다.

"증거가 이렇게 확실하니 미루려 해도 미룰 수 없잖나."

그 말을 알아들은 철동직이 고개를 끄덕였다.

"절차상으로 논한다면 뇌로 쪽의 말도 들어봐야 하겠으나 당사자가 자취를 감추었으니 방법이 없습니다."

"그래, 집법당주도 이만 좌정하도록 하게."

철동직이 자리에 앉자 좌중을 돌아보던 조선악이 무겁게 입을 열었다.

"이번 사건은 사해상방이라는 거대한 조직을 이끌던 사람의 살인사건으로 국한시킬 수 없는 것이 피살자만 해도 무려 스물두 명이며 살해 방법 또한 지나치게 잔인했기에 문제가 되는 것이오. 하여 본 건에 관해서는 신속한 처리가 필요하다고 보오."

"옳습니다."

"곧바로 논의에 들어가도록 하지요."

"논의는 무슨 논의? 이미 결과가 다 나왔는데?"

"그냥 무림공적으로 등재해 버리는 게 빠를 것 같은데……."

군웅들이 중구난방으로 말을 쏟아내자 조선악이 손을 휘휘 저었다.

"그만, 그만!"

하지만 군웅들은 조선악을 무시하는 듯 자기들끼리의 대화에 빠져들었다.

"전에 뇌로라는 작자를 봤을 때 섬뜩했지."

"맞아, 첫인상 더럽더라고! 무슨 뱀도 아니고."

"사람 눈이 아니더라니까? 데룩데룩 굴러가던 눈알을 생각하면 아직도 소름이 돋네그려."

"언젠가 일 하나 낼 것만 같더라니! 결국 크게 한 건 터뜨려 버렸네! 생각보다 더 크게 터뜨려 버렸어!"

그들을 서글픈 눈으로 보던 조선악이 힘없이 앉으며 중얼거렸다.

"뇌로를 이 시간부로 무림공적에 등재하겠소이다, 이견은?"

하지만 사람들은 제각기 떠드느라 정신이 팔려 조선악의 말은 안중에 없이 자신들의 세계에서 한 발자국도 나오려 들지 않았다.

"애초부터 마음에 들지 않았는데……."

"살인범 분위기가 물씬물씬 풍기더라니……."

"간덩이가 부었지. 그딴 만행을 저지르고도 성할 줄 알았……."

소란스러운 군웅들을 말없이 보던 조선악이 자리에서 일어나 밖으로 나가 버렸다. 그러나 그의 쓸쓸한 퇴장을 인식한 사람은 아무도 없었다.

*　　　　*　　　　*

정도맹은 주살대니, 토벌대니, 하는 일회성 조직을 발족하지는 않았다. 그럴 필요가 없는 것이, 사해상방에서 어마어마한 현상금을 걸고, 그들 자체적으로도 움직였기 때문이다.

하지만 대상이 오리무중인데 천 명에 가까운 인원이 무슨 소용이며, 사천 냥이라는 현상금이 어떤 의미를 가지겠는가?

사해상방에서 자체적으로 만든 조직, 뇌로척살대는 우르르 몰려다니다 아무 주루에서 술이나 푸는 것이 다였기에 뭇 사람들의 구설에 올랐지만 나서서 뭐라고 하는 이는 없었다.

"술 가져와!"

"돈? 돈은 얼마든지 있다고!"

"그럼, 그럼! 우리가 어디 소속인지 알아? 중원에서 돈 많기로 유명한 사해상방이라고, 사해상방!"

스무 명 남짓의 뇌로척살대원들이 술주정을 부리는 모습을 묵묵히 보던 진무가 눈살을 찌푸렸다.

"난장판이로군요."

"우두머리를 잃은 슬픔의 발로라지만 저건 조금 심하군."

조봉팔도 고개를 끄덕였다.

"그런데 노선배님들은 어디까지 동행하시려는 겁니까?"

다른 탁자에 앉아서 식사를 하는 은월선자와 은하노인, 그리고 이쪽을 자꾸 힐끔거리는 우문초설을 보며 진무가 작은 목소리로 묻자 오리고기를 한입 베어 문 공손천이 툴툴거렸다.

"난들 아냐? 저분들이 무슨 생각을 하시는지 어떻게 알아?"

그렇다. 공손천의 말마따나 은월선자와 은하노인은 어떤 꿍꿍인지는 몰라도 정도맹으로 향하는 조봉팔과 공손천, 그리고 진무를 졸졸 따라다니는 형국이었다.

대놓고 동행을 하겠다고 말해도 상관이 없으련만 그들은 묵묵히 뒤를 따르는 판이라 동행 여부를 들어보기도 이상하고, 그렇다고 무시하자니 너무나 신경 쓰이는지라 세 사람은 머리가 다 빠질 지경이었다.

"정말 찜찜하네."

"제 말이요."

공손천과 진무가 중얼거리자 조봉팔이 희미한 웃음을 지었다.

아마도 은월선자와 은하노인은 동행을 하고는 싶은데 먼저 말을 꺼내기는 쑥스럽고, 그렇다고 이쪽에서 의향을 묻지도 않으니 난감해서 그냥 따라다니나 보다.

그놈의 체면이 뭔지.

은월선자들의 탁자를 힐끔대던 진무가 벌떡 일어섰다.

"답답해서 못 참겠네!"

"야, 뭐 하게?"

"물어보게요!"

"아니, 아무리 그래도 그렇지……."

손을 휘젓는 공손천을 무시하고 진무가 은월선자들이 식

사 중인 탁자로 성큼성큼 다가섰다.

"음?"

생선살을 조심스레 발라내던 황복만이 깜짝 놀라 고개를 들었는데 진무는 그마저도 외면하고 은월선자를 똑바로 보며 입을 열었다.

"식사 중에 죄송합니다만 결례를 무릅쓰고 한 가지 여쭙겠습니다."

"결례라는 걸 알면 묻지 않는 게 나을 텐데?"

차디찬 은월선자의 응대에도 굴하지 않고 진무가 빠르게 말을 이었다.

"어디까지 동행하시려는 겁니까?"

"동행? 가는 길이 같다고 다 동행이라는 건가? 그것참 웃기는 소리로군?"

"그건 억지잖습니까……"

탄식처럼 진무가 말을 늘이자 은월선자가 코웃음을 쳤다.

"무엇이 억지야? 두 발 달린 인간이 제 발로 어딘들 못 갈까? 우연찮게 가는 길이 같아서 자주 부딪치는 건데, 그걸 가지고 뭐라 한다면 곤란하지."

이건 억지를 넘어서 생떼다. 그렇지만 본인이 아니라니 할 말은 없다.

"그렇… 습니까?"

"그래."

짐짓 고개를 돌리며 은월선자가 다시금 콧방귀를 날리자 어깨를 늘어뜨린 진무가 몸을 돌렸다.

노인네들의 생떼를 이겨내지 못하리라는 걸 직감했으니까.

"음… 신경 많이 쓰였나 보군."

황복만이 미안한 마음을 담아 중얼거리는데 은월선자가 끼어들었다. 싸움닭 기질은 어쩔 수 없나 보다.

"아니, 우리가 무엇을 했기에 신경을 써? 돈을 달라고 했나? 아니면 밥을 사달라고 했어? 왜 신경을 쓴다는……."

"그만 억지 부리고……."

전에 없던 황복만의 진중한 말에 은월선자가 입을 닫았다.

"우리가 자네들 행렬을 뒤따르는 이유는……."

이때 밖에서 누군가 달려왔다.

"뇌, 뇌로가 나타났답니다, 무사님들!"

"뭐?"

"어디서?"

흥청거리던 무인들이 병장기를 뽑아 들자 숨이 턱까지 찬 사내가 손가락으로 동쪽을 가리켰다.

"저기, 유월산 부근이라고 합니다. 용모파기로 미루어 거의 확실하다고 하니……."

"가자!"

"서둘러!"

"내 이놈의 늙은 괴물을!"

객잔을 거의 점령하다시피 하던 뇌로척살대가 우르르 빠져나가자 소란스럽던 분위기가 순식간에 가라앉았다.

말이 끊겼던 황복만이 눈을 끔뻑이다 입을 열려는데 뇌로의 출현 사실을 알렸던 사내가 슬그머니 다가왔다.

"받으십시오."

"음? 나 말인가?"

하지만 사내는 황복만의 물음에 대꾸없이 객잔을 나가 버렸다.

"이봐!"

"됐다."

뭔가 이상하다 싶어서 진무가 쫓아가려는데 황복만이 그를 제지하며 종이를 펼쳤다.

오늘 밤 자시 관제묘에서 보세.

흉.

관제묘는 을씨년스럽기 그지없었다. 거기다 자시라는 시간이 어우러지자 관제묘는 공포 그 자체가 되었기에 누구라도 발을 들이기 어려운 곳으로 변했다.

그러나 예외는 존재하는 법. 관제묘니, 분위기니, 공포 따위는 저 멀리 던져 버린 여섯 사람이 자시에 꼭 맞춰서 관운

장을 기리는 사당을 찾았다.

주위를 둘러보던 진무가 은월선자와 황복만이 좌정하자 뒤따라 앉으며 물었다.

"그 말씀은 저희를 따르면 산인을 만나게 될 거라고 예상 하셨다는 거잖아요?"

"당연하지."

"어째서 그리 생각하셨습니까?"

"생각해 봐. 뇌로라는 작자가 만희와 어떤 관계인지 몰라 도 자네가 싸우는 모습을 보고 나서 귀면혈광에 관해서 물었 다 했지?"

"그랬지요."

"문답은 짧게 끝났고."

"단순했지요."

"그렇다고 너의 첫인상이 너무나 좋아서 말 한마디로 타인 을 믿게 만드는 마력이 있는 것도 아니고."

너무 당연한 말이지만 살짝 기분이 나빠져서 진무가 말없 이 고개를 끄덕였다.

"네 말마따나 그 자리는 한가하게 귀면혈광에 관해서 논할 자리는 아니었다. 어쩌면 강호라는 대지가 커다란 격랑에 휩 싸였을지도 모를, 그런 중대한 순간이었지. 그런데 풍진사로 가운데 하나가 세 명의 무적사신을 앞에 두고 그런 질문을 던 졌다면 두 가지 경우밖에 없겠지."

손가락 두 개를 펼친 황복만이 그중 하나를 내렸다.

"하나는 그만큼이나 중요한 물음이었다는 소리고……."

슬그머니 손을 내민 진무가 다른 하나의 손가락을 내렸다.

"다른 하나는 뇌로가 세 명의 무적사신을 두려워하지 않아도 될 사람이었다는 것이겠지요."

"허허허……."

고개를 끄덕이며 황복만이 은월선자를 바라보았다.

─대견한 놈이지?

─흥!

고개를 모로 꼬는 은월선자를 짓궂은 눈초리로 계속 좇던 황복만이 말을 이었다.

"정확하다. 뇌로라는 자는 귀면혈광에 관해서 일반적인 흥미를 뛰어넘는 관심을 보이고 있으며, 무적사신이라는 명호를 두려워하지 않는 인물임이 틀림없다."

이건 놀라운 사실이 아닐 수 없다. 사사겹천 가운데 최하위 모임이라는 풍진사로의 인물 하나가, 실질적인 무림제일인 집단을 무시한다는 건 있을 수 없는 일이기에 모두의 놀라움은 컸다.

하물며 당사자는 오죽하랴?

"믿기 힘든… 말씀이로군요."

눈앞의 범을 몰라봤다는 자책감에서였는지 조봉팔의 얼굴은 어두워졌다.

"아닐세, 조 대협. 뇌로가 무적사신을 어려워하지 않은 이유가 자신의 힘을 믿었는지, 아니면 누군가를 등에 업었기에 가능했는지는 속단하기 이르다네."

"그래도 참담한 심정 주체하기 힘들군요."

이때 새된 음성 하나가 끼어들었다.

"자책할 것 없소이다, 철혈신권. 그만큼 내 연기가 뛰어났다는 것일 테니."

듣기 거북한 목소리와 함께 모습을 드러낸 사람, 그는 사해상방주를 죽인 혐의로 전 무림의 추격을 받고 있는 뇌로였다.

무려 무림공적이라는 무시무시한 혐의를 받는 사람치고는 너무도 평온한 신색으로 나타난 뇌로가 진무를 보며 눈을 찡긋했다. 생김새와 달리 본래 해학적인 성격이었나 보다.

"활활 타오르던 친구, 우리는 구면이지?"

그리고 두 사람, 하늘 아래 두려울 것이 없다던 은월선자와 황복만, 아니, 은하노인. 태산같이 굳건하던 둘의 얼굴이 사시나무 떨리듯 경련을 일으켰다.

"어, 어쩌다……."

"아니, 아니, 이게……."

실성한 사람처럼 중얼거리며 일어선 두 사람이 비척비척

뇌로에게 다가갔다.

"대체 이게 무슨 일이란 말이오⋯⋯."

집 나갔던 아들이 거지꼴이 되어 돌아와도 이렇게 애틋할까?

뇌로의 굽은 허리를 쓰다듬는 은월선자의 손길은 애절하기 그지없어서 황복만은 그만 고개를 돌려 이 광경을 외면해야만 했다.

"허허, 나는 괜찮으이. 그렇게 눈물지으면 고운 얼굴에 주름살 생긴다네."

"지금 주름살이 문제요!"

버럭 소리를 지르며 은월선자가 살기를 흩뿌렸다.

"누구요?! 누가 있어 천하의 산인을 다치게 했단 말이요?! 내 당장 그것을 요절내지 않으면 다시는 무림에 발을 들이지 않으리라!"

"일단 진정하고⋯⋯."

뇌로의 넉넉한 웃음도 은월선자의 분노를 어찌지는 못했다.

"아니요! 산인께서는 진정한 신선의 경지에 도달했는지 몰라도 이 사람은 천성이 옹졸하여 그러지 못하겠소!"

이글이글 불타오르는 눈으로 사방을 쓸어보던 은월선자가 뇌로의 팔을 잡아 흔들었다.

"대시오! 당장 대란 말이오! 어떤 종자가 산인께 이런 무례를 범했는지 어서 대란 말이오!"

"이보게, 선자. 그리 말하면 이 사람이 섭섭하지."

뜻 모를 말. 하지만 뇌로의 이야기에 황복만이 탄식을 흘렸다.

"역시 그의 소행이라는 건가……."

"단언하지는 말게, 아무것도 단언하지는 말게나."

연이어 이어지는 그들만의 대화에 은월선자가 발을 굴렀다.

"결국 선인, 그자라는 말이잖소! 맞소? 맞는 거요?"

펄펄 뛰는 은월선자를 가만히 보던 뇌로가 그녀의 손을 잡으며 눈을 감았다.

"일단 앉게."

거역하기 힘든 존재감. 천방지축, 자기 마음대로 행동하던 은월선자도 그의 묵직한 한마디에 입을 다물고 따라 앉았다.

좌중을 돌아보던 뇌로가 공손천과 우문초설에게 관심을 표하자 황복만이 이들에 대해 설명했다.

"위명이 자자한 공손 대협이었군. 고졸한 침 솜씨에 관해서 익히 들었소이다."

"예, 예."

뇌로의 본모습이 대충 어떤 사람일 거라고는 예상하고 있지만 직접적으로 언급되지 않으면 믿기 힘든지라 공손천이 그저 고개를 조아렸다.

"그리고 너는 선자의 제자고?"

"가장 뛰어난 아이라오."

은월선자가 자부심 깃든 목소리로 말하자 인자하게 웃으며 고개를 끄덕인 뇌로가 담담하게 입을 열었다.

"어느 정도 예상은 했겠지만 이 늙은이는 십오 년 전까지만 해도 뇌로라는 존재가 아니었소이다."

잠시 말을 끊은 그가 관운장의 상을 물끄러미 응시했다.

"만 가지 기쁨에 취해서 한가하게 세상을 주유하는 늙은이[萬喜散人]라고들 불렀다오."

쿠쿵!

무적사신의 세 사람을 두고도 눈썹 하나 까딱하지 않던 뇌로의 정체, 그는 바로 천외사선 가운데 가장 강했다던 만희산인이었다.

모두가 놀람을 숨기지 않는데 만희산인이 은월선자와 황복만을 보며 문득 한숨을 내쉬었다.

"어쩌자고 이렇게 돌아왔는지. 쓸데없는 의심이 일을 키웠네, 하등 쓸모없는 의심이."

절절한 그의 탄식에 황복만과 진무가 눈을 마주했다.

"귀면… 혈광이었습니까?"

진무의 물음에 만희산인이 고개를 쳐들었다.

그리고 웃음, 텅 비어버린 미소.

"그런 아이들이 떼로 달려든다고 한들 무슨 상관이 있을까? 벗들을 의심한 이 늙은이의 잘못인 것을."

만희산인의 눈가에 짙은 회한의 빛이 일렁였다.

"십오 년 전, 나와 마지막으로 가졌던 술자리, 기억하나?"

황복만이 고개를 끄덕이자 만희산인이 처연하게 웃었다.

"그날 밤, 나의 모든 것이 송두리째 파괴되었다네……."

"오늘도 날씨는 좋구나!"

눈이 유난히 커다란 노인이 아침 바람을 맞으며 기분 좋은 웃음을 터뜨렸다. 하얗게 센 머리와 어울리지 않게 꼿꼿한 허리는 여느 장정 못지않았으며, 홍시처럼 붉은 볼은 썩 보기에 좋았다.

크게 기지개를 켠 노인이 물 한 바가지를 퍼서 세수를 했다.

봄이라고는 하지만 완연히 풀린 날씨는 아니었기에 한기를 느낄 법도 했지만 노인에게 이 정도의 추위는 아무것도 아닌지 그의 입에서는 노랫가락마저 흘러나왔다.

"벗이 있으니 좋고, 술이 있어서 더욱 좋구나~ 이렇게 화창한 날에 좋은 벗이 향기로운 술 한 동을 이고 찾아온다면 얼마나 행복하겠는가~"

흥얼거리며 세수한 물을 바닥에 뿌린 노인이 초옥의 뒤로 돌아갔다.

"이 친구 미시(未時) 초에나 올 테니 그때까지 어떤 녀석과

뒹굴까나?"

무려 서른 개가 넘는 항아리 사이를 두리번거리던 노인이 그중 하나의 앞에 섰다.

"그래, 너로 결정했다!"

머루주, 라고 쓰인 항아리에서 술을 푼 노인이 그것을 들고 초옥으로 들어갔다.

방은… 지저분했다, 그것도 대단히.

아무렇게나 굴러다니는 책들은 기본이고, 문방사우들은 이산가족처럼 제각기 흩어져 있었으며, 둘둘 말린 종이뭉치들이 여기저기 나뒹굴었기에 노인의 말처럼 방이라기보다 돼지우리에 가까웠다.

물론 이렇게 방을 어지럽힌 사람은 노인일 터.

"아이고, 지저분해. 누가 이런 돼지우리에서 살꼬?"

태연히 중얼거리며 노인이 아무렇게나 앉아 술을 마시기 시작했는데 특이하게도 그는 허리를 꼿꼿이 편, 이른바 정자세로 자작을 했기에 술이 아니라 다도를 즐기는 중이라고 해도 믿을 판이었다.

그렇게 얼마나 마셨을까? 해가 중천으로 떠오를 무렵, 무언가 생각이 났는지 잔을 던지고 득달같이 붓을 움켜쥔 노인이 종이에 깨알 같은 글씨를 써내려갔다.

아니, 글씨뿐 아니었다. 글의 옆에는 사람 형상도 그려 넣었는데 제각기 특이한 동작을 취한 형태였다.

"보자……."

종이를 들어 뚫어지게 바라보던 노인이 퉁명스레 고개를 저었다.

"아니야, 이것도 틀려먹었어!"

그가 종이를 구겨 버리는데 초옥의 문이 열렸다.

"또 뭐가 틀려먹었다는 겐가?"

"왔어?"

문을 바라보지도 않고 노인이 답하자 들어서던 평범한 인상의 노인이 술 단지를 내려놨다.

"왔네."

단지를 놓기 무섭게 그것을 푼 촌로가 백발노인의 곁으로 갔다.

"뭐가 틀려먹었느냐고 묻잖아, 만희."

"몰라도 된다니깐."

백발노인, 즉 만희산인이 구겨 버린 종이를 아무렇게나 던졌다.

"늙었는지 머릿속에서는 뭔가가 계속 떠오르는데 그걸 표현할 방법이 없단 말이야, 망할."

툴툴대던 만희산인이 촌로가 가져온 술 단지를 뜯고 잔에 술을 가득 채웠다.

"에라, 술이나 마시자고!"

"그래, 건배!"

그다음부터 두 사람은 별말없이 술만 마셨다. 권커니 잣거니 하며 잔을 비우다 보니 어느새 술 단지 하나가 모조리 비워졌고 결국 만희산인은 머루주까지 가져와야 했다.

"아, 오늘 술 잘 받는다."

만희산인의 말에 촌로가 피식 웃었다.

"언제는 안 받았고?"

"듣고 보니 그렇구만?"

껄껄 웃은 둘이 다시 술을 마시다 촌로가 슬그머니 일어섰다.

"내가 궁금한 건 못 참는 성격 아니겠나?"

"허이고, 보게, 봐!"

만희산인의 허락을 받은 촌로가 구겨진 종이를 폈다.

"음… 이건?"

"자네를 기다리다 문득 생각나서 분석해 봤는데 생각보다 쉽지 않구만그려."

"흐음……."

촌로의 얼굴이 점차 굳어지자 술을 푸던 만희산인이 고개를 돌렸다.

"설마 기분 나쁜 건 아니지?"

"글쎄, 아무튼 복잡하구만……."

"에이, 복만이. 자네쯤 되는 사람이 이런 걸 가지고 기분이 나쁘면 어떻게 해?"

촌로, 즉 황복만이 만희산인의 너스레에 혀를 찼다.

"생각해 보게. 곁가지만 대충 알려준 초식을 그저 한번 생각한 것으로 골격을 잡으려 드는데 누가 기분이 좋겠어? 아무리 즉흥적으로 만들어낸 수라격체술이라지만 벌써 이만큼을 엿봤는데 나중에는 어디까지 넘어올지 어떻게 알겠나?"

"끄응……."

미안한 표정으로 머리를 벅벅 긁는 만희산인을 곁눈으로 보며 황복만이 거칠게 술을 털어 넣었다.

"천재가 범인의 속내를 어찌 알리오."

부러움 가득한 목소리. 그러나 만희산인은 그조차도 이해하지 못하는 얼굴로 꿍얼거렸다.

"그게… 대충 생각하니까… 정말… 떠오르던데……."

"됐네."

쳇바퀴처럼 같은 말이 반복될 것만 같아 황복만이 손을 저었다.

조금은 어색해져 버린 자리. 황복만은 별일 아닌데 지우에게 화를 낸 것만 같아 미안해졌고, 만희산인은 친구의 자존심을 건드린 것 같아서 송구스러운 마음이 일었다.

흥이 식은 술자리는 가시방석에 앉는 것보다도 힘겨운 법. 결국 객이 떠날 수밖에.

"너무 많이 마셨나 보이. 이만 일어나겠네."

"벌써 가려고?"

"가야지. 시간도 늦었고. 다른 이들이라면 벌써 잠자리에 들 시간일세."

보통 때라면 억지로 눌러 앉혔겠지만 분위기가 묘하게 흘러 버려서 차마 잡지 못하고 만희산인이 멍하니 서 있는데 황복만이 초옥의 문을 닫고 나가 버렸다.

누구도 잘못한 것은 없다. 하지만 사람사라는 것이 반드시 필유곡절을 따르지는 않는 법.

"며칠 지나면 풀리겠지, 뭐."

낙천적인 만희산인이 피식 웃고 남은 술을 마시기 시작했다.

얼마나 마셨을까? 취기가 은은히 돌기 시작할 무렵 작은 인기척이 들렸기에 만희산인이 반색을 하며 일어섰다.

"그 친구, 다시 올 거면서……?!"

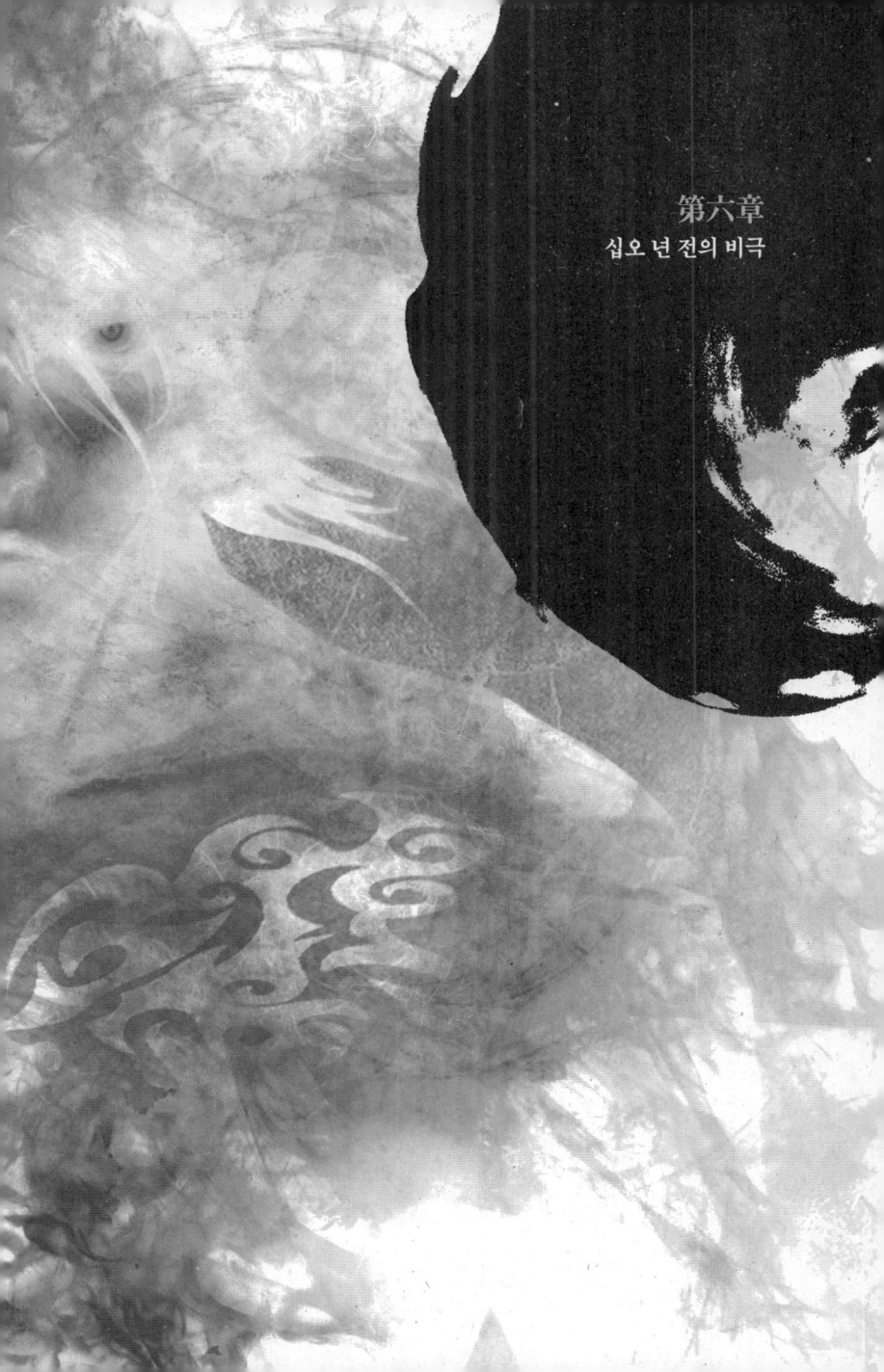

第六章
십오 년 전의 비극

염왕진무
閻王眞武

아니다! 이건 절대로 친구가 내는 기척이 아니다!

친구라면······.

'잠행 따위를 할 이유는 없을 테니.'

그렇다면 누구일까? 이런 허름한 초옥에 돈을 노린 도둑이 침입할 리는 없으니, 집을 잘못 찾은 자객일 텐데······.

'어떤 연유로 불청객이 방문했는지 모르지만 오늘 고생 좀 할 거다.'

만희산인이 이렇게 자신만만한 이유는 사사겁천 중 최상위라는 천외사선이라서가 아니라 자신의 힘을 믿기 때문이다.

잠행으로 접근하는 무리는 정확히 열다섯. 그리고 이들의 무위로는…….

'후후후…….'

헛웃음을 참으며 만회산인이 문을 열었다.

"밖에 누구요?"

정적!

…이라고 하지만 만회산인에게는 은잠자들의 모든 움직임이 전달되었기에 다시 웃음을 눌러 참아야 했다.

"누구냐 묻지 않소이까?"

칠흑 같은 어둠을 믿기 때문인지, 아니면 자신들의 귀식대법을 믿는 것인지, 열다섯의 은잠자는 좀처럼 모습을 드러내지 않았다. 다만 막연하게 느껴지는 적의 정도가 전부랄까.

'귀찮군.'

이런 압박은 다른 이들에게 공포로 다가올지도 모르지만 만회산인에게는 그저 귀찮을 뿐이었다. 또한 힘자랑을 즐기는 그가 아니었기에 요란하게 한판 벌이고 싶지도 않았다.

"무슨 연유로 이 초옥을 찾으셨는지 모르나 이 늙은이가 나잇살 좀 먹었다고 벌써 피곤해지는구려. 예를 따르자면 직접 손을 대접하는 것이 마땅하나 몸이 노곤하여 먼저 잠자리에 들 것이니 넓은 마음으로 이해하시구려. 아, 마침 집 뒤의 항아리에 술을 좀 담가두었으니 손들께서는 그것으로 섭섭함을 달래고 가시구려. 아마 두 항아리면 열다섯 분이 거나하게

취할 수 있을 터이니."

버스럭—

인원수를 들켜서일까?

누군가가 그만 마른 나뭇잎을 밟았다.

"부끄러워할 것 없소이다. 늙으면 밤눈이 어두워진다는데 오히려 이 사람은 지나치게 밤눈이 밝아져서 고민이라오. 그럼."

만희산인이 문을 닫으려는데 희미한 불빛이 솟아났다.

'음?'

한 쌍으로 시작된 불빛. 둘, 세 쌍으로 분열하기 시작하더니 어느새 열다섯 쌍으로 늘어서 만희산인을 포위하는 형국이 되었다.

하지만 사람 수로는 아무런 위협이 되지 못했기에 만희산인이 딱하다는 듯 혀를 찼다.

"진부한 표현이지만, 결국 권주를 마다하고 벌주를 들겠다는 건가?"

은은한 노기. 그리고 만희산인의 노여움을 받아낼 무인은 현 무림에 아무도 없다.

같은 천외사선 가운데 그 누구라도 말이다!

우우웅—

늘 천진난만하던 그의 표정에 색깔이 입혀지자 주위 공기가 파동을 일으키며 만희산인의 주변에서는 엄청난 기운이

파생되었다.

이때…….

"귀하가 만희산인이오?"

불쑥 나온 물음.

'나를 안다?'

만희산인으로서는 충격일 수밖에 없었다. 당금 무림에서 어느 누가 만희산인의 집에 적의를 품고 찾아올 배짱이 있을까?

아니, 더욱 중요한 것은 만희산인 자체가 무림의 대소사에는 단 한 번도 관여하지 않았기에 그 누구와도 은원관계로 얽힌 사실이 없다는 것이다.

"그래, 나를 안다니 그대들의 무모한 행위는 화만 불러오리라는 걸 알겠군?"

한층 무게감 실린 목소리로 만희산인이 말하자 열다섯 쌍의 불빛이 흔들거렸다.

그리고…….

"죽어……."

파앗!

득달같이 달려드는 인영 하나.

"답답한."

쾅!

"쿠엑!"

제자리에서 일갈하는 것만으로 습격자를 제지한 만희산인이 고개를 저었다.

싸움은 수많은 변수가 작용하기에 절대적인 승산은 존재하지 않는다. 하지만 그런 가정을 하려면 적어도 무력 면에서 어느 정도의 균형이 맞춰져야만 가능한 것.

그런 점에서 이들은 무모하다. 아니, 무모하다는 말로도 모자라 한심하기 짝이 없는 짓을 벌이려 한다.

"지금 간다면 없던 일로 할 테니 어여들 가시게나."

후우우—

확연한 힘의 차이를 보여줬건만 이들은 여전히 어둠 속에서 자신을 노리고 있었기에 만희산인이 턱을 긁었다.

'본보기를 보여야 하나.'

타인에게 손을 대려고 익힌 무학은 아니었지만 자기방어는 무인의 기본. 차라리 두어 명에게 징계를 내린다면 몹쓸 마음을 버리고 알아서 도주할 것이다.

"하는 수 없군."

귀찮은 표정으로 나선 만희산인이 주위를 쓱 훑다 커다란 나무 위를 가리켰다.

"원숭이도 아니면서 나무에 올라 뭘 그리 기다리시는가?"

쫘— 악!

보고도 믿지 못할 허공섭물!

그저 손을 뻗었을 뿐인데 나무에서 만희산인을 노리던 인물이 그대로 딸려와 그의 손에 잡혔다.

"크게 혼이 나야 정신을 차릴… 음?!"

숨이 막혀서 켁켁거리며 자신의 손을 빠져나가려 몸부림치는 은잠자의 얼굴을 보고 만희산인이 대경했다.

"뭐야? 너 대체 몇 살이냐?!"

기가 막힐 만도 한 것이 은잠자의 나이는 아무리 많게 봐줘도 열다섯 남짓이었다.

"그렇다면 다른 이들도 모두?"

그가 고개를 돌리는데 어둠에서 빠져나온 은잠자들이 하나둘 모습을 드러냈다.

"이건 대체……."

너무도 순수한 영혼을 지닌 만희산인이었다. 늘 좋은 것만 보려 했고, 아름다운 생각으로 모든 이들을 대했으며, 언제나 스스로를 낮추는 마음을 잃지 않았다.

그런 그에게 적의를 품고 야밤에 방문한 열다섯 명의 인물.

하나같이 약관도 지나지 않은, 어린 소년들이라니.

"아니야, 이건 아니야……."

혼란스러운 마음에 머리를 짚던 만희산인이 곧 정신을 차렸다.

'일단 아이들을 제압하자. 그리고 물어봐야겠어.'

그를 노리는 이가 누구며, 어떤 이유에서인지.

그리고…….

'이토록 어린아이들을 이용한 대가를 치르리라!'

결심을 하고 돌아선 만희산인이 손을 쳐들었다.

"약간의 고통이 수반될 것이나 몸이 상하거나 하지는 않을 터. 그럼……."

그가 손에 공력을 모으는데 열너 명의 아이가 일제히 발을 굴렀다.

쿵!

발을 구름으로써 상대방의 심객에 간접적 타격을 가한다? 참으로 재미난 발상이로군!

그저 재미난 정도가 아닐세. 염왕보는 소림의 진각처럼 단발성이 아니기에 중첩되면 커다란 효과를 볼 수 있지.

"서, 설마……."

망연히 중얼거리던 만희산인이 아이들의 눈가에서 흐르는 핏빛 광채를 응시했다. 아직은 미약하지만 분명 선홍색의 아지랑이를.

하고 많은 색깔을 놔두고 하필 빨간색이야? 공력을 표현함에 있어 은은한 청색이 으뜸이지!

염왕진기라는 놈이 내 마음처럼 만들어지지는 않았다네. 하지만 그것이 없으면 염왕보나 수라격체술을 사용할 수 없으니 어쩌겠나?

"아니, 아니야, 그럴 리 없어……."

만회산인의 몸이 주체할 수 없으리만치 떨렸다.

그의 혼란스러운 마음을 눈치챘을까? 발을 구르며 서서히 접근하던 어린 습격자들이 튕기듯 달려들었다.

오른쪽 어깨를 내밀고.

또 고법(敲法)이야? 조금은 참신한 공격 방법도 있을 텐데 너무 천편일률적이잖아?

수라격체술은 기본적으로 한 번의 공격으로 상대를 항거 불능의 상대로 만드는 것에 주안점을 둔 공격법이라네. 고법이야말로 이러한 공격술에 제격이지.

"아니야, 이건 말도 안 돼. 복만이 나를 해하려 들 리가 없잖아……."

습격자들의 공세를 유령처럼 피하면서 만회산인이 정신 나간 사람처럼 중얼거렸다. 그와 은월선자, 그리고 은하노인의 우정은 햇수로 오십여 년을 헤아리고 있다.

이런 아름다운 인연이 하찮은 열등감이나 호승심으로 무너질 리는 없다!

"무언가 잘못된 거야… 맞아! 수라격체술과 염왕군림보는

팔괘로를 미끼로 내세운 괴 단체의 요구로 만들었다고 했잖
아!"

　　이 친구야, 그런 무시무시한 무공을 뭣뭣이도 모르는 인
간들에게 던져 주면 어째?!
　　설마하니 나와 은월이 아무런 안전장치 없이 세 가지 무
학을 그들에게 넘겼을까? 그들은 모르겠지만 이리저리 꼬아
놓아서 우리 정도가 아니라면 절대로 풀어내지 못할 걸세.

　　그렇다! 은월선자와 은하노인이 만든 세 가지 초식은 두 사
람이 워낙 비틀어놓아서 천재 중의 천재라던 만희산인 자신
도 황복만의 얘기만으로는 윤곽이나 잡는 정도였다!
　　하면 괴 단체가 세 가지 초식을 이만큼이나 풀어낼 확률
은?
　　자문을 하고 내린 답은 절망적인 것이라 만희산인이 눈을
감았다.
　　그리고 떨어지는 눈물. 투명한 물빛이 아니라 불꽃처럼 새
빨간 피눈물이 그의 두 볼을 타고 흘렀기에 언제나 장난기 가
득하던 만희산인의 얼굴은 너무도 처연하게 변했다.
　　"이럴… 수는… 없어… 이럴… 수는……."
　　울긋불긋 변하는 피부!
　　터질 듯 부풀어 오르는 집공맥!

이것은 주화입마의 전형적인 모습이다!

"끄으으으……."

그가 양어깨를 움켜쥐며 괴로움에 몸을 떠는데 이런 현상이 주화입마의 전형적인 모습이라는 걸 알 리 없는 어린 습격자들이 일제히 몸을 날렸다.

"크아악!!!"

결국 만희산인이 두 팔을 펴면서 괴성을 내지르자 그의 주위로 엄청난 기의 파고가 일어났다.

쫘르르르릉!!

"아악!"

"흐아악!"

상상조차 할 수 없었던 기운에 얻어맞은 습격자들이 나동그라졌다.

"아아아아아악!!!!"

폭주해 버린 기를 제어하지 못하고 마구 기세를 올리는 만희산인의 모습은 공포 그 자체였기에 바닥을 기던 어린 습격자들이 벌벌 떨면서 외쳤다.

"사, 사람이 아니야!"

"달아나! 어서 달아나!"

"우, 우리들은, 우리들은……."

그들의 말처럼 최고가 아니었어…….

쾅! 콰르르— 쾅! 쾅!

그들이 가까스로 기어가기 시작하자 땅거죽이 쩍쩍 갈라지면서 균열이 생긴 지면에서 알 수 없는 기류들이 솟구쳐 올랐다.

"크아아아아아악!!!"

현존 천하제일인의 기력 방출! 그것은 누구도 예상하지 못했던 위력과 크기로 장내를 완전히 망가뜨렸다.

자신마저도.

"깨어났더니 이런 꼴로 몸이 뒤틀렸더군. 물론 내공도 구할 이상 사라졌고."

죽지 않은 게 천운이지, 하며 굽어버린 등을 콩콩 두드리는 만희산인을 보며 은월선자가 눈시울을 붉혔다.

"한심한 양반! 그런 일이 있었으면 서둘러 우리를 찾을 일이지, 어쩌자고 숨었단 말이요!"

"자네들, 아니, 세상 그 누구라도 믿을 수 없었다네."

순백색일수록 물들기 쉽다. 단 한 번도 타인을 의심하지 않았던 이가 배신이라는 감정을 품게 되면 세상 모든 것을 의심하고 백안시하게 된다.

너무도 순수했던 만희산인은 그만큼의 깊이에 빠져들었던 것이다.

배신이라는 늪에.

"이제 와서 할 말은 아니지만… 나는 그런 애들… 일면식도 없네."

"자네가 그런 말 하면 내가 부끄러워지잖나."

"아닐세, 나라도 그런 경우를 당한다면 의심할 수밖에 없었겠지."

황복만과 만회산인이 서로를 보다 두 손을 내밀어 덥석 잡았다.

이 광경을 보던 진무와 조봉팔, 그리고 공손천과 우문초설의 눈가가 촉촉이 젖어들었다. 천하제일인의 몰락치고는 너무도 서글펐기에 그들로는 할 말이 없었다.

"그 아이들이 귀면혈광이라고 했느냐?"

진무를 보며 은월선자가 매섭게 묻자 황복만이 고개를 끄덕였다.

"맞네. 우리 장원에서 저 아이가 그놈들을 치도곤 냈지. 하지만 도주한 녀석이 있다고 하더군."

"그 하나만이 아닙니다."

진무의 말에 모두가 소스라치게 놀랐다. 특히 직접적으로 연관성을 가진 만회산인의 놀라움은 누구보다도 클 수밖에 없었다.

"하나가 아니라면? 더 있다는 얘기인가?"

"얼마 전, 제가 무림공적으로 몰렸었지요? 혐의는 폭풍십

이대를 몰살시켰다는 것이었는데 다행히도 생존자가 있었습니다. 그래서 혐의를 벗게 되었지요."

"그 얘기라면 모르는 사람이 없겠지."

황복만이 고개를 끄덕이자 진무가 말을 이었다.

"예, 피해자 가운데 유일하게 살아남은 이는 폭풍십이대의 대장 공손수양 대협이었는데 그분의 증언에 의하면 저와 비슷한 무학을 사용하는 일군의 무리가 존재한다고 합니다."

"무리라면?"

"일곱 명이었다고 합니다. 의창에서 도강간 귀면혈광이 포함된 숫자인지는 알 수 없고요."

"그렇다면 그놈들을 훈련시킨 자들이 대체 누구란 말인가……."

황복만이 눈을 감는데 은월선자가 뾰족한 목소리로 비꼬았다.

"예상하고 있으면서 무슨 흰소리요?"

"으음……."

"아니, 우리가 그토록 배배 꼬아놓은 초식을 그렇게나마 구현할 인물이 강호에 누가 있겠소? 있다면 한 사람뿐이지."

"속단은 일러."

만희산인이 나지막하게 말하자 은월선자가 콧방귀를 꼈다.

"홍, 속단은 무슨! 그렇게 당하고도 모르시겠소? 산인의 재능을 그토록 시샘하더니만 결국 일을 벌인 게지. 거기다 우리까지 끼워 넣어서 아주 난장판을 만들려 한 게야!"

이를 부드득 갈며 은월선자가 주먹을 쥐었다.

"하아……."

사실 뇌로라는 위장 신분으로 강호를 떠돌며 만회산인도 자신을 공격한 주체에 관해서 알아볼 만큼 알아봤다. 다행히도 두 사람의 지우에게서는 아무런 혐의점을 찾지 못했기에 얼음처럼 굳어졌던 만회산인의 마음은 차차 녹았다.

그렇지만 걸리는 하나가 있었으니…….

"물론 심증으로는 그 친구가 유력하지만 신중을 기해서 나쁠 건 없어."

"신중이고 뭐고 당장 그놈의 늙은이를 찾아내야 한다니까!"

부르르 주먹을 떨던 은월선자가 갑자기 떠올리고 고개를 홱 돌렸다.

"다 좋아요. 뇌로라는 이중 신분도 좋고, 우리를 믿지 않은 것도 좋은데 무림공적은 또 뭐요?"

"맞아. 그건 또 무슨 일인가?"

모두의 시선이 모이자 만회산인이 멋쩍게 웃었다.

"나도 모르지. 내가 하지 않은 일에 나라는 사람을 파는 형국이니 알 도리가 있어?"

"지금 그렇게 여유를 부릴 때요? 무림공적으로 등재됐다고, 무림공적! 전 무림의 인물들이 산인을 잡으려고 눈을 부라리고 있단 말이오! 이 답답한 양반아!"

은월선자가 소리를 지르자 만희산인이 귀를 막으며 엄살을 부렸다.

"아이고, 귀청 떨어지겠네! 그럼 어쩌겠는가? 난 그저 사건 당일에 복만에게서 빌린 사천 냥 탁자에 올려놓고 사해상방을 떠난 게 다란 말이야. 그럼 정도맹에 가서 내가 이러이러 했으니 무림공적 취소해 달라고 할까?"

"저 의뭉 떠는 것 좀 봐? 답답해 미치겠네!"

가슴을 탕탕 치며 은월선자가 탄식을 늘어놓는데 황복만의 얼굴엔 부드러운 미소가 걸렸다.

'기쁨보다는 한과 노여움이 많았을 텐데 그것들을 다시 기쁨으로 승화시켰구만. 고맙네, 정말 고마우이.'

"얼레? 뭐가 좋다고 저렇게 빙글거린데? 이보시오? 벗이 무림공적에 등재됐는데 뭐가 그리 좋소?"

"중요한 건 무림공적에 등재된 사실이 아니라고 봅니다."

시의적절하게 은월선자의 폭주를 막은 진무가 냉철한 눈으로 만희산인을 바라보았다.

"누가, 왜, 이런 일을 벌였느냐는 거지요."

잠시 숨을 고른 진무가 다소 긴 이야기를 늘어놓았다.

"범인은 뇌로라는 강호상에서 다소 신비한, 그래서 뒤를 캐기 어려운 인물이 사해상방을 떠나는 날에 맞춰 일을 벌일

정도의 치밀함과 사해상방의 총단에서 방주를 살해할 정도의 대담함, 마지막으로 방주를 지키던 위사들을 진법으로 교란 시켜 상잔에 이르도록 만들 정도의 지략, 그리고 단시간 내에 내당주와 상방주를 살해할 정도의 무력을 지닌 인물입니다."

이렇게 얘기해 놓고 보니 범인이 너무도 완벽한 인물로 묘사가 된 것만 같아 진무가 인상을 썼다.

"뭐 아무튼 사해상방주를 죽여서 득을 볼 사람은 수도 없이 많지만 저런 능력을 지는 이는 한정적일 테니 그렇게 접근한다면 범위를 어느 정도 줄일 수 있겠지요."

"호오, 자네 천재군?"

"별말씀을요. 당대 제일의 두뇌라던 산인께서 이리 칭찬하시니 몸 둘 바를 모르겠습니다."

"아니야, 차분하면서도 논리적인 추리, 내 진심으로 감탄했네."

과거 천재가 현재의 천재에게 칭찬을 남발하자 다른 범인들이 혀를 빼물었다.

예, 예, 두 분 다 잘들 나셨어요…….

모두가 이렇게 외치려는 찰나, 진무가 다시 시의적절하게 말을 보탰다.

"하지만 이 가정엔 한 가지의 문제점이 발생합니다."

"그게 뭔가?"

진무에게 매료된 만회산인이 바짝 다가앉았다.

"사해상방주를 죽여서 이득을 취한다 함은 곧 사해상방주의 보직을 이을 수 있는 조건을 가진 이라고 생각됩니다. 왜냐하면 이 정도로 커다란 일을 벌였다면 그만한 보상이 뒤따라야 할 테니까요. 그렇다면 위의 조건에 부합되는 인물은 상방의 사대천주들인데 여기서 문제가 발생합니다."

"문제? 무슨 문제?"

"이들은 사건 당일에 모두 자신들의 거처에서 한 발자국도 움직이지 않았습니다. 또한 거리가 거리인지라 자투리 시간을 이용해서 일을 벌인다는 건 더더욱 불가능하고요."

"흐음……."

"결국 이번 살인사건은 사해상방주를 죽여서 금전적, 또는 지위적인 이득을 취하려는 자의 소행이 아니라는 결론에 이르게 됩니다."

순간 찾아든 정적. 진무의 추리대로라면 살인의 목적이 불분명해짐은 물론 용의자 자체가 사라지게 된다.

"뭐야? 그럼 어떤 미치광이가 재미 삼아 일을 벌였다는 거야?"

전설상의 고수들, 천외사선들 중에서 은월선자, 은하노인에 만회산인까지 가세하자 잔뜩 주눅이 들었지만 할 말은 해야겠기에 공손천이 투덜거렸다.

"그렇게 생각이 들 정도지요."

진무가 허탈한 미소를 머금자 가만히 듣고만 있던 조봉팔이 만희산인을 돌아보았다.

"외람된 질문이지만 산인께서는 뇌로의 신분으로 사해상방주를 자주 접견하셨다고 들었습니다."

"그랬소이다."

"직접 대면하신 적은 없으신지요?"

"나뿐 아니라 사해상방의 모든 이는 사해상방주의 진면목을 본 적이 없다고 들었소. 아니, 무림을 통틀어도 사해상방주의 얼굴을 아는 이는 그를 호위하던 암야십팔객이 다였을 것이오."

사해상방의 주인은 복잡하게 얽힌 이권 문제를 혼자서 다루는, 극히 위험한 자리이기에 자신의 모습을 타인에게 절대로 보여주지 않았음은 물론 그의 잠자리를 아는 사람도 경호무사, 암야십팔객밖에 없을 정도였다.

말이 쉬워서 중원 상권의 이 할이지, 그것을 산술적으로 구체화한다면 입이 떡 벌어질 금액이 되니까.

"이제는 그들도 불귀의 객이 됐으니 상방주의 본모습을 아는 이는 전무하다는 말이로군요?"

만희산인이 고개를 끄덕이자 조봉팔이 질문을 이었다.

"상방주와는 두터운 발을 사이에 두고 접견한다고 들었는데, 외면이야 알 수 없겠지만 존재 자체로 느껴지는 분위기라는 것이 있지 않습니까?"

"물론이요. 그런 점으로 논한다면 사해상방주는 무척이나
특이한 사람이라 할 수 있소."

"어떤 면에서요?"

우문초설이 끼어들자 그녀에게 자애로운 미소를 보낸 만
희산인이 눈을 감았다. 아마도 사해상방주와의 만남을 떠올
리는 모양인데 간혹 오른쪽 눈을 찡그리는 것으로 보아 그리
좋은 추억은 아니었던 모양이다.

"뭐랄까… 감정 자체가 텅 비어버린 인간과의 대화라고나
할까?"

"상방주를 대한 다른 이들은 그런 얘기 하지 않았어요. 그
저 냉정하고 무서운 분위기였다고."

"그야 그들이 그런 경우를 겪어보지 않았기에 하는 소리란
다. 흔히들 아는 만큼 보인다고들 하지 않느냐."

그렇다. 만희산인은 인간적인 감정 자체를 멀리했던 경험
이 있기에 사해상방주의 심리상태를 누구보다 잘 이해했다.
또한 이러한 경우를 겪는 이는 흔치 않을 것이기에 다른 사람
들은 사해상방주를 그저 두려워만 했던 것이다.

"돈만 다루다 보니 돈벌레가 되어버린 게지, 인간미라고는
눈을 씻고 찾아볼 수 없는."

은월선자의 코웃음에 만희산인이 손을 저었다.

"허허, 그런 관점에서 말한 게 아니라니까."

"나한테는 그리 들리오."

"이걸 어떻게 설명해야 하지?"

머리를 긁던 만희산인이 막 입을 열려는데 진무가 슬그머니 끼어들었다.

"한마디로 희, 노, 애, 락, 애, 오, 욕으로 대표되는 인간적인 감정 자체를 느끼지 못하는 사람 같았다, 이 말씀이지요?"

"바로 그걸세!"

손뼉을 치며 만희산인이 말했다.

"어떤 경우이든 대화를 주고받을 때 인간적인 감정이 터져 나오는 것은 당연해. 가령 일을 추진하다가 실패했다는 보고를 받는다면 실망스럽고, 답답하겠지. 반대로 포기하다시피 했던 일이 의외로 성사가 된다면 기쁘고, 행복한 감정을 품게 될 거야. 그런데 사해상방주에게서는 그런 느낌을 받지 못했어. 마치 감정을 느끼는 기관 자체가 멈춰 버린 사람처럼."

"그러니까 돈 만지는……."

"이봐, 은월. 내가 그런 가정도 해보지 않았을까? 중원 상권의 이 할이라는 엄청난 규모의 상권을 조율하느라 스스로를 절제하는 사람일지도 모른다는 생각을 하지 않았겠냐고?"

"그런 거 아니오?"

"아니. 결단코 아니야. 인내와 무감각은 절대로 같지 않지."

마치 진무에게 부연설명을 하라는 듯 만희산인이 그를 바라보았다. 이럴 때는 호응해 주는 것이 장유유서의 기본이다.

"그렇습니다. 인내란 참고 견디는 것이지만 무감각이란 참고 견뎌야 할 감정 자체를 인지하지 못하는 상태입니다. 그런 사람이 세상에 어디 있겠냐고 하신다면 엽기적인 살인행각으로 무림공적에 등재된 인물들을 떠올리시면 되겠습니다."

'무림공적이라고?!'

여기 무림공적 출신 둘이요, 라고 외치고 싶었지만 입 밖으로 토했다가는 치도곤을 면치 못할 기세였기에 공손천이 혼자 키득거렸다.

"무림공적에 등재될 정도로 잔인한 살인마들. 그들은 인간이 가지는 기본적인 감정, 즉 타인에 대한 연민을 전혀 느끼지 못합니다. 아니라면 그런 짓을 할 수 없겠지요."

"으음……."

논리적인 진무의 설명에 은월선자가 침음하다 슬쩍 황복만을 바라보았다.

―이런 것도 가르쳤소?

―도나 닦던 내가 저런 심층적 병리현상을 어찌 알까?

눈짓 교환을 마친 두 사람이 헛기침으로 분위기를 쇄신했다.

"어허허험! 그러니까 네 말은 사해상방주가 정신적인 문제를 지닌 인물이다, 이거냐?"

"산인께서 느끼신 바를 토대로 추리하자면 그렇게 사료됩니다."

"그렇군."

진무에게서 고개를 돌린 황복만이 조봉팔에게 물었다.

"사해상방주가 전달하는 분위기를 물은 이유가 무엇이었소, 조 대협?"

"그건……."

주위를 돌아본 조봉팔이 목소리를 가다듬었다.

"진무의 추리를 따른다면 금전적 또는 지위 상승을 노린 범행이라고 보기 어렵다는 결론에 이르게 됩니다. 그렇다면 원한관계나 기타의 문제라는 얘기인데 이런 부분은 개인의 성향이나 성격 때문에 타인과 갈등을 빚는 경우가 태반이므로 상방주의 평소 언행과 분위기를 알면 도움이 될까 싶었던 것입니다."

"훌륭하오. 그렇다면 결론은 내리셨소?"

무학으로야 비교 대상이 될 수는 없지만 정도맹이라는 초거대 단체를 이끌면서 크고 작은 사건들을 접하고, 그만큼의 사람들을 상대하면서 축적된 조봉팔의 경험은 세 명의 절대고수도 감히 넘볼 수 없는 자산이었다.

그래서 황복만이 조봉팔의 판단을 존중하는 것이다.

"감히 한 말씀 드린다면… 산인께 보였던 상방주의 성향이 정말로 그렇다면 이번 사건은 더욱 이해하기 힘들어집니다. 오리무중이라는 말이 실감이 갑니다."

오리무중이라는 표현까지 써가며 인상을 구기는 조봉팔이었기에 모두가 그를 주시했다.

"감정을 느끼지 못하는 인간들, 즉 정신적 장애인들은 크게 두 부류로 나눌 수 있습니다. 첫째로 타인에게 인정과 주목을 받고 싶어하는 유형이지요. 예를 들자면 무림공적으로 등재되는 대량 살인마들이라고 보시면 되겠는데 이들은 과시욕이 타인보다 많고, 즉흥적으로 행동을 하는 경향이 강해서 일반인과 구별하기 쉽습니다."

"흐음."

황복만이 턱을 긁으며 경청하자 탄력을 받은 조봉팔이 목소리에 힘을 실었다.

"두 번째 부류가 난감한 인간형인데, 이들은 기본적으로 보통 사람과 다를 바가 없습니다. 늘 선한 웃음, 부드러운 태도, 오히려 일반인보다 더욱 친근감있는 행동을 보임으로써 다른 이들에게 부담없는 존재로 남습니다. 또한 이들은 나서기를 꺼리고, 자신을 숨기는데 천재적인 재능을 발휘합니다. 그래서 세 사람 이상만 모여도 자연스레 스스로를 뒤로 빼고 다른 둘을 관찰하지요."

"음……."

이번에는 은월선자가 관심을 표시했다.

"하지만 이런 모습은 모두 가식입니다. 그들은 사람에 대한 애정 자체가 없습니다. 자기 자신만을 사랑하는 존재라는 거지요. 즉, 타인에 대한 관심 자체가 없단 말입니다. 그렇기에 자신을 위해서라면 다른 이의 안위 따위는 안중에도 두지 않지요."

"더 악질이로군."

공손천이 혀를 빼물자 슬며시 웃은 조봉팔이 첨언했다.

"만약 사해상방주가 정신적 장애를 가진 사람이었다면 전자가 아니라 후자였을 겁니다. 그렇기에 문제라는 겁니다."

"어떤 문제 말씀이죠?"

우문초설의 물음에 조봉팔이 굳은 얼굴로 답했다.

"보시게나. 사해상방이라는 거대한 조직을 총괄하면서 단한 번의 실수도 없었던 사람이 바로 사해상방주였네. 또한 강호상의 인물들과도 어떠한 마찰을 빚은 적이 없었지. 이는 거의 불가능에 가까운 일이지만 자신을 숨기는데 탁월한 두 번째 유형의 특징을 감안한다면 어려운 일도 아니네."

"그 말씀은……."

"이렇게 자신을 위장하는 인간이 타인과 척을 질 행동을 하겠나? 만약 그런 경우가 발생하더라도 다른 이의 손을 빌려 일을 해결하겠지. 즉, 원한관계도 범행의 원인이 아닐 거라는 게 나의 예상일세."

분석을 할수록 미궁으로 빠져들어서 모든 사람들의 표정이 딱딱해졌다.

"그럼 뭐야? 범인이 귀신이라도 된다는 거야?"

공손천이 분통을 터뜨리자 조봉팔이 고개를 저었다.

"대명천지에 귀신은 무슨, 우리가 알지 못하는 무언가가 있겠지."

"그런 말은 나도 하겠다."

투덜거리는 공손천을 무시하고 조봉팔이 진무에게 물었다.

"자네는 어찌 생각하나?"

"예? 저요?"

"그래, 자네는 특수한 인간들을 많이 접했으니 그들의 정신구조를 어느 정도 꿰뚫고 있지 않나?"

조봉팔의 지적은 정확한 것이었다.

진무는 일반적인 사람들과는 전혀 다른 유년기를 겪었고, 무공의 습득 과정도 남달랐을뿐더러, 강호라는 사회로 나와서도 타인들은 상상조차 하기 힘든 일을 마주했다.

그러다 보니 타인에 대한 배려심이 결여된 인간들과도 마주했고, 또 극복해야만 했다. 무력뿐 아니라 그들의 정신까지도.

"일단 저는 그런 수수께끼 같은 인간이 어떤 경로로 사해상방의 주인자리까지 올랐을까 궁금합니다만, 뭐, 그 문제는 차치하고… 조 대… 아니, 사… 부님 말씀처럼……."

"큭큭큭!"

공손천이 키득거리자 진무의 얼굴이 빨개졌지만 그는 굴하지 않고 말을 이었다.

"방금 전, 사부님께서 두 가지 부류의 정신적 장애자들이 있다고 하셨지요? 예, 저도 동감하는 바입니다. 그런 유형의 전형적인 인간을 둘이나 보았지요."

충인은 조봉팔의 표현을 빌자면 첫 번째, 즉 과시욕과 허세로 뭉친 전형적인 이상성격자다. 선인에게 통제를 받는 입장이 아니었더라면 그 소악귀는 무차별적인 살인도 서슴지 않았을 것이다.

그리고 료료, 자신을 완벽하게 숨기는데 천재적인 재능을 지닌 인간. 드러내지 않았지만 그는 충인보다도 더욱 심각한 정신적인 장애를 앓고 있음이다.

또한 둘 모두는 선인이 키운 인물들이다. 이를 알 리 없는 진무였지만 둘에게서 다르면서도 비슷한 느낌을 받았던 것이다.

"첫 번째는 논외로 치고, 두 번째 인간형은 료료라는 인물입니다. 제가 그를 처음 만난 것은……."

황가장원에서 료료와의 첫 만남, 그리고 료료라는 인간이 어떻게 사람 사이로 숨는지, 어떻게 군중들을 이용하는지 설명하자 모두가 놀라움을 표시했다.

"즉, 사해상방주가 료료와도 같은 인간형이라 가정한다면 원한에 의한 범행은 아니라고 봅니다. 그는 절대로 자신을 드러내 타인에게 원한을 사는 행동 따위는 하지 않을 테니까요. 어디까지나 감으로 말씀드리지만 이번 사건에는 우리가 전혀 모르는 이면이 있어요."

인상을 구기며 진무가 중얼거렸다.

"보통 사람은 상상을 할 수 없는 무언가가 말이에요."

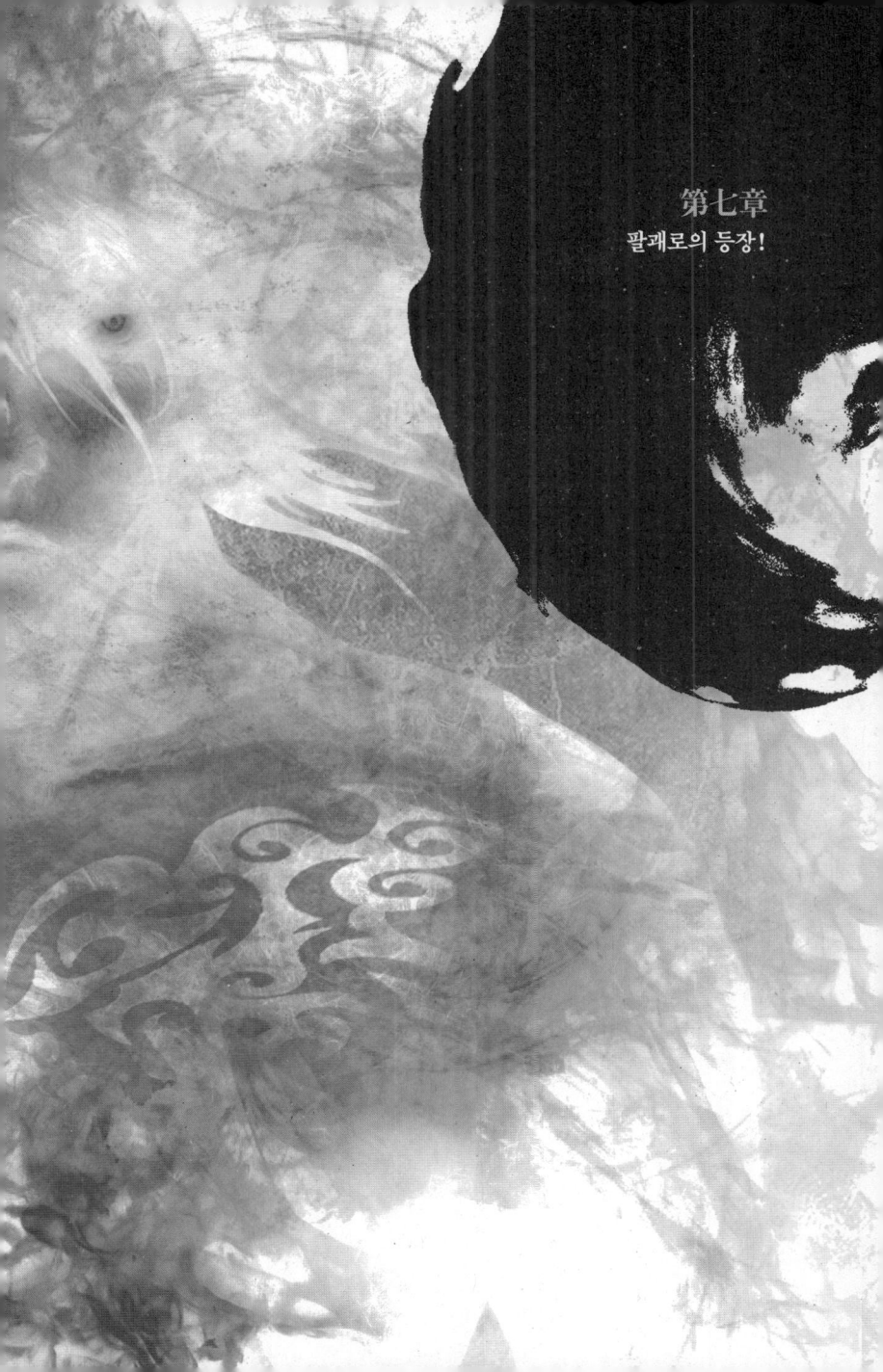

第七章
팔괘로의 등장!

염왕진무
閻王眞武

보글보글—

무언가가 맹렬히 끓어오르고 다른 한편에서는 고체화가
된 무엇이 곱게 갈렸다. 그것들 사이를 분즈하게 돌아다니며
이것저것을 만지작거리던 선인이 화로에 올려둔 물체가 녹기
시작하자 흥분을 감추지 못했다.

"역시 되는구나! 역시!"

뜨겁지도 않은지 그는 잘 마른 형겊으로 타오르는 화로를
연신 닦았다.

정확히 팔각형 모양의 화로. 팔각의 면에는 팔괘를 상징하
는 건(乾), 태(兌), 이(離), 진(震), 손(巽), 감(坎), 간(艮), 곤(坤)

을 상징하는 여덟 개의 형상이 각인되어 있었다.

"팔괘로! 얼마나 찾았던 녀석인가!"

그렇다면 이것이 태상노군이 연단할 때 썼다는 전설상의 팔괘로라는 말인가?

은월선자와 은하노인이 그토록 찾고자 했던 팔괘로. 그리고 만래고품향에서는 본래의 소유권을 주장하며 일망성이라는 무기로 강호에 압박을 가해가면서까지 원했던 물건.

무림에 피바람을 불러일으킨 그 팔괘로가 결국 선인의 품에 안겼다는 건가?

감개무량한 얼굴로 팔괘로를 만지던 선인이 고개를 돌렸다.

"저것과 녹은 녀석을 일정 비율로 합친 후에 이것을 뿌려서 말리면……."

두 개의 알 수 없는 물체를 일정한 비율에 맞춰서 섞은 선인이 그것을 넓게 폈다.

마치 국수 반죽과도 같은 하얀색의 물컹거리는 고형물.

"이제 마르기만을 기다리면 되겠구나."

팔짱을 끼고 고형물을 바라보는 선인의 뒤로 누군가가 나타났다.

"감축드립니다, 선인. 드디어 뜻을 이루셨군요."

해맑은 음성만큼이나 귀여운 용모를 지닌 소년. 그러나 마음은 사갈보다 독한 소악귀.

충인이었다.

"아직 기뻐할 때가 아니다. 결과물이 나와봐야지."

말은 그렇게 하면서도 웃음을 참지 못하는 선인이었기에 충인이 고개를 돌렸다.

'지랄하네. 아주 좋아 죽는 얼굴이면서 무슨 개소리야?'

하지만 생각과는 전혀 다른 말이 충인의 입에서 나왔다.

"신중, 또 신중을 기하시는 모습. 역시 선인이십니다."

"물론이다. 이것만 완성된다면 내공이라는 개념이 도입되면서 불어닥친 혁신보다도 더한 변화의 바람이 무림을 강타하게 될 것이야."

열기 가득한 표정으로 말하는 선인의 모습에 연신 맞장구를 쳤지만 충인은 사실 따분하기 그지없었다.

'시발, 무림이 뭐 어떻게 되든 나랑 무슨 상관이야?'

그의 관심사는 오로지 하나, 선인이 그렇게 자랑하던 완성품에 있었다.

'두고 보자, 료료 새끼. 내 그것만 먹으면 그 새끼부터 발기발기 찢어버려야지. 히히, 생각만 해도 짜릿한데?'

충인이 기괴한 미소를 베어 물자 선인의 표정이 싸늘하게 굳어졌다.

"뭐가 그리 좋으냐?"

"예? 아… 아하하하, 물론 선인께서 그토록 원하시던 염원을 이루신 것이 너무나 기뻐서……."

"네가? 그래서 웃었다고?"

"무, 물론이죠, 헤헤헤……."

바보 같은 충인의 웃음에도 선인의 표정은 여전했다.

'개 같은 늙은이, 기회만 되면 저것도 죽여 버려야지.'

억지로 웃음을 이으며 충인이 속으로 이를 가는데 반죽 형태의 고형물에 실처럼 얇은 선이 아로새겨졌다.

"지금까지는 완벽하다. 선인의 번뇌라는 갈라짐까지 이루어졌으니 마지막 단계만 거치면 된다."

선인이 만들려는 것은 크게 세 단계를 거쳐야 한다. 선결(仙結), 선열(仙裂), 선산(仙散)이 바로 그것인데 반죽 형태의 물체가 바로 선결이며, 그것이 갈라지는 현상이 선열이다.

마지막 선산은…….

실과도 같이 가늘던 균열이 점차 커다란 틈을 보이더니 마침내 물체는 극심한 가뭄에 시달린 논바닥마냥 볼품없이 갈라졌다.

"그래! 그래! 더 갈라져라! 더!"

기묘한 열기를 머금은 선인의 목소리에 화답하듯 물체의 균열은 점점 깊어졌고 마침내 고형물은 조금씩 부스러지기 시작했다.

툭— 툭—

"선산! 선산이 시작된다!"

바람에 흩날리는 가루들을 손으로 잡아채며 선인이 소리

쳤다.

'저것이 극락제련산(極樂製鍊散)?'

하얀 가루를 좇는 층인의 눈동자에서도 숨길 수 없는 탐욕의 빛이 일렁였다.

뭐, 극락제련산의 효능을 알게 된다면 누구라도 이러한 눈빛을 보낼 테지만.

고형물이 모조리 바스러질 때까지 뛰어다니던 선인이 마지막 하나의 가루까지 잡고서야 동작을 멈췄다.

"흐흐흐흐… 이제 됐어, 이제."

기쁨을 감추지 못하던 선인이 층인의 시선을 의식하고 곧 헛기침을 하며 손을 내저었다.

"어허험, 이만 나가보아라."

"선인께서 극락제련산의 위대한 효능을 흡수하시는 모습을 지켜보고 싶습니다."

"됐다. 나가봐."

"그래도……."

"나가라 하지 않느냐!"

버럭 소리친 선인이 냉랭하게 몸을 돌리자 풀이 죽은 층인이 어깨를 늘어뜨렸다.

"밖에서 대기해라. 확인 후에 지시할 것이 있느니."

"예……."

층인이 문을 열고 나가자 정좌한 선인이 모은 가루를 조심스레 받쳐 들고 코에 가져갔다.

"후웁—"

맹렬히 콧속으로 밀려들어 가는 가루들.

"후우웁—"

단 하나의 부스러기라도 남기지 않을 심산인 듯 선인의 호흡은 더욱 거칠어졌다.

결국 손바닥에 있던 가루를 모두 흡수하고 선인이 눈을 감았다.

얼마나 지났을까? 고요하던 선인의 몸에서 작은 떨림이 시작되더니 점차 파고가 커져 나중에는 떨림이라기보다 도약에 가까운 움직임을 보였다.

쿠르르르!

급격한 떨림에 선인의 표정도 야차처럼 일그러졌고, 이대로라면 그의 신변에 커다란 문제가 발생할 것만 같았다.

이때!

둥실—

놀랍게도 선인이 좌정한 상태에서 몸이 허공으로 두 치가량 떠오르며 불규칙적인 근육의 운동마저 일순간에 사라져 버렸다.

번쩍!

감았던 눈을 뜨자 선인의 눈동자에서는 줄기줄기 광채가 뻗어 나왔는데 얼마나 강렬한 빛이었는지 주위가 다 환하게 밝혀지는 느낌이었다.

그렇게 반 시진가량 허공에서 머물던 선인의 몸이 천천히 하강하자 눈동자의 광채도 꺼지듯 사라졌지만 그의 얼굴엔 다른 빛이 흘러나왔다.

격동이라는 이름의 빛이.

"돌아온다… 돌아오고 있어……."

손가락을 꿈질거리며 무언가를 느끼던 선인이 양손을 합장했다.

우웅—

그가 내력을 불러 모으자 선인의 등 뒤로 햇살과도 같은 동그라미가 떠올랐다.

우우웅—

동그라미 하나로 만족하지 못함인가? 선인의 코에서 옅은 김이 흘러나오자 동그라미는 그 수를 늘려서 두 개에서 셋으로, 네 개를 거쳐 마침내 다섯 개를 헤아리게 됐다.

"빠져나가기만 하던 공력이 다시 돌아오는구나……."

감개무량한 선인의 독백. 그렇다면 선인의 공력이 모래알처럼 흩어지고 있었다는 소리가 아니겠는가?

"후우우~"

찬란하게 빛나던 다섯 개의 동그라미를 모조리 흡수한 선인이 합장했던 손을 풀었다.

"드디어… 때가 됐다."

자신감 가득한 음성으로 중얼거린 선인이 천천히 일어섰
다.

"들어오너라."

"예."

충인이 고개를 숙이고 들어오자 선인이 툭 내뱉었다.

"전에 말한 대로 시행하도록 해라."

"오, 그렇다면 극락제련산이 완성된 것입니까?"

"그건 네가 알 바 아니다. 너는 그저 명대로 움직이면 된
다."

선인이 몸을 돌리자 헤실거리던 충인의 얼굴에 독기가 피
어올랐다.

'오냐, 너도 죽여주지. 너는 지금 커다란 실수를 한 거야,
늙은이.'

그가 무슨 생각을 하든 상관없다는 듯 선인이 손을 내저었
다.

"무엇하느냐? 나가보지 않고?"

"아, 예. 예."

굽실거리며 충인이 다시 나가자 선인이 주먹을 움켜쥐었
다.

"이제 무림은 새로운 시대를 맞이하게 된다. 정이니 패니,
쓸데없는 집안싸움도 없고, 물질문명 따위에 위협받지 않아
도 되는, 그런 완전한 세상이 도래하는 거야."

확신에 찬 음성으로 혼잣말을 늘어놓는 선인의 기세는 천군만마라도 압도할 것만 같았다.

"그 모두를 위해서는 사라져야 할 잔재들이 있지. 옛 영광의 찌꺼기와도 같은 거추장스러운 존재들과 천한 신분을 망각하고 알량한 손기술로 반역을 시도한 무리들이 있어."

선인의 목소리에는 더욱 힘이 실렸다.

"이것들을 한 번에 쓸어버려야 해. 그 친구만 잘해준다면 불가능한 일이 아니지."

그 친구란 누구를 말하는 것일까?

커다란 의문부호를 남겨둔 채 팔괘로를 안고 선인마저 자리를 비우자 방 안에는 약재들의 냄새만이 아련하게 맴돌았다.

*　　　*　　　*

보름 후, 호북성 융중산에서 팔괘로를 공개하겠다는 방이 각처에 붙었을 때 사람들은 누군가의 장난으로 치부했다.

하지만 시간이 지나면서 단순한 심심풀이가 아니라는 얘기가 여기저기서 터져 나왔고, 만약 방의 내용이 사실이라면 모두가 그거 가져다 만래고품향에 주면 되겠네, 라고 생각을 했다.

비로소 무림에 평화가 찾아오나 보다, 싶었다.

하지만 팔패로라는 물건에 점차 호기심을 보이는 무인들이 생겨났다.

왜?

일망성씩이나 되는 무시무시한 무기를 만드는 만래고품향에서 무엇 때문에 팔패로를 원하는지 궁금했고, 그것은 점차 팔패로라는 물건의 용도에 관한 의문으로 번졌던 것이다.

그리고 조금씩 새어 나오는 뜬소문들.

팔패로에는 엄청난 비밀이 숨어 있다!

뭐, 이건 기본적인 소문이었고…….

팔패로의 각 면에는 천고의 무학이 새겨져 있다, 그것만 얻는다면 단숨에 천하제일인이 된다!

정통 뜬금없는 소문이었지만 본래 커다란 거짓말일수록 사람들은 더 속아 넘어가게 마련이라 이 풍문에 전국 각처의 무인들이 두 주먹을 불끈 쥐었으며…….

팔패로에는 사실 천하에서 가장 강력한 병기를 숨겨놓은 보물지도가 담겨 있다!

두 번째의 연장선상에서 놓고 토면 될 소문이었는데, 문제는 이번 풍문의 파급력이 남다르다는 데 있었다. 한번 일망성의 위력에 맛을 들인 일반인까지도 세 번째 소문을 듣고는 가슴이 뛴 것이다.

일망성도 저리 뛰어난 위력이 있을진대 만래고품향에서 그토록 원하는 팔괘로에 담긴 무기를 얻는다면 일반인이라도 능히 고금제일을 넘볼 수 있지 않을까?

그렇게 수많은 소문들이 뒤섞여 호북성은 말 그대로 온갖 욕망의 찌꺼기들이 부유하는 아수라장으로 변했다. 그리고 사람들은 자신이 배설한 욕구의 원형을 찾아 꾸역꾸역 몰려들었다.

누가, 어떤 목적으로 방을 붙였는지는 망각한 채.

*   *   *

호북성의 융중산은 양양과 번성의 남서부, 한강 유역에 위치한 산이다. 다른 이름으로는 복룡산이라고도 불리며 동한 말기에 제갈량이 숨어 살았던 곳으로 유명하다.

그리고 지금은 팔괘로가 발견되었다 하여 전 무림의 주목을 받게 되었다.

엄청난 인원이 몰렸을 거라 예상했는데 생각보다 모인 이들이 적어서 진무가 고개를 갸웃거렸다.

"미어터질 줄 알았는데 의외네요?"

"눈에 보이는 수가 전부라 믿느냐?"

황복만이 손을 저었다.

"지금 나서봐야 다른 이들의 이목만 끌게 될 터인데 앞장
서고 싶은 이는 아무도 없다. 아마도 곳곳에 숨어 관망을 하
는 거겠지."

그의 지적은 정확한 것이었다. 팔괘로가 발견되었다고 알
려진 이곳, 융중산에는 군웅들이 얼마 없지만 양양과 번성에
는 이미 수많은 사람들이 모여서 호시탐탐 기회를 엿보는 형
국이었다.

"하면 우리도 양양이나 번성에서 분위기를 살펴야 하지 않
나요?"

우문초설이 묻자 황복만이 고개를 끄덕였다.

"물론이다. 내가 이곳을 굳이 찾은 이유는 사단이 터졌을
때를 대비하기 위함이니라."

"대비라 하심은……"

"융중산, 융중산, 하지만 정작 융중산에 올라본 이는 별로
없을 터. 지형지물을 조금이라도 숙지해 둔다면 문제가 발생
했을 때 남들보다 빨리 움직일 수 있을 것 아니겠느냐?"

"아하~"

손을 모으며 우문초설이 탄성을 질렀다.

썩어도 준치라고 했다. 그리고 썩은 준치가 일행 가운데 무려 다섯이나 존재하니 이들의 행보가 다른 사람들보다 훨씬 효과적이면서 묵직할 수밖에.

멀리서 융중산을 훑은 일행이 양양으로 들어섰다. 번성보다는 양양이 융중산에 가까웠고, 또한 양양은 권법가들에게는 성지와도 같은 장소라 무림인들이 많이 찾는 곳이다.

"이런 소란에 조용한 객잔을 찾을 수 있을까 모르겠어. 아이야, 한 바퀴 휙 돌아보고 오너라."

옷에 묻은 먼지를 신경질적으로 털며 은월선자가 짜증 섞인 명을 내리자 고개를 숙인 진무가 군말없이 사라졌다.

"다 같이 피곤한데 애를 그리 닦달하누?"

만희산인이 짐짓 나무랐지만 은월선자는 당연하다는 듯 콧방귀까지 꼈다.

"흐흥, 그 무슨 소리요? 하면 우리 같은 늙은이가 시전을 뒤지고 다녀야 한다는 거요? 저맘때는 며칠 밤을 지새워도 피곤을 모르는… 아설아, 너 어디 가는 게냐?!"

신나게 이야기를 풀어놓던 은월선자가 진무를 쫓아 우문초설이 뛰쳐나가자 손을 뻗었다.

"할머니 말씀처럼 피곤을 모르는 나이잖아요? 가만있으면 병난다고요."

"얘, 애야!"

"그냥 두게."

황복만이 그녀의 손을 밀어냈다.

"늙은이들 사이에서 얼마나 심심했겠나? 저들끼리 잠시 오붓한 시간을 가지는 것도 괜찮지."

"뭐요, 오붓? 지금 오붓이라고 했소?"

"오붓이라는 말, 처음 듣나?"

"지금 우리 아이가 저따위 씨도 모르는 종자와 뭐, 오붓? 그게 말이 되는……."

화르르!

즉각, 황복만이 투기를 드러냈다.

"그러니까, 그게, 씨도 모른다는 말은 취소하고……."

쿠르르!

감히, 조봉팔이 투기를 드러냈다.

"아니, 그러니까 내 말은……."

우르르!

소심하게, 공손천이 투기를 드러냈다.

"에잇! 몰라!"

고개를 홱 저은 은월선자가 투덜거렸다.

"좋은 객잔만 찾지 못해봐라. 내 이 두 녀석을……."

시전을 누비던 두 사람이 너무도 많은 인파에 혀를 빼물었다.

"이래서야……."

"…조용한 객잔을 찾는 건 무리겠지요?"

당연히 무리다. 평소 여행객의 스무 배는 넘는 인원이 모였는데 어찌 한적한 객잔이 있을까?

좌우를 둘러보며 고개를 젓던 둘이 우연처럼 허공에서 얽혔다.

와락!

급히 서로를 외면했지만 두근거리는 마음을 주체할 수 없어서 두 사람이 터질 듯 뛰는 가슴을 손으로 눌렀다.

세 번을 만났지만 언제나 비정상적인 상태였다. 처음에는 비무를 빙자한 자존심 싸움, 두 번째는 생사를 놓고 싸웠으며 결말 또한 최악이었다.

그리고 마지막, 한 사람은 의식불명이었고, 다른 하나는 전 무림을 상대해야만 했다.

이제… 처음으로 상대를 볼 수 있다.

활짝 열린 마음으로.

"죄송……."

"고맙……."

동시에 말이 나왔지만, 그래서 말을 이을 수 없었지만 서로가 하고픈 이야기는 충분히 전달되었기에 둘의 입가에 햇살만큼 따사로운 미소가 걸렸다.

죄송하단다. 자신의 배에 칼을 박아 넣었던 당사자니까 당연히 건네는 사과일 수도 있겠지만 자의식이 없던 상태에서의 행동이라는 걸 너무도 잘 알기에 벌써 잊었거늘.

고맙단다. 느닷없이 달려들어서 칼을 박아 넣었는데도 보살의 웃음으로 대응한 사람이 잠시의 도움을 주었다고 이 모든 원을 잊고 오히려 감사를 표시한다.

"우문 소저."

"초설… 이라고 부르시면 안 될까요?"

무리한 부탁을 했나 싶어서 우문초설이 진무를 마주 보지 못했다. 그런 그녀의 모습이 사랑스러워 진무가 눈을 감았다.

"그래도… 되겠소?"

대답없이 고개를 끄덕이는 우문초설을 금방이라도 안을 듯 바라보던 진무가 숨을 크게 몰아쉬었다.

"초설."

"예."

"한 가지 부탁이 있소."

"뭐든 말씀하세요."

"초설도 예상하고 있겠지만 이곳 호북성의 융중산에서 모든 사건이 마무리가 될 것 같소."

"예."

우문초설이 별처럼 영롱한 눈으로 진무를 바라보자 사랑스럽기 그지없는 우문초설과 눈을 마주하던 그가 힘주어 말했다.

"반드시 살아남으시오."

"……?"

"반드시 살아야 하오, 당신을 위해서, 그리고…….'

숨을 몰아쉰 진무가 묵직하게 그것을 터뜨렸다.

"나를 위해서."

"아아……."

그 어떤 고백보다도 절실한 진무의 말에 우문초설이 눈을 감았다.

살아남으란다. 살아남아 달란다. 자신을 위해, 그를 위해.

"저를 위해, 그리고 당신을 위해……."

살아남을게요!

마무리 짓지는 않았다. 눈빛으로, 마음으로 느끼면 충분하니까. 진무가 가만히 손을 내밀자 우문초설이 두 손으로 맞잡았다.

후끈하게 전해지는 온기.

그래, 이 정도면 충분하다. 아직은 이만큼만 느껴야 한다. 이만큼이라도 느낄 수 있어서 행복하다. 나중에, 모든 일이 마무리된다면 전부를 받아들여도 되겠지.

반드시…….

살아남을 것이다!

두 사람이 서로의 마음을 확인하고 싱긋 웃으며 돌아섰다.

그리고⋯⋯.

[초설.]

전음으로 우문초설을 부른 진무가 의아해하는 그녀에게 턱짓으로 일군의 무리를 가리켰다. 그들은 검은색 옷을 입고 있었는데 무리를 이끄는 이는 얼굴에 자잘한 검상이 가득해서 어쩐지 섬뜩했다.

[저들이 누구예요?]

[뭐 하는 작자들인지는 모르나 일행을 이끄는 사람이 낯익은 얼굴이라오.]

[예?]

[검예라는 사람이오. 꽤 무시무시한 기세를 자랑하는 인물이지. 결정적으로⋯⋯.]

우문초설의 손을 잡아끌어서 인파 속에 몸을 숨긴 진무가 빠르게 내뱉었다.

[만래고품향 부향주인 유청하 소저의 위사격인 무인이라오. 다시 말해 저 사람이 나타났다는 건 이 근방에 유청하 소저도 있다는 말이지.]

검예 일행은 시중에서 간단한 생필품을 산 후, 근처 야산으로 향했다. 이들을 뒤쫓는 진무와 우문초설의 얼굴에 긴장감이 역력했으나 다행히도 그들은 눈치를 채지 못하는 듯했다.

[부향주라는 여인, 용의주도하군요?]

무림인들과 최대한 마주치지 않으려 야영을 택한 유청하의 선택을 우문초설이 칭찬하자 진구가 고개를 끄덕였다.

[만만치 않은 사람임이 틀림없지. 사내로 태어났다면 만래고품향이 아니라 무림을 좌지우지했을지도 모를 여장부라오.]

일반적인 범주를 넘어서는 진무의 칭찬에 우문초설이 유청하라는 여인에게 강한 호기심을 느꼈다.

[하지만 그녀가 이곳에 왔다는 것은 결국 팔괘로 때문일 텐데. 이렇게 되면 정말 골치 아파지는군.]

[그러게요. 팔괘로를 노리는 사람들은 늘어만 가는데 대책이라곤 전혀 없으니 문제네요.]

현재 팔괘로를 노리는 단체는 크게 분류하여 무림인, 그리고 무림인이 아닌 사람들이다.

무림인이 아닌 사람들을 세분한다면 만래고품향으로 대표되는 장인집단과 팔괘로에 관해서 막연한 환상을 품고 몰려든 일반인들로 분류할 수 있다.

그리고 무림인, 이들이야말로 복잡한데 표면적으로 드러난 세력은 정파를 대표하는 정도맹, 그리고 패도를 추구하는 구천마련으로 양분할 수 있다.

하지만 이건 어디까지나 겉으로 드러난 부분이다. 정말 주목해야 할 세력은 따로 있다.

[천외사선 가운데 세 분께서 공통적으로 지목하는 마지막 천외사선, 즉 극락선인이 정말로 귀면혈광을 부린 배후라면 문제는 복잡해진다오.]

[어째서 그렇지요?]

[만희산인의 말씀대로라면 극락선인은 은하노인과 은월선 자께 강호삼대불가득을 창시하도록 요구했던 이십 년 전부터 모종의 음모를 꾸몄다는 얘기가 된다오. 적어도 이십 년 동안 이나.]

그제야 사태의 심각성을 인지한 우문초설이 침을 삼켰 다.

[그리고 하나 더, 이것이야말로 더 큰 문제라 할 수 있는데 만약 극락선인이 배후가 맞는다면 은하노인과 은월선자를 모 신 건 이해할 수 있소. 두 분 모두 팔괘로에 지대한 관심을 보 였으니까. 하지만 사부님을 모시게 된 경위는 설명할 방법이 없소.]

[무슨 말씀이죠?]

[사부님이 모종의 음모자들의 요구를 들어줄 수밖에 없었 던 이유는 정도맹에서도 극비에 속하는 사안이었다오. 그런 데 어찌 극락선인이 알았을까? 방법은 오로지 하나, 정도맹에 극비의 사안까지 접근 가능한 조력자가 있었다는 것을 의미 한다오.]

쿵!

[그렇다면⋯⋯.]

[지난 이십 년간 사부님께서 비밀리에 알아보셨지만 아직까지 조력자의 정체를 밝혀내지 못하셨소. 그만큼이나 주도면밀한 인물이라는 소리겠지.]

그렇게 전음으로 대화를 주고받는데 검예 일행은 야산의 중턱에 위치한 동굴로 몸을 날렸다.

[은신처가 이곳인가?]

[그런가 봐요.]

더 이상의 접근은 무리다. 기본적으로 동굴은 울림이 심해서 작은 소리도 공명을 일으키기에 체계적으로 은잠술을 배우지 않은 두 사람이 기척을 숨기는 건 무리다.

[어쩌지요?]

우문초설의 물음에 진무가 인상을 구겼다. 이들이 어떤 의도로 왔는지는 뻔하지만 진무가 판단한 유청하라는 여인은 적어도 대화 정도는 가능한 인물이다.

이대로 돌아서기에는 너무 아쉽다.

호랑이를 잡으려면 호굴로 갈 수밖에.

[무슨 말이든⋯⋯.]

우문초설이 뭐라고 하기 전에 진무가 먼저 입을 열었다.

"실례 좀 하겠소이다!"

멍청―

담대한 진무의 부름에 우문초설이 멍하니 그를 바라보았다.

[진 공자!]

애타게 전음을 보내는 우문초설에게 진무가 씩 웃어주었
다.

날 믿어요.

순간 안심이 되어 우문초설이 입을 닫았다.

이 사람이라면 잘할 거야.

이 사람이라면 아무리 복잡하게 꼬인 실타래도 콧노래를
부르며 풀어낼 거야.

그래, 이 사람이라면······.

모두를 행복하게 만들어줄 거야.

그녀가 눈을 감는데 곧 동굴에서 누군가가 모습을 드러냈
다.

얼굴에 자잘한 검상이 가득한 인물, 검예였다.

조금은 어처구니없는 표정. 그리고 조금은 경계를 담은 눈
빛으로 진무를 바라보던 검예가 손으로 들어오라는 표시를
했다.

"어쩌려고요?"

"어쩌긴, 대화해야지."

"대화요?"

"그렇소. 말로 풀지 못할 일은 없는 법이거든."

무데뽀, 무데뽀하더니 이 사람 정말로 무데뽀의 전형이었잖아?

성큼성큼 걸음을 옮기는 그의 무데뽀 정신에 우문초설이 적이 감탄했지만 사실 진무의 앞뒤 없어 보이는 행동은 치밀한 계산 아래서 이루어지고 있었다.

유청하가 비록 말이 통하는 상대라지만 최악의 경우도 가정하지 않을 수 없다. 그럴 경우 검예라는 고수와 하나 이상의 일망성을 상대해야 하기에 승산이 없다.

하지만 드러내고 접근한다면 사정은 달라진다. 유청하는 기본적으로 만래고품향을 대표하는 입장이기에 어떠한 경우라도 최악만큼은 면하게 될 터.

빠르게 머리를 굴리며 걷던 진무가 작은 의자에 단정히 앉아 있는 유청하를 보고 포권했다.

"오랜만입니다, 유 부향주."

모호한 눈으로 진무를 보던 유청하가 생각을 정했는지 어금니를 한번 물고 일어섰다.

"오랜만이네요, 진무 공자. 그런데 저분 여협은 누구신지?"

"인사하시구려, 우문 소저. 이분이 만리고품향의 부향주이신 유청하 소저라오."

진무가 손짓을 하자 우문초설이 인사했다.

"우문초설이라고 해요."

화답하듯 유청하도 인사했다.

"유청하예요."

정통 썰렁한 인사. 여자들의 기싸움인데 이를 알 리 없는 진무로서는 너무 성의가 없는 것 같아서 인상을 구겼다.

'둘 다 한 성격 하는 건 알았지만 저건 좀 아니지 않나?'

소개를 마친 진무와 유청하가 탐색하듯 서로를 살피다 통상적인 안부인사로 서두를 열었다.

"큰 고초를 겪었다고 들었어요. 그래도 이렇게 건강한 모습을 뵈니 마음이 놓이는군요."

"혼자라면 감당하기 힘들었을 텐데 다행히도 지인들이 도움의 손길을 주셔서 어찌어찌 극복했소이다."

"그렇군요. 사하 공자님도 별일없지요?"

"음… 그게, 아쉽게도 별일이 있었소."

"무슨 말이죠?"

진무가 사하의 암습에 관해서 말하자 유청하의 표정이 굳었다.

"육잠화와 궤짝 모두를 빼앗겼다… 그래도 많이 다치지는 않았다니 다행이네요."

"지금쯤은 자리를 털고 일어났을 거요. 또 모르지, 마련의 무사들을 이끌고 양양 근처 어딘가에 머물고 있을지."

진무의 지적은 정확했다. 지금 사하는 구천마련의 날랜 무사 이백여 명을 데리고 양양에 도착한 상태였다.

"아쉽네요, 분명 궤짝에는 이번 사건의 실마리가 될 무언가가 담겨 있었을 텐데."

"그러게 말이오. 하지만 궤짝은 원래 빼앗길 수밖에 없었을지도 모른다오."

"빼앗길 수밖에 없었다고요?"

이 얘기는 우문초설도 모르는 내용이라 눈썹을 찡긋 올렸다.

두 여인의 눈빛이 너무나 강렬했을까? 진무가 너털웃음을 터뜨렸다.

"아하하, 그런 눈으로 볼 것 없소. 이건 어디까지나 가정일 뿐이오, 가정."

"그런 가정을 하신 근거는 뭔가요?"

"감이요, 감. 왜 그런 거 있잖소, 번뜩! 하고 떠오르는 경우."

뻥이다. 진무가 그런 가정을 한 데에는 당연히 근거가 있었다. 하지만 아직 때가 아니라고 판단했기에 두루뭉술하게 넘어가는 것이다.

"감이라······."

진무가 뭔가 숨긴다는 것을 유청하라고 왜 모르겠는가? 하지만 이런 유형은 때려죽여도 하기 싫은 말은 입 밖으로 내뱉지 않는다는 걸 잘 알기에 고개를 저으며 실소했다.

"그래요. 그건 넘어가기로 하지요. 공자께서 우리 일행을 미행하신 이유가 저를 만나시려는 목적이었겠고……."

"만남의 목적은 당연히 유 부향주께서 무슨 생각으로 이곳에 걸음 하셨나를 물으려는 것이겠지요?"

뻔뻔함을 넘어 철면피 같은 진무의 말에 유청하가 손을 내저었다. 한없이 무거울 수 있는 분위기인데 이런 식으로 나오니 절로 웃음이 터져 나온다.

"예상하고 있잖아요, 우리고 이곳에 온 목적."

"물론 예상은 하고 있소. 내가 듣고픈 말은 만래고품향에서 팔패로를 얻기 위해 얼마나 직접적으로 나서려는 것인가, 이거요."

순간 유청하가 우문초설을 보며 살포시 인상을 구겼다.

"아, 우문 소저는 비록 무림인이라지만 정과 패, 어디에도 적을 두지 않은 자유인이라오. 그렇기에 무림만의 논리로 이번 사건을 판단하지는 않소이다."

"으음……."

장황한 설명에도 내키지 않은 표정으로 유청하가 침음을 흘리자 진무가 첨언했다.

"참고로 우문 소저는 천외사선 가운데 한 분인 은월선자의 애제자라오. 또한 천외사선 역시 이번 사건에서 자유로울 수가 없을 거요."

"무림인의 입장에서 말씀인가요?"

"그렇다면 어찌 내가 우문 소저를 대동했겠소? 그분들은 순전히 개인적인 문제로 이번 사건을 주시하고 있다오."

천외사선이 어째서 팔패로라는 물건에 엮이게 되었는가를 설명하자면 무척이나 긴 이야기가 될 터인데 진무는 숨 한번 쉬지 않고 유청하에게 그 얘기를 들려주었다.

"그야말로 비사로군요, 천외사선이라는 절대적 이름 뒤에서 그런 일이 자행되었다니."

잠시 생각하던 유청하가 눈을 꿈뻑였다.

"그런데 이런 얘기를 왜 저한테 들려주는 거지요?"

포석이거든, 포석.

씩 웃고 진무가 목소리를 가다듬었다. 이십여 년 전부터의 고사를 설명하다 보니 목이 다 마를 지경이다.

"현재 만래고품향은 강호에서 태풍의 핵으로 급부상했다는 걸 부향주께서도 아실 거요. 싫든 좋든 일망성이 불러온 파급효과는 엄청난 것이었으니까."

"그런가요?"

나른하게 유청하가 되묻자 진무가 힘주어 고개를 끄덕였다.

"물론이요. 만래고품향이 감췄던 힘을 선보임으로써 이제 무림을 논할 때 강호를 삼분하는 세 개의 세력[江湖三覇勢]들이 아니라 강호를 사분하는 네 개의 세력[江湖四覇勢]들이라고 바꿔 불러야 할 판이라오."

"듣기는 썩 나쁘지 않군요. 그래서요?"

"그렇기에 무림의 이면을 설명한 거요. 또한……."

잠시 숨을 멈췄던 진무가 빠르게 말을 뱉었다.

"팔괘로 쟁탈전에서 만래고품향이 잠시 뒤로 물러섰으면 하는 바람에서 이 고사를 들려 드렸다오."

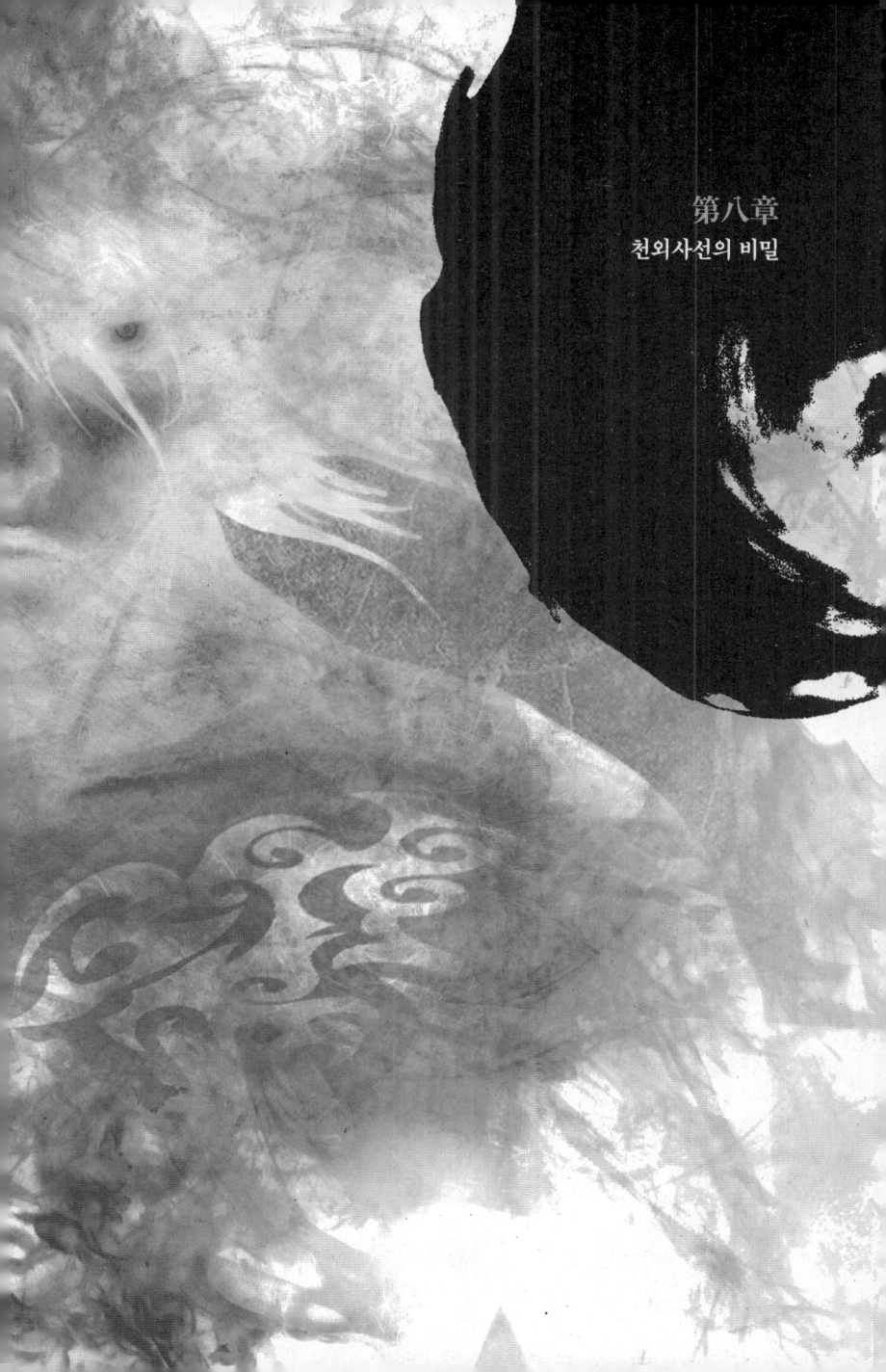

第八章
천외사선의 비밀

염왕진무 閻王眞武

진무를 뻔히 보던 유청하가 노골적으로 불쾌한 기색을 보이며 중얼거렸다.

"설령 농담이라 할지라도 기분이 나쁘네요. 팔패로야말로 우리 만래고품향을 살릴 수도, 혹은 죽일 수도 있는 물건이라는 사실을 모르고 하신 말씀이라면 그저 썰렁한 농으로 받아들이겠어요."

"내 말을 잘못 이해한 모양인데 잠시 물러나길 바라는 것이지, 소유권 자체를 무시한다는 건 아니요."

"음?"

말장난 같아서 유청하가 눈썹을 모았다. 아니, 물러나는 것이 소유권을 포기하는 것과 무에 다르다는 건가?

"아시다시피 팔괘로를 얻기 위해서 이곳 융중산에 몰려든 세력들이 충돌한다면 강호 역사상 최악의 유혈참극이 벌어질 것이오. 시체가 산처럼 쌓인다는 말이 현실화될 수도 있다는 말이지. 자, 그럼 묻겠소. 만래고품향에서 팔괘로를 찾는 궁극적인 목적이 무엇이오?"

"당연히 장인 세력들의 지위 향상이지요. 언제나 가진 자들의 노예였던 우리도 사람이라는 걸 모든 이들에게 인식시키는 것, 그리고 동등한 대접을 받는 것."

"그러기 위해서는 힘을 키워야 하고, 힘의 원천은 일망성으로 대표되는 기술력인데, 이것을 두 번, 혹은 세 번까지 연속으로 사용한다면 강호의 그 어떤 세력도 장인들을 무시하지 못할 것이다, 이거 아니오?"

"최종은 여섯 차례 연속 발사예요."

'역시 이망성, 그리고 삼망성은 없었군.'

제대로 걸려들었다. 황복만의 추리에 근거해서 떠본 말이었는데 유청하는 진무의 말을 부정하지 않았다. 즉, 현재까지 만래고품향의 기술력은 일망성이 전부였던 거다.

한결 편안해진 얼굴로 진무가 말을 이었다.

"그래서 빠지라는 거요. 아무리 힘있는 세력이라도 민심을 얻지 못하면 결국 도태되는 것이 사회구성의 기본이라는 건 잘 알 것이오. 하면 이번 유혈참극에 만래고품향이 발을 들인다면 팔괘로를 얻든, 얻지 못하든 참사의 공범으로 몰리게 된다는 걸 왜 모르시는 게요?"

"음……."

진무의 말은 설득력이 충분한지라 유청하가 아미를 찡그렸다.

"핏물로 얼룩진 팔괘로에서 탄생한 육망성으로 과연 민심을 얻을 수 있으리라 생각하시오?"

머리를 짚으며 유청하가 생각에 잠기자 진무도 더는 밀어붙이지 않았다. 무엇이든 과하면 역효과를 불러일으키는 법이니까.

"진 공자의 고견은 충분히 알겠지만 그렇다고 팔괘로 쟁탈전에서 빠진다면 우리에게 남는 건 무엇이죠? 어차피 팔괘로를 얻지 못하면 만래고품향의 미래는 불투명한데."

전부 아니면 전무!

유청하의 단호한 말에 진무가 눈을 감았다.

"융중산의 일에 개입하지 않는다면 팔괘로는 결국 만래고품향의 소유가 될 것이오. 욕망이 불러온 선혈을 말끔하게 닦은 채로 말이오."

"공자가 무림을 대표할 위치는 아니라고 보는데요?"

"적어도 정도맹과 구천마련은 중재할 수 있소이다."

정도맹과 구천마련이라면 무림의 삼분지 이, 실질적인 무력으로 본다면 대부분이라고 해도 좋을 서력들이다. 그런 두 개의 단체를 억제하겠다는 진무의 말은 사뭇 오만한 것이었지만 속사정을 아는 우문초설이 고개를 끄덕이자 유청하의 눈에 이채가 흘렀다.

"생각보다 진 공자는 대단한 사람이었군요?"

"그저 발이 좀 넓은 것뿐이오."

"발 넓은 것만으로 정도맹과 구천마련을 동시에 중재할 수 있다면 이제부터 강호인들은 무학 수련 때려치우고 인맥이나 넓혀야겠네요?"

"하하하……"

진무가 멋쩍게 웃자 유청하가 다시 물었다.

"그렇다면 방금 전에 공자가 말씀하신 내용대로 흘러가는 경우는 어찌하시려는지요?"

"방금 전에 말한 내용이라면?"

"천외사선, 그리고 극락선인 말이죠."

순간 진무의 눈에서 광채가 흘러나왔다.

"단언컨대 만에 하나 극락선인에게 팔괘로가 돌아간다면 무슨 수를 써서라도 탈취할 거요. 그 사람만큼은 절대로 용서할 수 없으니까."

진무의 말에 담긴 진정성을 확인한 유청하가 고개를 끄덕였다.

"좋아요. 우리 만래고품향은 융중산에서 벌어질 쟁탈전에서 당분간 모습을 드러내지는 않겠어요. 하지만 잠시뿐이라는 걸 명심하세요."

"아, 그리고……."

대화를 마치려는 유청하를 잡은 진무가 장난스레 말했다.

"말도 안 되는 소문이라는 건 알지만 혹시라도 팔괘로에 무슨 대단한 무학이나 보물지도가 숨겨져 있다면 그것에 관한 소유권까지 주장하는 건 아니겠지요?"

유청하가 짧게 답했다.

"만래고품향은 오로지 팔괘로만을 원하요. 보물지도든 무학이든, 알아서 하세요."

대화를 마치고 동굴을 나서는 진무에게 유청하가 무언가를 건넸다.

"이것은?"

"약속의 표식 정도로 생각하세요. 최악의 경우, 그것을 보인다면 만래고품향과의 마찰은 피할 테니."

*   *   *

무려 한 시진을 넘게 기다렸다던서 짜증을 부리는 은월선자를 우문초설이 가까스로 진정시키는 동안 진무는 다른 이들에게 유청하와의 만남을 간략하게 말했다.

"그것 다행이로군."

황복만이 고개를 끄덕이자 조봉팔도 동의했다.

"우연한 만남이 커다란 화근 하나를 치웠습니다그려."

"완전히 치운 건 아니에요, 잠시 미뤄둔 것뿐이니까요."

진무가 손을 내젓자 공손천이 콧등에 주름을 잡았다.

"그게 어디야? 한데 정도맹이야 이 친구가 설득해 본다 하더라도 구천마련 쪽은 어쩌려고 그리 호언장담을 한 거냐?"

"어떻게든 해봐야지요, 뭐."

"사하라는 녀석을 믿는 게야? 아직 할아비의 품에서 자유롭지 못할 텐데."

"그럼 그 할아비를 내가 설득해야겠지."

조봉팔이 주먹을 불끈 쥐자 진무도 가세했다.

"오체투지라도 해봐야지요."

애초에 조용한 객잔은 무리였다. 그래서 돈 많은 황복만이 황금을 주고 근방의 객잔 하나를 통으로 빌렸다.

"하여튼 요란을 떨어요. 아니, 여길 통째로 빌려 버리면 다른 사람들 이목 끌지 않소?"

은월선자가 투덜거리자 황복만이 피식 웃었다.

"그냥 어디서 돈 많은 늙은이가 호사 부리나 보다 생각하겠지. 군웅들 가운데 선자나 나를 알아볼 사람이 어디 있나?"

맞는 말이라 은월선자가 구시렁거리며 고개를 돌렸다.

"말은 청산유수일세, 말은 청산유수야. 이보시오, 차도는 좀 있소?"

그녀가 바라보는 곳에는 만희산인이 공손천에게 침을 맞고 있었다.

"히유, 예상보다 산인의 심려가 크셨나 봅니다. 집공맥 주위의 혈관들이 탁한 기운으로 가득 차서 공력을 운용한다면 즉시로 통증이 오셨을 텐데… 아무튼 잘 버티셨습니다."

그가 침을 찔러 넣자 만희산인의 몸이 부르르 떨렸다.

"아프시더라도 참으셔야만 합니다. 탁기를 제거하지 않고서는 어떤 치료도 불가하니까요."

인상을 구기며 만희산인이 고거를 끄덕이자 공손천이 무려 열 개의 침을 그의 등에 박아 넣었다.

"으음……."

참기 어려운 고통에 침음하는 만희산인을 보며 공손천이 속삭였다.

"이제 공력을 조금 운기해 보십시오, 아주 조금만."

공손천의 독려에 만희산인이 미세한 공력을 끌어올렸다.

피스스—

독연처럼 노란 기체가 만희산인의 몸에서 뿜어져 나오자 공손천이 들뜬 목소리로 외쳤다.

"이겁니다, 이거예요. 조금씩, 조금씩 공력을 더 돌리세요."

"후읍……."

오만상을 쓰며 만희산인이 공력의 양을 늘리자 노란 기체는 그만큼 더 흘러나왔다.

"명의는 명의일세, 침 몇 방으로 탁기를 몰아낼 수 있다니."

황복만이 감탄하자 은월선자도 동의했다.

"생사침존이라는 별호, 그저 허명만은 아니었소."

그렇게 얼마나 탁기를 몰아냈을까?

등을 구부리고 괴로워하는 만희산인의 몸에서 침을 빼낸 공손천이 그를 부축했다.

"일어나 보시지요."

"끄응……."

천천히 무릎을 편 만희산인이 비틀거리며 몸을 일으켜 세웠다.

"서서히 등을 펴시는 겁니다, 서서히."

지난 십오 년 동안 단 한 번도 곧게 펴지 못했던, 멍에와도 같았던 등. 이제는 펼 수 있을까?

두려움을 담은 눈으로 공손천을 보던 만희산인이 그의 입가에 걸린 미소를 보고 용기를 냈다.

"끄으응……."

우두둑—

"펴, 펴진다!"

"어이고, 이게 어쩐 일이오! 허리가 펴지고 있어!"

흉물스럽던 허리가 조금씩이나마 바로 서자 황복만과 은월선자가 환호했다.

'이분들은 참으로 인간적이로군.'

괜히 눈시울이 붉어져 공손천이 고개를 숙였다.

"으윽!"

아직은 완전히 펼 수는 없는 걸까? 일정한 각도 이상에 이르자 만희산인이 고통스러운 신음을 내질렀다.

"한 번에 다 할 수는 없습니다. 대략 한 달간 이렇게 정양하시면 흩어졌던 공력은 몰라도 일상생활을 영위하시는데 지장이 없으실 겁니다."

허리도 물론 완전히 펴시게 될 테고요, 하며 공손천이 말을 맺자 만희산인이 그의 손을 잡았다.

"고맙소. 정말 고맙구려. 이 늙은이는 평생을 이리 살아야 한다고 생각했는데……."

"아닙니다. 제가 한 건 얼마 없습니다. 기필코 낫겠다는 산인의 의지야말로 이번 치료에서 중요한 역할을 했습니다."

그들이 덕담을 주고받자 기분이 좋아진 황복만이 술을 가져왔다.

"자자, 수고 많았으니 한잔하자고들!"

"안주 좀 가져와요! 술을 못하니 안주라도 먹어야지!"

은월선자의 호기로운 웃음에 황복만이 팔을 걷어붙였다.

"알았네! 내 최고로 맛난 안주를 대령하지!"

모두가 잠이 든 야심한 시각. 만희산인의 부름에 은월선자와 황복만이 객잔 밖에 위치한 작은 정원으로 모였다.

"피곤한데 뭐예요?"

"그러게. 자네도 많이 힘들었을 텐데 굳이 이런 야밤에 불러낼 것 있나?"

"아니, 빠르면 빠를수록 좋은 이야기라서."

만희산인의 굳은 표정에서 무언가 대단한 이야기가 흘러나올 것만 같아 쫑알거리던 은월선자가 입을 닫았다.

그리고 침묵.

"아니, 이보게… 할 말이 있다면서 망부석처럼 뭐야?"

"잠시만 기다려. 잠시면 돼."

"거참……."

고개를 젓던 황복만이 인기척을 느끼고 하늘가를 응시했다.

"손님을 청한 모양이로군."

"그렇네요."

은월선자가 고개를 들자 이남일녀가 느릿하게 정원으로 들어서는 모습이 들어왔기에 그녀의 눈에 이채가 흘렀다.

"누구……."

"어서 오십시오."

"……!"

"……!"

만희산인의 존대. 이건 충분히 놀랄 만한 것이었다. 당금 강호에 만희산인보다 배분이 높은 사람이 어디 있을까?

만약 존재한다면 단 하나…….

"불괴십정 어르신들인가?"

"그렇다네."

들어선 이들은 황가장원에서 료료에게 목숨을 잃을 뻔했던 무영혈조 모태세, 화환사유 구처인, 그리고 신법 하나로 천하를 오시했던 비천신투 허삼랑이었다.

"자네들이 불괴십정의 차세대를 이은 천외사선이로군."

구처인이 희미하게 웃자 황복만과 은월선자가 포권을 올렸다.

"황복만이 노선배들을 뵈오."

"은월이 노선배님들을 뵈옵니다."

"됐네, 됐어. 같이 늙어가는 처지에 인사는 무슨. 누가 보면 웃을 거야."

손을 내저은 구처인이 간단하게 자신들을 소개하고 정자에 오르자 다른 이들도 따라갔다.

"자, 다들 앉게. 술이라도 한잔 있었으면 좋겠지만 그런 여유로운 대화가 아니라서 아쉽구만."

구처인의 미소는 조금씩 우울해졌다.

"단도입적으로 말하겠네. 자네들도 공력이 조금씩 흩어지고 있지?"

쿵!

황복만과 은월선자가 놀람을 숨기지 못하고 입을 떡 벌리자 구처인이 손을 내저었다.

"그리 놀라실 것 없네. 우리 세 사람도 같은 처지니까 말이야."

그렇다. 황가장원에서 세 사람이 그런 모욕을 겪은 이유는 조금씩 공력이 사라졌기 때문이다. 만약 사십 년 전과 같았다면 모태세의 조법을 누가 상대했겠으며, 허삼랑의 발길을 누가 따라잡겠는가.

한데 은월선자와 황복만도 공력이 흩어진다?

"후우―"

숨을 들이켠 황복만이 무겁게 고개를 끄덕였다.

"구 노선배의 말씀처럼 제게는 그런 현상이 발생하고 있습니다. 현재라면 아마도… 철혈신권보다 공력이 얕을 겁니다."

쿵!

"저도 마찬가지예요. 주안술이나 깨지지 않을 정도로 조금씩 새어나가고 있어요."

"언제부터라고 생각하시는가?"

"글쎄요……."

"환각 속에서 봐서는 안 될 무언가를 엿본 후부터가 아니시던가?"

순간 황복만과 은월선자의 눈이 허공에서 격하게 부딪쳤다.

"인간을 본능의 한계까지 이끈다는 미약, 환희제련산을 복용하고 다른 세계의 정신을 엿본 후부터가 아니냐는 걸세."

"생각해 보니……."

"…그렇다고 할 수도……."

"우리도 같네. 환희제련산을 얻고 나서 그것의 인도로 다른 세계의 무언가를 본 후부터 그리되었다네."

"환희제련산은… 오로지 그자만이 만들 수 있는데……."

"그런 단정은 이르지."

황복만의 말을 부정하며 만희산인이 턱을 세웠다.

"다만 정확한 사실은 누군가가 환희제련산으로 불괴십정이라는 희대의 고수들을 무력화시켰다는 걸세. 몇 분은 공력의 태반을 잃으셨고, 또 몇 분은 암중세력의 주구가 되셨겠지."

만희산인의 예측은 놀라우리만치 정확한 것이었다. 그의 말처럼 구처인을 비롯한 몇몇은 내공의 대부분을 잃었고, 다른 몇몇은 선인에게 무릎을 꿇었다.

극락제련산이 만들어지면 공력을 회복할 수 있다는 선인

의 꼬드김에 빠져서.

"그 결과 무림을 두 손과 두 발, 그리고 세 치 혀로 농락하던 화환사유는 말만 많은 늙은이로 전락했지."

폐부에서부터 올라오는 한숨으로 구처인이 자신의 처지를 비관하자 모태세도 새된 목소리로 중얼거렸다.

"천하에 무엇이라도 갈기갈기 찢어버린다는 타골조도 이제는 콩나물 신세가 되었어."

"훔치지 못할 것이 없는 도둑의 발도 멈춰 버렸다네. 아마다시는 그때처럼 움직이지 못할 거야."

깊은 회한을 담은 허삼랑의 넋두리에 좌중은 할 말을 잃어버리고 침묵 속으로 빠져들었다.

그렇다고 이대로 한탄만 하고 있을 수는 없는 일. 은월선자가 눈을 빛내며 구처인에게 물었다.

"하면 음모자는 사십 년 전부터 계획을 세웠다는 것이로군요?"

"글쎄, 여러 가지 경우의 수가 있지만 음모자가 처음부터 우리를 해할 목적이었다면 납득이 가지 않은 것들이 있다네."

"무엇입니까?"

"음모자가 나눠 주었던 환희제련산 때문에 우리가 공력을 잃을 거라는 걸 예상했다면 어째서 살인멸구를 하지 않은 걸까? 분명히 후환이 될 우리인데."

"확실히 이해하기 어렵군요."

은월선자가 동의하자 구처인이 한숨을 내쉬었다.

"그게 중요한 건 아니고, 음모자는 사십 년간 끌어오던 계획의 종착역을 이곳, 융중산에서 마무리 지으려 할 것이네. 또한 그들은 오랜 준비 기간을 거쳤기에 정도와 패도가 힘을 합치지 않는다면 돌이킬 수 없는 혈겁을 불러오게 될 거야."

말을 멈추었던 구처인이 만희산인에게로 고개를 돌렸다.

"산인을 만나지 않았더라면 우리는 그대로 은거해 버릴 심산이었네. 약관을 갓 지난 애송이에게 조롱거리가 될 지경에 이렀으니 어찌 강호에 남겠는가?"

구처인들과 만남은 만희산인의 끈질긴 노력에 의한 산물이었다. 환희제련산에 관련된 모든 정보를 모으다 한 세대 전의 고수들마저 제물이 되었다는 첩보를 입수하고 사방팔방 돌아다녀 결국 이들을 찾아낸 것이다.

"자, 우리는 이 말을 마지막으로 영원히 강호와의 연을 끊겠네. 부디 힘을 합쳐 혈겁을 막아주시게."

일어서던 구처인이 생각난 듯 입을 열었다.

"아, 그리고……."

"말씀하시지요."

"극광혈무라는 아이와 같이 있다고 들었네."

"그렇습니다. 그런데 그 아이는 왜……?"

황복만이 묻자 불괴십정의 셋이 애잔한 미소를 보였다.

"그놈에게 한 목숨 구제받았는데 경황이 없어서 변변한 인사 한마디 건네지 못했다. 대신 좀 전해줘."

모태세의 쇠 긁는 목소리도 이번만큼은 썩 듣기 좋았는지라 황복만이 활짝 웃었다.

"물론입니다. 걱정하지 마십시오."

"그럼 우리는 정말로 가네."

그 말을 남기고 구처인이 모태세와 허삼랑을 데리고 표표히 떠나자 당겨 앉은 만희산인이 입을 열었다.

"생각보다 좋지 않지?"

"그렇구만."

"최악이네요."

"또한 자네들의 몸 상태도 그렇고?"

만희산인의 질문에 황복만이 주먹을 쥐었다.

"정말로 선인, 그 친구가 이번 일의 배후였고, 우리와는 다르게 온전히 공력을 갈무리한 상태라면 누가 그를 막을까……"

"아주 좋은 지적이야. 누가 막을까?"

수로 압박을 가할 수도 있지만 배후자가 극락선인이고, 그가 또 다른 가면을 쓴 상태라면 정도맹과 구천마련의 힘으로 그를 상대하기란 불가능하다.

왜? 명분이 없으니까.

극락선인 정도의 절대적인 고수를 상대하려면 최소 백여

명의 일류고수가 일정한 형식의 진법을 구축하고 싸워야 하는데 이런 경우는 무림공적에 준하는 악한을 응징할 때나 발동하는 형태다.

그렇다면 최고로 많이 연수해서 공격을 한다고 쳐도 둘에서 셋이 전부라는 얘기다.

"골치 아픈 일이로군요."

은월선자가 이마를 짚자 만희산인이 팔을 벌렸다. 단 한차례의 치료였을 뿐인데 그의 몸은 놀라우리간치 회복되었기에 이런 밤바람에서도 여유로울 수 있었다.

"무엇이 골치 아파, 그런 이와 함께하면서?"

"그런 이라면… 산인!"

발끈한 은월선자가 벌떡 일어섰다.

"지금 장난하시는 게요? 그런 변종 아이에게 무슨 힘이 있다고 무림의 명운을……."

신나게 쏘아붙이던 은월선자가 만희산인의 다음 말에 입을 닫았다.

"그 아이만이 환희산에서 자유로웠지. 유독 그 아이만 말이야."

"끄응……."

인정하지 않을 도리가 없다.

"또한 복만이의 말을 듣자니 그 아이, 환희산의 중독에서 스스로 벗어났다고 하더군. 이런 아이가 곁에 있는데 무슨 걱정을 해?"

"난 받아들일 수 없소."

"그럼 자네는 빠져."

"뭐요?"

"쓸모라고는 조금도 없는 아집에 사로잡혀 자신을 가둬둔
다고 하니 무슨 말을 어찌할까? 그냥 우리는 우리대로 할 테
니 자네는 자네하고 싶은 대로 해."

만희산인이 손을 젓자 얼굴을 붉으락푸르락 붉히던 은월
선자가 거대한 콧방귀를 날리며 돌아섰다.

"이보게, 선자."

황복만의 부름에 다시 한 번 콧방귀를 작열시킨 은월선자
가 고개를 모로 틀었다.

"무슨 말을 해도 내 결심은 변하지 않을 것이오."

"아니, 아니, 자네가 그 아이에게 아무것도 주지 않아도 뭐
라고 할 사람은 없다네. 암, 당연한 일이지. 마음이 동해야 몸
이 움직이는 법이 아니겠는가."

말 한번 잘한다.

"그런데 말이야, 우리가 가진 것들이 얼마나 대단한지는
몰라도 무림이라는 대지에 조금은 도움이 될 것 같기도 하네.
이건 축복이지. 다른 이들이라면 돕고 싶어도 능력이 되지 않
아서 손가락만 빨아야 할 테니까."

"그러니까 왜 그 아이냔 말이오!"

"없잖나."

뜨끔!

"그 아이보다 나은 이가 있다면 나부터라도 선택을 바꿀 텐데, 불행하게도 없다는 게 문제지."

"끙!"

"해서 나랑 산인은 그 아이를 승부수로 보고 최선을 다할 생각이라네. 절대로 강요하는 건 아니지만 혹시라도 생각이 바뀌면 손 한번 내밀어주시게."

황복만을 내려다보던 은월선자가 발을 구르며 정자를 빠져나갔다.

"성격하고는……."

실실 웃는 황복만을 물끄러미 쳐다보던 만희산인이 몸을 일으켰다.

"걱정인데……."

"뭐가 걱정인가?"

황복만의 물음에 만희산인이 턱을 쓰다듬었다.

"생각해 봐. 자네의 무학은 극강을 바탕으로 하잖아?"

"굳이 분류한다면 그렇다고 할 수 있겠지."

"강한 것을 더욱 강한 것으로 짓밟아 버리는 패(覇) 중 패. 그것이 자네의 무학이고, 싫든 좋든 자네의 혼돈혈애를 기반으로 무학관을 만들어낸 그 아이에게 내가 가르칠 수 있는 건 지극히 제한적이라네. 그것도 패도를 기반으로 해야겠지."

"음."

역시 만회산인. 그는 벌써 두어 수 앞을 보고 진무의 지도 계획을 짜고 있었다.

"여기서 문제가 발생한단 말이야. 시간만 널널하다면야 그 아이에게 완벽한 패의 무학을 확립시키겠지만 그럴 여유 따위는 없다고."

"그렇지."

"해서 은월이 절대적으로 필요한 거야. 은월의 조화로운 다변(多變)과 부드러움은 그 아이의 완벽하지 않은 패의 부분을 채워줄 거란 말이지."

속성으로 무학을 전수할 때 발생하는 문제점. 황복만도 동의하는 부분이지만 그는 여전히 웃었다.

"그럼 강요할까? 선자 성격에 강요하면 해주려던 것도 안 할 걸세."

"끄응……."

"뭐 어떻게든 되겠지. 두고 보자고."

"왜 이리 여유를 부릴까? 뭔가 다른 꿍꿍이가 있는 거지?"

만회산인이 고개를 반쯤 틀며 황복만을 바라보다 고개를 저었다. 내력이 흩어진다더니 비어버린 공간에 엉뚱한 것을 채워 넣었나 보다.

"무슨 말을 더 하겠어? 피곤하군. 이만 자자고."

"그렇겠지. 수고 많았네."

"정도맹과 구천마련은 일단 조 대협에게 맡기고 당분간 진무라는 아이와 씨름을 하자."

"그러세. 언제부터 가르칠 건가?"

"당연히 내일부터."

딱 잘라 말한 만희산인이 황복만의 어깨를 움켜쥐자 그도 따라서 어깨를 잡았다.

"원래대로라면 동이 틀 때까지 부었어야 하는데."

"예끼, 이 사람! 내일부터 아이 가르치자면서 그 무슨 망발인가?"

"말이 그렇다는 거야. 그나저나 달 참 곱다……."

그윽한 눈으로 달을 바라보는 만희산인을 곁눈질하던 황복만이 가슴을 쳤다.

"내 장담컨대 이번 일만 잘 해결되고 자네 몸도 다 나으면 아주 술독에 빠뜨려 주겠네. 각처의 명주란 명주는 모조리 사들고 열흘 밤낮을 새워보자고!"

"열흘은 약해! 한 백 일쯤은 새줘야 주당이라는 소리를 듣는 법이라고!"

"푸하하하하!"

"아하하하핫!"

두 노인의 목소리엔 달님마저 녹아들 정도로 감미로운 정이 담겨 있었다. 긴 그림자를 끌며 그들이 사라지자 여섯 명의 고수로 북적대던 정원에 아득한 정적이 내려앉았다.

길게 꼬리를 끌며 스쳐 가는 유성만이 정원의 벗이 되어주었다.

*　　　*　　　*

아침부터 불려 나온 진무가 눈곱을 떼는데 황복만이 버럭 소리를 질렀다.

"노인네보다 늦게 일어나는 놈이 어디 있어!"

"후아암— 원래 연세를 드시면 새벽잠이 없어진다잖아요. 저는 팔팔한 청춘이라 잠을 좀 더 자야 한단 말입니다."

"일없다. 준비해라."

"예?"

퍽!

땅에서 무언가 치솟아올라 가슴을 강타하자 나동그라진 진무가 벌떡 일어섰다.

"아니, 이게……."

퍽! 퍽!

"왜 이러시는 건데요?"

이번엔 두 개였고 진무가 짜증을 부리며 피하자 황복만이 손을 들었다.

"자, 입체적으로 가보자."

입체적이라는 말이 무엇을 의미하는지 모르지만 아무튼

고생할 것 같아서 진무가 그의 손가락을 주시했다.

우웅―

황복만의 검지 끝에 새빨간 기운이 맺히자 경시하지 못하고 진무도 내력을 끌어올렸다. 이 영감이 잠자리가 뒤숭숭해서 화풀이를 하는 모양인데 왜 하필 자기라는 건가?

팅―

소리는 없었다. 그러나 진무에게는 황복만이 만들어낸 기운이 쏘아지는 음향을 들을 수 있었기에 재빨리 혼돈혈애를 피워냈다.

뭉클뭉클―

언제나 봐도 소름 끼치는 광경이라 황복만의 얼굴이 굳어졌지만 그의 손까지 굳은 건 아니었다.

우우우웅―

다섯 손가락 모두에 기가 맺히자 진무도 하늘거리던 혼돈혈애를 동그랗게 말았다.

중중무진법신!

그 어떠한 병기로도 벨 수 없고, 그 어떠한 무학으로 부숴 버릴 수 없는 공포의 구슬. 정확히 열 개의 핏빛 구슬이 진무의 주위를 빠른 속도로 맴돌았다.

"보기에는 좋구나. 그렇다면 이것도 받아낼 수 있을까?"

황복만의 손가락에 맺혀 있던 다섯 개의 구체가 쏘아졌다.

팅― 팅― 팅―

외면으로 놓고 본다면 중중무진법신보다 아담하면서 귀여운 구석이 있었기에 일견 과소평가할 수 있는 구체.

파바방!

'이런! 법신으로는 감당할 수 없다는 건가?'

놀랍게도 구체는 중중무진법신을 뚫고 진무에게 접근했다.

"하아!"

쾅!

강력한 발 구름. 오보추혼 칠보무적의 염왕보가 펼쳐지자 다섯 구체가 우뚝 멈췄다.

"염왕보? 그것만으로 막을 수 있을까?"

황복만이 손을 기이하게 뒤틀자 멈칫거리던 구체들이 힘을 되찾아 다시 진무에게로 향했다.

"차아!"

진무가 두 주먹을 옆구리에 대고 힘을 모으자 나머지 중중무진법신이 길게 늘어서서 구체들을 맞이했다.

파바방!

"커흑!"

무참히 뚫린 중중무진법신. 이것이 바로 천외사신의 위력인가?

가슴을 격타당한 진무가 무릎을 꿇자 황복만이 노한 음성으로 일갈했다.

"멍청한 녀석! 너의 혼돈혈애가 몸 전체에서 발현된다면 내 혼돈혈애는 손가락 끝으로 집중된다!"

안다. 그런데 뭐 어쩌라고?

진무가 뚱한 표정으로 그를 올려다보자 황복만이 탄식했다.

"그래도 모르겠느냐? 내가 너를 내력으로 찍어 눌렀다고 생각했다면 참으로 우둔한 가정이로다."

여전히 모르겠다는 진무의 표정에 무릎을 굽힌 황복만이 그를 뻔히 바라보았다.

"봐라, 돌멩이라도 다 같을 수는 없는 법이다."

그가 작고 단단한 차돌 하나를 들어 평범한 돌을 내려쳤다.

콰직—

당연하게도 평범한 돌이 부서졌고, 그 광경을 지켜보던 진무의 얼굴이 환해졌다.

"아, 밀도!"

"멍청한 녀석, 이제 알았느냐? 혼돈혈애를 구체화시키고도 그것의 밀도를 조절할 생각을 왜 하지 못한 것이냐?"

"그러게 말이죠."

바보처럼 대답하는 진무를 두고 황복만이 돌아섰다.

"오늘은 하루 종일 혼돈혈애의 밀도를 조절하는 연습을 해라. 저녁에 검사하도록 하마."

하루 종일, 말 그대로 온종일 연습을 했건만 야속하게도 황복만은 검사하러 오지 않았다. 대신 만희산인이 찾아왔다.

"치료받으시느라 힘드실 텐데 쉬시지 않고……."

손을 저어 진무의 말을 막은 만희산인이 그를 앉혔다.

"갑자기 우리가 너를 훈련시키는 이유가 궁금할 것이다."

"솔직히 그렇습니다."

"그래, 그렇겠지. 무슨 일이 터지면 노인네들이 나서면 될 텐데 어째서 젊은 사람 붙잡고 생고생시키는가, 불만 많을 거야."

진무가 대답하지 않자 만희산인이 가만히 입을 열었다.

"나도 나지만 나머지 두 친구도 정상이 아니야, 한마디로 천외사선이라는 이름은 신기루처럼 흩어졌다네."

"그게 무슨 말씀인지요?"

깜짝 놀란 진무에게 만희산인이 은월선자와 황복만, 그리고 불괴십정이 겪은 일을 들려주었다.

"어, 어찌 그런 일이……."

"불행한 일이지. 하지만 실제로 일어났고 우리에게는 선택의 여지가 없구나."

가슴 한구석이 먹먹해져 진무가 고개를 떨어뜨렸다.

"허허, 우리를 동정하는 게냐? 그 동정은 모든 일을 무사히

처리하고 해도 늦지 않으니."

일어서면서 만희산인이 뇌까렸다.

"우리에게 주어진 시간은 그리 많지 않단다."

만희산인의 무학을 들으면서 진무는 그가 천외사선 가운데에서도 어째서 최고였는가를 실감하게 되었다.

천재적인 발상, 창의적인 무학관, 거기다 이 모두를 압도하는 강력한 초식들.

문제는…….

"억울한 일이지만 산인의 무학은 제게 어울리지 않습니다."

"잘 알고 있다네."

"그런데 왜 일러주셨는지?"

"많이 알아서 나쁠 것 없잖나?"

장난스러운 산인의 대답에 진무가 입맛을 다셨다. 어디까지가 진실이고 어디까지가 농인지 도통 구별하기 어려운 기인이다.

"자자, 다른 건 다 집어치우고 우리 이것 하나만 논해보자꾸나. 환희제련산을 흡입하고 네가 본 것이 무엇이냐?"

"불입니다."

너무나 당연한 대답.

"불길, 그리고 온몸에서 불길이 타오르는 사람. 그는 사람이라기보다 야차와도 같았으며 나찰보다도 무서웠습니다."

"그래서?"

"어떻게든 불길의 강, 그리고 불의 남자에게서 떨어지려 했지만 그는 집요하게도 저를 찾았습니다. 결국 그는 저를 구석으로 밀어넣고 얼굴을 드러냈지요. 그는 바로……."

"자신이었겠군."

아무렇지도 않게 만희산인이 답하자 진무의 눈이 휘둥그레졌다.

"환희산을 복용해 보지도 않으셨는데 어찌 그리 잘 아십니까?"

"그야 간단한 추론만으로 나올 문제지. 대저 극복이라 함은 두려운 무언가를 밀어내는 것이다. 또한 고아였던 너는 세상에 내동댕이쳐지자마자 온갖 멸시와 조롱을 당했을 거다. 그래서 자연스레 세상에서 받은 구박과 멸시를 모조리 태워 버리는 악귀를 꿈꾸었겠지."

만희산인의 해석은 독특했기에 푹 빠져든 진무가 귀를 쫑긋거렸다.

"하지만 기본적으로 심성이 착했던 너는 파괴적으로 돌변하는 또 다른 네게서 거부감을 느낀 것이다. 그간 받았던 설움들을 활활 태워 버리고 완전히 새로운 사람으로 거듭나기를 바랐겠지."

"불사조처럼 말인가요?"

"좋은 비유로구나. 그래, 불사조처럼 말이다."

두 사람이 서로를 보고 빙긋 웃었다.

"자, 그럼 이제부터 너는 불사조가 되어야겠다. 세상의 모든 악업을 불태워 버리는 그런 불사조 말이다."

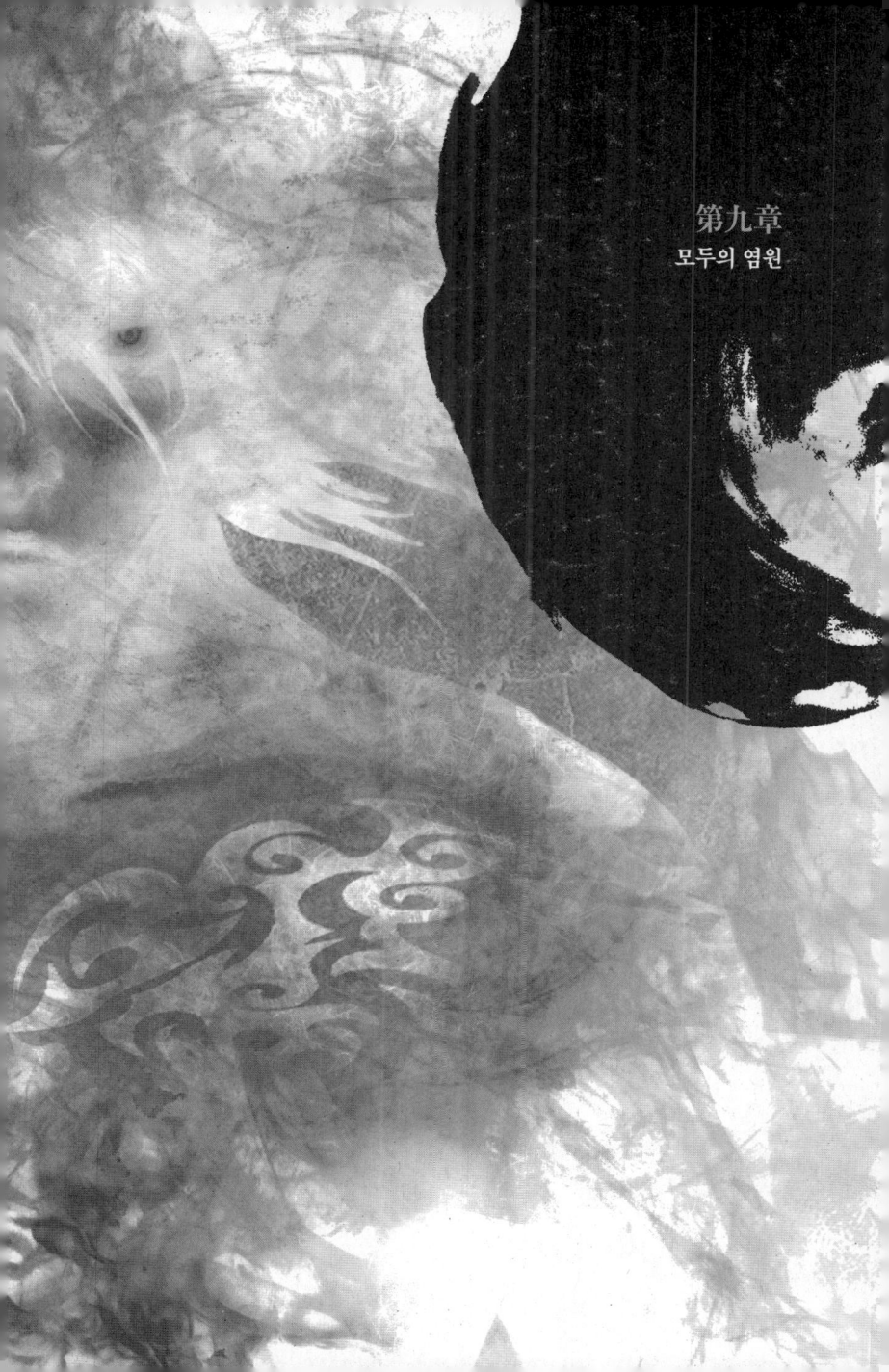

第九章
모두의 염원

염왕진무
閻王眞武

불사조는 입으로 되는 게 아니었다. 아니, 불사조는커녕 참새 흉내도 내지 못하는 진무를 보며 만희산인이 머리를 짚었다.

"개념으로 이해하지 말고 가슴으로 받아들이라니까!"

말이 쉽다. 개념을 분석하지 않고 있는 그대로 받아들이라니. 이걸 어떻게 받아들여야 할까.

"하나의 상념을 떠올리면 그것을 자신의 틀에 맞추기 위해서 또 다른 상념을 만들어내게 된다. 물른 두 번째의 상념을 위해 세 번째가 필요하겠지. 생각이란 그런 것이다. 꼬리에 꼬리를 물다 결국 무엇이 처음이고 무엇이 마지막인지 모를 정도로 넘쳐 버리지만 정작 알맹이는 어디로 사라졌는지 종잡기 어렵지."

만희산인의 고차원적인 무학이론은 진무에게 전혀 도움이 되지 않았다.

"솔직히… 무슨 말씀을 하시는지 모르겠네요."

'하긴.'

뒷머리를 긁으며 만희산인이 멋쩍은 표정을 지었다. 기본적으로 그의 무학관은 깨달음을 바탕으로 하는 정신 무학이기에 진무처럼 물리력 위주의 무학을 사용하는 이에게는 낯설 수밖에 없다.

단 한 번도 접해본 적 없는 유파의 무학을 받아들이지 못한다고 닦달하는 격이니 조금은 미안해진다.

진무는 진무대로 미칠 지경이었다. 두 분 천외사선의 기대를 저버리고 싶지 않았지만 뜻대로 몸이 따라주지 않으니 환장할 판이다.

정말이지… 죽고 싶다.

의기소침해진 진무가 주저앉아서 하늘을 바라보는데 만희산인이 자애로운 목소리로 그를 다독였다.

"첫술에 배부를 수야 있겠나? 자자, 다시 한 번 도전해 보세. 힘내고."

이때 싸늘한 조소 한 자락이 터져 나왔다.

"흐흥, 백날 천 날을 도전해 봐야 불사조는커녕 병아리 날갯짓도 안 나올 판이로구만, 힘은 무슨. 애꿎은 힘 그런데 쓰지 말고 차라리 밭이나 갈지 그래?"

은월선자의 빈정거림에 진무의 얼굴이 썩어 들어갔다.

"천외사선씩이나 된다는 선배로서 한참 어린 후배한테 그런 말을 하다니. 은월, 자네 수양이 그 정도밖에 되지 않는 건가?"

"내 수양이 얼마인지 나도 모르는데 산인께서 아신다는 게요? 역시 천재는 뭔가 다르구만."

여전히 이죽대는 은월선자를 쏘아보던 만희산인이 와락 몸을 돌렸다.

"됐네! 자네와는 할 말 없으니 그만 놀리고 가게나!"

"예까지 왔는데 어찌 그냥 가겠소? 저 타보 같은 녀석이 오리처럼 뒤뚱거리는 모습이나 구경하다 가야지."

"그래도……."

은은한 노기를 띤 만희산인의 눈빛을 무시하고 가까운 바위 하나에 걸터앉은 은월선자가 손을 흔들었다.

"다시 해보아라. 날 얼마나 웃길지 기대되는구나."

이를 부드득 갈아붙인 진무가 눈을 감고 만희산인의 상념을 불러 모았다.

'사람의 움직임 일체가 마음에서 비롯되니 그 마음의 흐름에 몸을 맡기면 어지럽기만 하던 혼돈혈애는 질서를 찾아 나의 등에 힘찬 날개가 되어주겠지.'

숨 호흡을 하고 양팔을 벌린 진무가 눈을 뜨자 그의 등에서 혼돈혈애가 물결처럼 퍼져 나왔다. 통상적으로 혼돈혈애가 발현되는 모습은 연기처럼 뭉클거리는 형태였는지라 이번의 핏빛 아지랑이는 무척이나 이례적인 모양새였다.

"차아!"

크게 소리치며 진무가 허공으로 신형을 띄우자 그는 마치 허공을 유영하는 대붕과도 같았지만 어딘지 어색했기에 만희산인이 고개를 저었다.

'이해만 하려고 들고 몸으로 느끼지 못하고 있어. 시간이 많다면야 처음부터 가르치련만…….'

그가 한숨을 쉬는데 힘차게 날아오르던 진무가 곧 동력을 잃고 지면으로 뚝 떨어졌다.

꽈당!

"어이구!"

볼품없이 나동그라진 진무가 반사적으로 은월선자를 곁눈질했다. 또 어마어마한 조소와 비아냥으로 자신의 못난 모습을 책망하겠지.

그리고…….

웃음기라고는 찾아볼 수 없는 얼굴로 몸을 일으킨 은월선자가 공터의 중앙에 섰다.

"멍청한 녀석. 불사조라 하지 않았느냐, 불사조. 불을 머금은 봉황[火鳳凰]. 그냥 봉황의 날갯짓도 천하를 뒤덮을 판인데 불을 머금고 날아가는 봉황이라면 어떻게 날개를 펄럭이겠느냐?"

대답할 틈도 주지 않고 그녀가 팔을 내뻗었다.

펄럭―

무녀들의 춤사위처럼 한가로운 동작.

펄럭―

그녀가 다시 한 번 팔을 내뻗자 이를 지켜보던 진무가 혀를 쭉 내밀었다.

'대체 뭘 말하고자 저러는 거야?'

무학이라고 하기에는 너무도 예쁜 모양새. 하지만 지금 아름다움을 논할 계제는 아니다.

진무의 속마음을 알아챘을까? 은월선자의 입가에 기이한 사선 하나가 아로새겨졌다.

그리고…….

파라락!

일변한 분위기!

빙글 몸을 돌린 은월선자의 춤사위가 한 박자 빨라지며 그녀의 손이 폭풍을 불러일으켰다.

파박!

한번 뻗은 손에 해와 달이,

파박!

다시 내뻗은 손엔 구름과 바람이,

파바박!

동시에 뿌린 손과 소매에는 천하를 담으니 어찌 조화롭지 않을까!

'저, 저것이야말로 화봉황무(火鳳凰舞)!'

영물 중의 영물이라는 용을 잡아먹는 봉황의 위풍당당한 날갯짓을 한차례의 춤사위로 모조리 담아낸 은월선자가 두 손을 포개는 것으로 동작을 마무리하자 저도 모르게 일어선 친무가 공손히 무릎을 꿇었다.

"보았느냐?"

"예."

"무엇을 보았느냐?"

"거칠 것 없이 자유로운 마음을 보았습니다."

"바로 그렇다!"

은월선자가 진무를 가리키며 근엄하게 말했다.

"불사조의 날갯짓이라는 부드러움으로 대표되는 관념에 사로잡혀 너는 강함을 드러내지 않으려고 발버둥치다 강함도, 조화도, 모두 잃고 말았다! 자연스러움이란 그런 것이 아니다! 때론 강하기도 하고, 때로는 나약하기도 한 자신을 인정하고 받아들이는 데서부터 비롯된다는 것을 왜 몰라?"

그녀의 추상같은 지적에 진무가 그저 고개를 조아릴 뿐이었다.

"다시 해라! 처음부터 다시 해!"

"아, 알겠습니다."

"될 때까지 해라! 할미가 두 눈 똑바로 뜨고 지켜볼 테니까 마음의 소리를 들을 때까지 몸을 움직여!"

둘의 하는 양을 지켜보며 흐뭇한 미소를 짓는 만희산인의 옆으로 황복만이 슬며시 다가왔다.

"어때? 잘 풀렸지?"

"멍석 깔아주면 뒤로 빼더니… 아무튼 성격하고는……."

만희산인과 황복만은 기분 좋을지 몰라도 진무는 그 시간부터 진정한 지옥이 무엇인지 똑똑히 견식해야만 했다. 은월 선자의 매서운 다그침과 진무의 곡소리는 하루 종일 이어졌으니까.

*　　　　*　　　　*

구천마련에서의 일은 생각보다 잘 처리되어 조봉팔은 다소 홀가분한 마음으로 정도맹의 정예들이 운집한 호남 지부로 발길을 돌릴 수 있었다.

"잘들 계셨는가?"

방 안으로 들어서며 조봉팔이 미소를 띠자 다섯 사람이 일어서며 포권했다.

"전대 맹주님을 뵈옵니다!"

조봉팔이 청한 이들은 실세라고 할 수 있는 정도맹 원로전의 세 명과 집법당주 철동직, 그리고 현임 정도맹주 조선악이었다.

　"다들 앉으시게."

　모두가 착석하자 조봉팔이 곧바로 본론으로 들어갔다.

　"정도맹에서도 융중산에서 벌어질 사안에 관심이 많을 것이오."

　"당연히……."

　남궁강의 말에 조청수가 덧붙였다.

　"세상에 나도는 수많은 풍문들을 믿는 것은 아니지만 팔패로라는 물건이 가지는 파급효과를 무시할 수는 없지요. 결정적으로 그 물건 때문에 만래고품향에서 일망성이라는 무기까지 풀지 않았습니까?"

　"그렇소. 그건 사실이지."

　고개를 끄덕인 조봉팔이 진무와 유청하의 만남, 그리고 그들이 나눈 약조를 얘기했다.

　"호오, 역시 세상일은 알기가 어렵군요."

　노덕재가 우렁우렁한 목소리로 입을 열자 남궁강이 눈을 빛내며 물었다.

　"그렇다면 만래고품향은 무림인들에게 적의가 있어서 일망성을 풀었다는 건 아니라는 말씀이로군요?"

　"부향주의 말이 사실이라면 그렇다고 할 수 있지. 그들은 단지 팔괘로를 원할 뿐이라는군. 또한 팔괘로 자체가 그들이 원래 소유했던 물건이고."

좌중이 침묵에 빠지자 조봉팔이 몸을 탁자에 붙였다.

"내가 무슨 말을 하고 싶은지 알겠나? 그들은 오로지 팔괘로만을 원한단 말일세. 만약 무학이나 천고의 병기가 숨겨진 지도가 나온다면 그건 무림의 뜻에 맡기겠다고 했으니 팔괘로는 전 무림이 힘을 합쳐 그들에게 돌려주는 방향으로 하세나."

동의하지 못할 이유가 없다. 어차피 팔괘로라는 물건을 가지고 무림인들이 할 수 있는 건 구경이 전부.

남궁강과 노덕재, 그리고 조청수가 고개를 끄덕이려는데 놀랍게도 조선악이 반대했다.

"그건 곤란합니다."

"곤란하다고? 어째서?"

"구천마련의 누가, 어떻게 전임 맹주님의 말씀에 동의해서 결론 내려졌는지는 모르겠으나 정도맹은 몇몇이 비밀회의로 사안을 결정하는, 그런 폐쇄적인 집단이 아닙니다."

반박할 수 없는 말. 하지만 조봉팔이 서운함을 느낀 건 다른 부분이었다.

'아직도 내게 마음을 열지 못하는 게냐……'

열심히 살았다. 정도맹이라는 단체에 투신하여, 정의와 협의를 지키기 위해 그저 열심히 움직였다. 그러다 보니 가족과는 자연히 소원해졌지만 이해해 주리라 믿었다.

하지만 아니었나 보다.

두 살 때 어미를 잃은 외동아들, 조선악은 아버지 없는 아이처럼 자랐다는 자괴감에 늘 무뚝뚝했다. 아버지의 뜻에 따라 정도맹에 들어와서도 철저히 사무적인 관계를 유지할 뿐이었다.

지금처럼.

"이보시게, 맹주. 내가 그걸 몰라서 하는 소리라고 생각하나? 우리 마음대로 정하자는 것이 아니라 구천마련이나 기타의 단체와 충돌을 최대한 억제하면서 팔패로에 관한 문제를 풀어보자는 소리인 게야."

"물론 전임 맹주님 말씀을 이해하지 못하는 바는 아니지만 개중에는 팔패로의 반환이야말로 화근이 될 거라는 부류도 있을지 모릅니다. 또한 그들의 수가 과반이라면 다수의 의견을 좇아야 하겠지요."

"그 말은 만래고품향과 전면전도 불사하겠다는 건가?!"

"이곳은 무림입니다."

함축적인 조선악의 말에 조봉팔이 어깨를 늘어뜨렸다.

"핏물로 강을 이루든, 시체로 산을 쌓든, 그 어느 경우도 명분이라는 이름 앞에서 무력해지는 곳입니다."

"하아……."

조봉팔의 한숨을 무시하듯 일어선 조선악이 문을 닫고 나

260 염왕진무

가며 중얼거렸다.

"융중산에서 어떠한 일이 벌어질지 알 수 없는 일. 정도맹은 군웅들의 생각과 의견을 존중할 것입니다. 이는 현임 정도맹주인 조선악의 다짐이기도 합니다."

평소의 그와는 너무도 다른 분위기에 원로전의 세 노인이 입도 뻥긋 못했다.

"하긴, 일리가 있는 소리니……."

조봉팔이 힘없이 뇌까리자 세 사람이 소리치듯 말했다.

"맹주님의 의견이 옳을지도 모르나 저희는 전임 맹주님의 말씀대로 최대한 조심하겠습니다."

"너무 심려치 마십시오."

"예, 그렇습니다!"

열성적인 셋의 말에 조봉팔이 미소를 지었지만 그것은 어쩐지 애잔한 무엇이 담겨 있어서 보는 이들에게 씁쓸한 무엇을 안겨주었다.

"고맙구려. 그래요. 할 수 있는 것은 해봅시다."

*　　　*　　　*

강산이 변한다는 십 년도 돌아보면 눈 깜빡할 사이에 흘러간다. 하물며 열흘이라면 오죽이나 빠르게 지나갈까.

팔괘로가 공개된다고 약속한 날의 아침은 여느 때와 다르지 않았지만 황복만이 통째로 빌린 객잔에 깔린 분위기는 무척이나 비감한 것이었다.

"조 대협이 두 군데를 잘 제어했어야 하는데……."

"한 군데는 죽마고우가 대장이고, 다른 하나는 아들이 맹주인데 걱정할 게 무에 있을꼬?"

만회산인의 근심을 털어주려는 듯 황복만이 껄껄 웃었다.

"대장이나 맹주라도 휘하의 인물들이 반발하면 별수가 없을지도 모른다고요."

은월선자가 고개를 저었지만 황복만은 자신만만했다.

"됐어, 됐어. 걱정도 팔자지. 그런 걱정 하느니 차라리 진무라는 녀석의 몸 상태나 한 번 더 들여다보겠네."

"전 괜찮습니다."

아침 운공을 마친 진무가 천천히 걸어나왔다.

"말대로일세. 보기에는 썩 괜찮군."

황복만이 그의 어깨를 두드리다 깜짝 놀랐다.

'이 녀석 봐라, 자연스레 탄(彈)의 기운을 운기하네? 아니, 며칠이나 배웠다고 이 모양이야?'

하지만 칭찬하지는 않았다. 자만이야말로 무인에게 최대의 적이니까.

"좋다. 모두 가볼까?"

열흘 전만 해도 한산하던 용중산은 그야말로 인산인해를

이루었다.

"강호 무인들이 이곳에 모두 모였나 보군."

"그러게……."

황복만과 만희산인이 예상했던 것보다 많은 인파에 적잖게 당황했다.

"이 인원이 모두 칼을 든다고 생각하면……."

"끔찍한 일이지요. 절대로 막아야 합니다."

진무가 주먹을 쥐자 모두가 결연한 표정이 되었다.

"어떠한 일이 있더라도… 어?"

산에 오르던 진무가 낯익은 얼굴이 쫄래쫄래 다가오는 걸 보고 눈을 끔뻑였다.

"해구용, 해 지부장 아니야?"

어쩐지 자신감 어린 얼굴로 해구용이 진무의 앞에 서서 포권했다.

"여기저기서 풍파를 일으키시는 진무 공자답게 어김없이 이곳에도 모습을 드러내셨습니다요. 그리고 저 이제 지부장 아닙니다요. 이제부터는 해 단장이라고 불러주셔야 합니다요."

"승진했군! 축하해!"

진무의 사심없는 축하에 해구용이 뒷머리를 긁다 옆을 보고는 그대로 얼어붙었다.

"끅… 끄어어어어……."

"음?"

자신의 곁에 귀신이나 기타 혐오스럽다거나 공포를 안겨 주는 무엇이 있나 돌아보던 진무가 어깨를 으쓱 들어 올렸다.

그곳엔 한 떨기 꽃보다 아름다운 우문초설이 서 있었을 뿐이니까.

"뭐야, 해 지부, 아니지, 해 단장? 언제는 예쁜 처자만 보면 눈이 풀리는 병을 앓더니 이제는 가인을 보면 경기를 일으키는 증상으로 전이가 된 거야?"

"꺼어어어……."

"거참, 이상한 사람이네?"

뒷머리를 긁으며 진무가 우문초설에게 그를 설명해 주었다.

"정도맹의 해구용, 승진해서 해 단장이라는 사람인데 아름다운 여인만 보면 찝쩍거리는 부분만 빼면 그럭저럭 정상적인 인간이라오. 그런데 오늘따라 왜 저러나 모르겠군."

그의 설명에 터지는 웃음을 눌러 참으며 우문초설이 해구용을 지그시 바라보았다.

—어떻게, 이제 사람 좀 됐나요?

—무, 물론입니다요, 사모님! 완전히 새사람으로 거듭났습니다요!

짧은 눈의 대화를 마친 해구웅이 비척거리며 제 위치로 사라졌다.

"볼 때마다 신기한 사람이야."

해구웅의 돌출행동이 어디서 기인했는지 영문을 알 리 없는 진무가 그의 등을 보다 피식 웃으며 걸음을 옮겼다.

"정도맹은 산의 왼편으로 진형을 잡은 모양이로군."

해구웅의 뒷모습을 보며 황복만이 중얼거리자 진무가 고개를 끄덕였다.

정도맹이 왼편이라면 당연히 구천마련은 산의 오른편에 위치할 것이고. 소속이 없는 낭인 무인들이나 사해상방, 기타의 사람들은 중간에 끼일 터였다.

가장 힘없는 군집이 가장 위험한 공간으로 몰릴 수밖에 없다는 얘기.

"그렇다고 두 세력 가운데 어느 한쪽을 양보하라고 얘기하기도 힘들겠지요. 사부님께서 받아내실 양보의 최대치가 어느 정도인지는 알 수 없지만 그들의 위상을 침범하는 수준까지는 아닐 테니."

진무의 말마따나 무림에서의 분쟁은 반드시 이해관계나 기타의 일반적인 요소 때문에 벌어지지는 않는다. 허울 좋은 위세 같은 아주 조악한 이유로도 커다란 싸움이 야기될 수도 있다.

"그렇지. 너무 무리한 요구를 할 수는 없는 노릇이니."

만희산인이 혀를 끌끌 찼다. 두 명의 친구는 모른다, 외부에 알려진 바로는 멀쩡한 단체에서 알고 보면 얼마나 조잡하고 유치한 행동을 서슴지 않는지.

이때 날랜 걸음으로 사하가 다가왔다. 그들은 이미 만나기로 해둔 상태였고 사람들의 이목 따위를 신경 쓸 계제가 아니었기에 드러내 놓고 모인 것이다.

"어림잡아 오백은 넘게 운집한 모양이다. 자칫 잘못하다가는 사상초유의 사태가 벌어질지도 몰라."

"내 말이… 구천마련에서도 꽤 온 걸로 아는데?"

"정예 급으로 오십 이상, 일류 고수도 백 명가량 동원되었고, 약로 이하 원로들도 다수 오셨다. 물론 련주님도."

"약로?"

진무가 반문하자 사하가 고개를 끄덕였다.

"그래, 능용헌 노선배. 충인이라는 녀석을 추적하셨다고 했지 않나? 거의 잡으실 뻔했는데 놈이 탈취한 물건들을 낭떠러지에 버리고 도주했다더군."

"그래서?"

다소 건조한 진무의 음성이 이상했지만 별다른 의심 없이 사하가 대답했다.

친구에게는 별 재미 없는 이야기인가 보다.

"박살이 났다더군. 많이 미안해하신다."

"그렇군."

무감정하게 고개를 끄덕인 진무가 사하에게 귀띔했다.

"일단 정도맹이나 구천마련이 먼저 불을 댕길 가능성은 전무해. 주위의 이목을 무시할 수도 없을 테고, 또한 사부님께서 중재를 하신 터라 참극만은 막자는 동감대가 형성되었거든."

"그렇다면?"

"제삼의 세력, 또는 예상치 못했던 일이 터진다면 속수무책이겠지. 그래서 하는 말인데……."

주위를 빠르게 둘러본 진무가 증얼거리듯 말했다.

"일반인들 중에 거동이 수상한 이들을 맡아줘. 가령 길쭉한 봇짐을 메고 있다든지, 아니면 눈이 게슴츠레 풀린 상태라든지."

봇짐이라면 일망성을 말함이겠고, 눈이 풀렸다 함은 환희제련산의 대변되는 미약을 경계하는 것일 터.

"일리가 있군. 알았다."

사하가 유령처럼 사라지자 진무가 이번에는 공손천에게 부탁했다.

"공손 숙부는 싸울 생각 마시고 최대한 몸을 빼요. 그래서는 안 되겠지만 유혈사태가 발생한다면 치료해 줄 사람이 없다고요."

"야. 그럼 나더러 난리가 났는데도 손 놓고 구경이나 하라는 거냐?"

"바로 그 말이죠. 구경하세요."

"허… 이놈……."

그가 뭐라고 하든 몸을 돌려 버린 진무가 천외사선에게 포권했다.

"세 분께서는 무림을 수호할 최후의 패라는 것을 잘 아실 터이니 최악의 사태가 도래한다면 우문 소저를 데리고 멀리 피하십시오. 당장은 굴욕이겠지만 미래를 위해서는 어쩔 도리가 없으니까요."

'호오~'

'이 녀석?'

'제법인데?'

천외사선이라는, 이름만 들어도 숨이 막힐 인물들을 앞에 두고도 상황을 이끌고 있다. 단순히 깡이나 치기였다면 우스웠겠지만 적절하면서도 논리적인 통제라서 세 노인이 속으로 감탄했다.

"우린 걱정하지 말아라. 제 한 몸 건사하기도 힘든 녀석이 충고는 무슨."

마음에도 없는 소리를 하며 은월선자가 몸을 돌리는데 커다란 목소리가 장내를 뒤흔들었다.

"팔괘로 등장이요!"

순간 모든 이의 시선이 소리가 난 장소로 이동했다. 그것은 서른 명가량의 장정 행렬이었는데 그들은 커다란 가마를 둘러멘 정도가 아니라 아예 머리로 이고 있었다.

'드디어……'

진무가 싸늘하게 눈을 빛내자 우문초설이 입술을 깨물었다.

'…시작이로군요.'

장정의 행렬은 인파들을 거침없이 뚫고 산허리에 위치한 공터까지 이르러서야 멈췄다.

숨이 멎어버릴 것만 같은 정적.

조심스레 가마가 땅에 내려지자 그 안에서 누군가가 발을 걷고 모습을 드러냈다.

'료료?!'

당장에라도 뛰쳐나가고픈 충동을 누르며 진무가 마른침을 삼키는데 우문초설이 망연하게 중얼거렸다.

"아니, 저 사람이 왜 여기에 왔지?"

"그게 무슨 소리요? 우문 소저도 료료를 알고 있소?"

"절대 잊지 못하지요."

호남성에서 최대의 위기를 맞이했을 때 홀연히 나타나 도움을 주었던 인물. 다소 괴곽했지만 그냥 그 정도라고 생각했는데.

우문초설이 당시의 상황을 얘기하자 진무가 고개를 저었다.

"저 녀석도 정상이 아니라오."

"예?"

"무언가가 결여된 인물이라는 거지, 사람이라면 반드시 느끼고 생각해야만 하는 무언가가 결여된."

반짝!

료료가 습관적으로 단편안경을 들어 올리자 햇빛이 반사되어 산산이 흩어졌다.

"참으로 오래 기다리셨습니다. 저는 료료라는 미천한 인간으로서 여러분과 팔괘로에 관한 이야기를 나눌까 해서 이렇게 자리를 마련했습니다."

이때 인파를 헤치며 누군가가 나섰다.

"더러운 놈! 네놈이 감히 이런 식으로 모습을 드러내다니!"

귀여운 용모와 어울리도록 머리를 양 갈래로 땋은 여인, 이가령이 독 오른 목소리로 소리치자 진무가 눈을 질끈 감았다.

'이건 아니야!'

하지만 료료로서는 더없이 반가운 순간이었다.

"오, 이게 누구십니까? 유청하 소저를 호위하시던 소저가 아니십니까?"

그 말에 사람들이 동요하기 시작했다.

"유청하라면……."

"만래고품향의……."

"부향주라는 험고화마차의 주인?"

중인들이 충분히 떠들 시간을 주고 이야기의 사이에 적절히 끼어들었다.

"하기야, 그토록 원하는 물건인데 만래그품향에서 오지 않았을 리는 없겠지요. 이제부터 조심하십시오, 옆에 서 있던 선한 인상의 누군가가 돌연 길쭉한 물건을 꺼낼지 모르니."

고수 중의 고수라던 구천마련의 원로 한 분도 허무하게 목숨을 잃었다지, 하며 말을 맺자 군웅들의 험악한 시선이 이가령에게로 몰렸다.

"이, 이익!"

궁지에 몰린 그녀가 칼을 빼 들었다.

이때…….

"원하는 바가 싸움이었나?"

시리도록 서늘한 말에 료료가 고개를 돌렸다.

"아, 구천마련의 훈련총교두님이 아니실니까? 그간 별래무양……."

"형식적인 인사는 집어치우고, 싸움이나 분열을 유도해서 군웅들이 상잔하는 모습을 보고 싶었던 것인가?"

순식간에 가라앉는 분위기. 역시 용의 후예다운 모습이었다.

"그럴 리가 있겠습니까? 총교두님은 사람을 이상한 쪽으로 몰아가는 경향이 있나 보군요."

"그렇다면 원래의 방향으로 가든지."

생각지도 못했던 호재를 이용하려던 계획이 수포로 돌아
가 료료의 얼굴이 살짝 굳었다.

"뭐, 좋습니다. 없던 일로 하지요. 그리고 이름 모를 소저,
물정 모르고 나대면 큰 코 다칠 수 있다는 걸 명심하십시오."

"저, 저게!"

억울해서 팔딱 뛸 판이지만 군웅들로는 유청하 일행이 겪
은 일을 알 도리가 없다. 그냥 참을 수밖에.

마지막까지 빈정거린 료료가 새빨간 혓바닥으로 그보다
붉은 입술을 축였다.

"그럼 본론으로 돌아가서… 팔괘로에 대해 이상한 소문이
떠돌아다닌다고 들었습니다. 가령 팔괘로를 찾으면 만래고
품향에 넘겨야 한다던가……."

료료의 너스레가 시작되자 산을 가득 메운 사람들이 모여
들었다.

"이상한 일이지요? 팔괘로를 왜 그들에게 넘겨야 합니까?
만래고품향에서 소유권을 주장하는 이유가 원 소유주였다고
하던데 그걸 입증할 방법이 전혀 없다 이겁니다. 한마디로 막
무가내 아니겠습니까?"

"음……."

"듣고 보니 그렇군."

말이 먹혀들어 간다고 생각했는지 료료의 목소리에 한층
힘이 실렸다.

"억울하지 않습니까? 이건 부당한 일입니다! 언제부터 우리 무림인들이 이런 말도 안 되는 겁박에 굴복해서 소중한 것을 내어주어야 한다는 말입니까?"

그의 호소는 절절했지만 무림인들의 관심사는 다른 곳에 있었다.

"그러니까 당신이 팔괘로를 가지고 있다는 거야, 뭐야?"

"일단 확인부터 하자고!"

무림의 안위니, 권위니, 하등 상관없이 잿밥에만 관심이 있는 사람들이 더 많은 것이 현실이다. 이를 모를 리 없는 료료였기에 적당한 순간 떡밥을 던져 주었다.

"옳으신 말씀입니다. 그럼 팔괘로를 공개하도록 하지요."

그가 소중히 받쳐 들고 있던 궤짝을 열어 팔각형 모양의 화로 하나를 꺼냈다.

"엥?"

"저게 팔괘로야?"

"생각보다 너무 작은데?"

말은 달라도 이들이 하고픈 이야기는 단 하나, 팔괘로의 진위 여부였다. 속내가 뻔히 들여다보이는 이들의 행동에 료료가 비웃음에 가까운 미소를 머금었다.

"팔괘로 맞습니다, 맞고요. 한 가지 첨언하자면 팔괘로에 관한 항간의 소문들 가운데 대부분이 거짓이라는 것을 밝혀 둡니다."

"그럼 천고의 무학이 없단 말이야?"

"천하제일병기가 숨겨져 있는 보물지도도?"

대답없이 료료가 웃기만 하자 대다수의 중인들이 어깨를 늘어뜨렸다.

"그럼 뭐야?"

"단지 화로라는 소리잖아?"

"화로를 어디다가 써먹으라는 말이야?"

실망이 가득한 목소리들. 아무리 생각해 봐도 무림인에게 화로의 용도는 전무하다고 봐도 옳다. 무기로 쓴다는 건 말도 안 되고, 암기로 사용한다는 건 더더욱 우스운 경우일 테니까.

그들의 실망이 천천히 가라앉을 무렵, 료료가 한마디를 툭 던졌다.

"만약 팔괘로라는 물건이 여러분께서 생각하시는 것과 조금은 다른 쓰임새를 하나 지녔다면 믿겠습니까?"

"화로가 화로지."

"뭔가 녹이는 것밖에 더 있어?"

"또 모르지. 추운 겨울날 둘러앉아서 몸 녹일 때 써먹을지."

누군가의 짓궂은 농담에 중인들이 폭소를 터뜨렸다. 그만큼 허무했고, 그만큼 허탈했으니까.

"하하하… 재미난 말씀이십니다."

료료 역시 즐거운 얼굴로 맞장구쳤지만 그의 눈은 하얗게 죽은 상태였다.

"그렇지요. 불쏘시개를 태우는 용도로 쓰인다면 팔괘로도 많이 섭섭하겠지요. 예, 아닙니다. 하지만 앞서의 분들 말씀은 맞습니다. 화로는 화로일 뿐이지요."

료료의 눈에서 기이한 광채가 흘렀다.

"팔괘로가 태상노군께서 연단을 하실 때 사용했던 화로라는 사실은 모두 아시지요?"

중인들이 고개를 끄덕이자 팔괘로를 살살 쓰다듬으며 료료가 입을 달싹거렸다.

"그렇다면 팔괘로로 제련된 단약의 효능은 어떨까요?"

"단약의 효능?"

"뭐, 신선이라도 되는 거야?"

"푸하하, 그거 걸작일세, 신선!"

"말 되네, 핫핫핫!"

한번 사람들을 웃긴 사내가 다시 농을 던지자 군웅들이 키득거렸지만 그는 하나 모르는 사실이 있었다.

자신이 부지불식간에 뱉은 이야기야말로 료료가 간절히 원했던 말이라는 사실을.

"신선… 이라고 하셨습니까?"

료료가 하는 양을 지켜보던 진무가 눈썹을 모았다.

"군웅들을 들었다 놨다, 아주 자유자재로 몰아가는군."

"타고난 달변가네요."

우문초설이 무심하게 받자 인상을 구기던 진무가 누군가를 발견하고 깜짝 놀랐다.

"저 자식은?"

"음?"

그의 눈이 머문 곳엔 열다섯 살 정도의 청년이 사람들 틈에 끼어 있었다.

"어머, 너무 귀엽네요."

"저놈더러 귀엽다고 했소?"

헛웃음을 흘린 진무가 씹어뱉듯 말했다.

"귀여운 외모 뒤에 사갈보다도 악한 심성을 숨긴 놈이지. 우문 소저, 저놈이 바로 충인이라는 희대의 악귀라오."

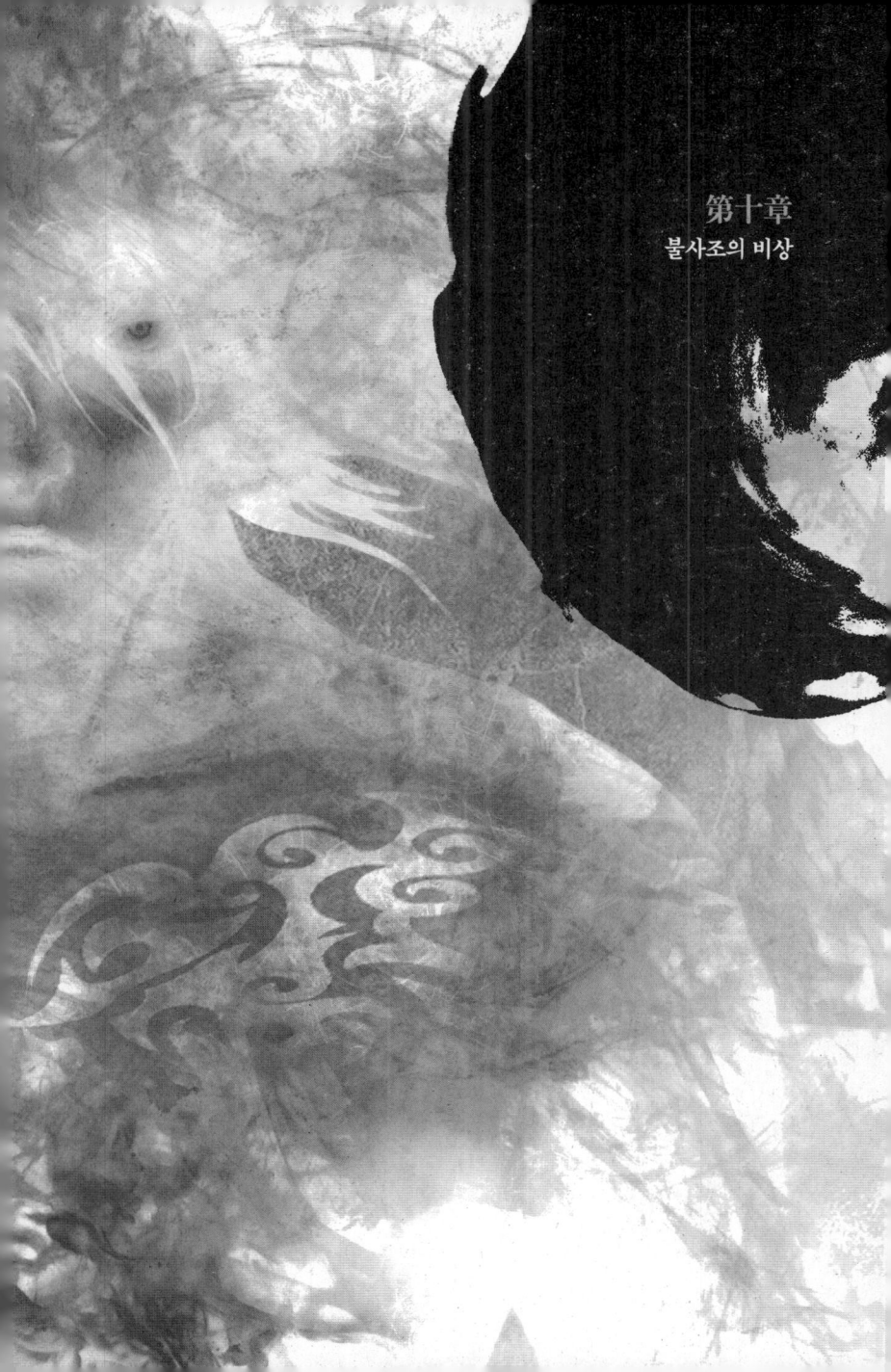

第十章
불사조의 비상

염왕진무
閻王眞武

진무의 입에서 충인이라는 이름이 나오자 대경한 우문초설이 한발 나섰다.

　"충인이라면 공자님을 모함해서 무림공적으로 만들어 버린 악귀! 내 당장 도륙을… 어라?"

　이번에는 우문초설이 깜짝 놀랐다.

　"저 여자……."

　"누구를 말함이오?"

　우문초설이 눈짓으로 가리킨 곳은 충인의 바로 옆이었는데 그곳에는 산발한 여인이 주위를 두리번거리고 있었다.

　"미친 사람 같군."

"반은 맞아요."

"그게 무슨 소리요?"

우문초설이 잔단과의 격렬했던 조우를 담담히 술회하자 진무가 으스러지게 주먹을 쥐었다.

"저 여자, 저 여자가 질풍십이대를……."

이를 부드득 가는 진무를 일별한 우문초설이 칼을 빼 들었다.

설명이 필요없는 악의 종자들!

단칼에 베어버린다!

"잠깐."

우문초설의 손을 가만히 잡은 진무가 고개를 저었다.

"아직은 때가 아니라오."

"때… 라니, 무슨 말씀인지?"

진무가 전음을 날리자 심각한 표정으로 듣던 우문초설이 뒤로 물러섰다.

"알겠어요."

난데없는 료료의 신선타령에 중인들이 눈을 끔뻑였다. 그저 농으로 던진 말에 왜 저리 진중한 반응을 보일까?

"신선, 그저 상상 속에서나 존재한다고 믿었던 초월적인 존재. 하지만 우리는 하계로 내려온 네 분의 신선을 모시는 형편 아닙니까?"

"하계로 내려온……."

"…네 분의 신선?"

잠시 생각하던 사람들이 곧 박수를 쳤다.

"처, 천외사선!"

"바로 그렇습니다! 신기루와도 같던 신선은 우리 곁에 계셨던 겁니다!"

"그런데 팔패로를 말하다가 뜬금없이 천외사선을 입에 올리는 이유가 뭐요?"

"잘 말씀하셨습니다."

고개를 끄덕인 료료가 몸을 틀었다.

"나오시지요, 선인."

"음?"

"누구?"

사람들이 주위를 둘러보며 황당해하는데 구천마련에서 누군가가 천천히 나섰다.

"저분은?"

"약로 노선배?"

그렇다. 모습을 드러낸 이는 커다란 덩치만큼이나 넉넉한 인심을 지녔다는 약술의 달인 약로였다. 생사침존 공손천과 더불어 정과 패를 대표하는 의술의 대가가 바로 능용헌이었다.

한데 그가 이 시점에서 나선 이유가 뭘까?

"안녕하시오, 강호동도 여러분. 이 늙은이를 아시는 분도 계시고 모르는 분도 계실 것이오."

일단은 두고 보자는 심산으로 군웅들이 그의 다음 말을 기다렸다.

"제가 이 자리에 선 이유가 무척이나 궁금하실 거요. 이유는 간단하오."

말을 끊은 약로가 료료에게서 팔패로를 건네받았다.

"이 사람만이 팔패로의 진정한 활용법을 알기 때문이라오."

능용헌이 약술에 관한 한 달통한 인물이라는 건 주지의 사실이지만 사사겁천 가운데 풍진사로의 이름 가지고는 대국을 이끌 위치가 아니었기에 사람들의 얼굴에 실망감이 떠올랐지만 그는 여전히 말을 이었다.

"또한 이 사람을 강호동도들은 다른 별호로 기억하기도 한다오……."

그리고 능용헌의 다음 말에 사람들의 얼굴은 그대로 굳어야만 했다.

"극락선인이라는."

쿠쿵!

"하늘 밖에서 노니는 네 분의 신선[天外四仙] 가운데……."

"즐거움을 연구하셨다는……."

"극락선인!"

전설과도 같은 존재의 등장으로 군웅들은 열광의 도가니

에 빠져들었다.

"극락, 그 친구가 이번 일의 배후라면 군웅들에게 모습을 보일 때 최대한 근사하게 나타날 걸세. 화술 또한 능란하니 사람들은 그의 매력에 흠뻑 빠져들겠지."

"지극히 짧은 순간일 텐데, 그게 가능할까요?"

"물론이다. 강호인들은 무리를 짓기 좋아하지만 한편으로는 고독하기를 원하지. 무리를 짓는 이유는 스스로의 나약함을 감추기 위함이기에 그럴 필요가 없는 인물들을 동경하는 것이지. 천외사선이야말로 이들에게 가장 부합되는 우상이야. 단 한 번도 어디에 소속된 적이 없으면서도 만인이 두려워하는 절대적 인물. 그것이 바로 천외사선이니까."

"그럼 어떻게 해야 할까요?"

"깨야지."

"뭘요?"

"몰입이라는 최면을."

"몰입……."

"그래, 한 번 빠져들기 시작하면 빠져나올 수 없는 것이 달변가들의 연설이야. 그들의 수법은 듣는 이가 생각이라는 정신활동을 하지 못하도록 끊임없이 몰아붙이는 방식을 사용하거든. 스스로의 판단 기준 없이 화자에게 끌려 다니다 보면 결국 세뇌라는 수렁에 몸을 담근 자신을 발견하게 되지."

"하면……."

"몰입도가 최고조에 이르렀다 생각했을 때 그의 말을 막게, 어떤 수단을 사용하든 말이야."

"예측대로군요."

"보통 분들은 아니니……."

진무와 우문초설이 고개를 끄덕였다.

그들이 속삭이는 와중에도 군웅들의 열기는 더욱 깊어져만 갔다.

"신화 속의 극락선인께서 약로라는 또 다른 신분을 택하신 이유가 무엇입니까?"

"팔패로의 진정한 활용법을 아신다 하셨는데 대체 그 활용법이 무엇입니까?"

무차별적인 질문공세. 언제 이런 기회를 가질까 싶었는지 군웅들의 질문은 끝도 없이 이어졌다.

"자자, 진정들 하시오. 내 모두 설명해 드리리다. 오늘 시간들 많지요?"

넉넉한 극락선인의 농에 사람들도 편안한 얼굴이 되었다.

"우선 두 가지의 신분에 관해서 말씀드리자면 우리 개천능씨세가는 오래전부터 구천마련의 의술적인 부분을 도왔다오. 하지만 이 사람이 조금 유명해져서 문제가 발생한 거요."

한숨을 길게 내쉰 극락선인이 처연한 표정으로 양팔을 벌렸다.

"천외사선 가운데 즐거움을 연구했다는 극락선인으로서 돕는다면 구천마련이 견제를 받을 판이고, 나 하나 편하자고 그만두자니 선대의 유지를 무시하기 힘들고, 골머리를 싸매던 중에 임시방편으로 생각해 낸 것이 약로라는 인물이었다오."

"그런 일이……."

"역시 극락선인!"

선대의 유지를 저버리지 않으려고, 또한 구천마련을 배려하려는 차원에서 다른 신분을 만들 수밖에 없었다는 극락선인의 해명은 설득력을 넘어서 어떤 감흥까지 안겨주었다.

"그리고… 팔괘로의 활용법에 관해서인데……."

"흐름이 완전히 넘어가기 전에……."

"시작하지요."

극락선인이 팔괘로를 치켜들자 군웅들의 시선은 온통 그곳으로 몰렸다.

엄청난 몰입도!

만족스러운 미소를 머금으며 극락선인이 말을 뗐다.

"팔괘로는 화로임이 틀림없습니다. 무언가를 녹일 때 쓰이는 물건이지요. 그렇지만……."

중인들의 호기심을 최고조로 끌어올리려고 극락선인이 말을 끌었다.

이때…….

"너 이놈, 충인!"

인파를 헤치고 사내 하나가 번개처럼 튀어나와 한 곳으로 진격했다.

뻐억―

"쿠엑!"

눈 깜짝할 사이에 벌어진 일이라 모두의 시선이 그곳으로 올렸다.

"뭐야?"

"어린아이를 왜 때려?"

"멀쩡하게 생긴 놈이 완전 미쳤잖아?"

졸지에 미친놈이 된 진무가 몸을 돌렸다.

"아, 저는 진무라는 사람입니다. 경황이 없어서 일단 몸으로 부딪쳤으니 양해 바랍니다."

하지만 군웅들에게 진무라는 이름은 낯설었다. 당연히 화가 풀리지 않을 수밖에. 그렇지만 진무는 개의치 않는 표정으로 말을 이었다.

"또한 저를 강호동도들은 이름보다는 별호로 기억하시는 분이 많더군요……."

진무의 다음 말에 사람들은 펄쩍 뛰어야만 했다.

"극광혈무라는."

"그, 극광혈무라면!"

"황가장원의 혈겁을 틀어막았으며!"

"누명 때문에 천 명의 무인을 상대해야 했지만 누구도 원망하지 않았다는!"

중인들의 놀람에 진무가 포권으로 응했다.

"예, 제가 바로 극광혈무입니다, 그리고 이 녀석이 저에게 죄를 뒤집어씌운 놈이지요. 집법당주님!"

진무가 정도맹을 향해 소리치자 철동직이 콧김을 뿜으며 다가왔다.

"그간 별일없었는가, 진무 공자?"

철동직의 인사에 진무가 팔을 굽혀 알통을 만들었다.

"보다시피 이렇게 쌩쌩합니다. 그보다 이 녀석, 기억하시지요?"

진무의 단매 한방에 기절한 충인을 가리키며 진무가 묻자 철동직이 고리눈을 떴다.

"모를 리가 있나? 이놈은 정도맹에서도 일급으로 치는 수배범일세. 우리가 신병을 인수해도 되겠나?"

무림공적이라는 오명을 덧씌웠던 충인인지라 철동직이 진무에게 양해를 구하는 건 당연한 순서였다. 사실 이 자리에서 때려죽여도 할 말이 없는 사안이었으니까.

"저는 괜찮습니다. 단, 공정하고 엄중한 잣대로 심판해 주시길 바랍니다."

"물론일세. 이 철동직을 믿게나."

가슴을 탕탕 두드린 철동직이 충인을 묶고서 일어서는데 그의 옆을 스쳐 가며 진무가 빠르게 물었다.

"마 부대장님도 오셨지요?"

거의 귀띔과도 같은 속삭임!

뭔가 있다!

"그렇다네."

철동직 역시 귀띔으로 화답하자 진무가 번개처럼 그의 품에 쪽지를 밀어 넣었다.

"일각 후에 전해주십시오."

영문을 모를 상황. 하지만 진무가 하는 행동에는 이유가 있을 거라고 믿은 철동직이 아무 일도 없었다는 표정으로 정도맹이 위치한 진영으로 사라졌다.

진무로서는 철저히 계산된 행동이었지만 군웅들, 그리고 극락선인의 입장에서는 전혀 예상하지 못했던 돌발 상황이었기에 모두가 그저 멍하니 서 있을 뿐이었다.

"어, 어허험! 다시 팔쾌로로 돌아가서……."

한번 깨진 흥이다. 말 몇 마디 가지고 복구가 될 성질이 아니라는 정도는 극락선인도 잘 알고 있었기에 표정관리를 하는 일방 끌려가는 충인을 매섭게 쏘아보았다.

'중인이라는 녀석은 언제나 민폐로구나. 얼굴이 드러났으니 숨어 있으라 그리 일렀거늘 꾸역꾸역 기어나와서 이렇게 산통을 깰 줄이야. 으음…….'

　아직은 진무라는 존재를 의식하지 못하고 극락선인이 팔괘로에 관한 이야기를 이었다.

　"화로라고 해서 철이나 기타의 물건만을 녹이는 데 쓰인다고 생각했다면 여러분은 잘못 생각하신 게요. 팔괘로가 무엇이라 생각하시오? 바로 연단을 위한 화로라오! 연단술이 무엇이오? 정신적인 수련과 더불어 신선에 이르는 두 가지의 수련법이 아니겠소?"

　"하지만 신선 자체가 허구인데……."

　"맞소이다. 신선이란 초월적인 존재이므로 인간의 몸으로는 도달하기 어려운 것은 분명하오. 하지만!"

　극락선인이 손가락을 추켜올렸다.

　"연단술이 궁극에 이른다면 인간의 경지에서 벗어날 수 있다는 걸 이 사람이 알아냈소!"

　"정말입니까?"

　"그 말씀이 사실이라면 누구나 극락선인처럼 될 수도 있다는 겁니까?"

　중인들이 다시 타오르자 득의의 미소를 지으며 극락선인이 단언했다.

　"물론이오! 연단술의 극(極)! 다시 말해서 극락제련산만 만들 수 있다면 누구나 이 사람과 같은 힘과 능력을 발휘하게 된다는 거요! 자, 이래도 팔괘로를 만래고품향에 넘기고 싶소이까?!"

"아니요!"

"절대 안 됩니다!"

그들이 다시 한 번 최면과도 같은 상태에 빠져드는데 일군의 무리가 몸을 날렸다.

"저기 있다!"

남궁강의 묵직한 지시에 한 명의 무인이 한 지점을 포위했다.

"키이잇!"

인간의 음성이라고는 도저히 상상할 수 없는 기음!

봉두난발의 여인, 잔단은 자신이 위험에 처했다는 걸 알고 동물과도 같은 소리를 지르며 반항했지만 정도맹 원로전의 최고수이자 검 한 자루로 중원을 평정한 남궁세가의 전대 가주, 남궁강은 그녀로서는 감당할 수 없는 인물이었다.

"무의미한 저항이로다!"

남궁세가의 절기, 철검십식 가운데 다섯 번째 초식을 채 받아내지 못하고 그녀가 무릎을 꿇자 남궁강이 군웅들에게 포권했다.

"이 사람은 정도맹 원로전의 남궁강이라 하오! 저 여인은 정도맹에 난입하여 무차별적인 살상을 자행한 중죄인이기에 뭇 영웅들의 양해를 구하지 못하고 행동하였소! 이점 이해하시기 바라오이다!"

그 누구도 뭐라고 하지 못할 만큼 당당한 남궁강의 태도. 군웅들에게 가벼운 목례를 남기고 그가 사라질 때까지 입을 연 사람은 아무도 없었다.

"이제 되었소."

"그래요. 군웅들도 극락선인의 환상에서 어느 정도 깨어난 모양이에요."

"드디어······."

"···운명의 순간이로군요."

우문초설이 진무의 손을 잡았다.

"반드시 승리하고 돌아오시겠다고 약속해 주세요."

"그러리다. 하지만 만약에라도 내가 패하거나, 융중산에 돌이킬 수 없는 피의 혈겁이 도래하면 어르신들을 모시고 지체없이 몸을 피하시오."

우문초설이 고개를 끄덕이자 살며시 손을 뺀 진무가 힘차게 몸을 돌렸다.

'뭐, 뭐지?

연거푸 두 번이나 깨져 버린 홍. 우연이라고 치부하기에는 이상하지 않은가?

'거기다……'

만약을 생각해서 대기시켜 놓은 잔당까지 끌려가다니, 그것도 정도맹에.

이것까지 우연일까?

'뭐야? 대체 뭐냔 말이야?'

자신이 모르는 무언가가 진행되는 것 같은데 도무지 종잡을 수 없어서 극락선인이 은은한 공포마저 느꼈다.

원래 그런 법이다. 드러난 것은 제아무리 끔찍해도 견딜 수 있지만 미지에서 오는 것은 두렵고 무서울 수밖에 없다.

왜? 정체를 모르니까.

불안감에 인상을 찡그리던 극락선인이 곧 고개를 저었다. 정도맹에서 두 번이나 흥을 깼다지만 그건 어디까지나 우연일 것이다.

'그래, 우연일 거야, 정도맹이야말로 최후의 승부수가 아니겠는가?'

스스로를 안심시키며 극락선인이 마음을 가다듬고 군웅들에게 몸을 돌렸다.

"많은 일이 벌어지는 걸 보니 오늘이 아주 길일인 듯하오이다. 우리가 이렇게 만나서 이야기를 나누는 것처럼 안 그렇소, 여러분?"

"그, 그러게 말입니다."

"아하하핫!"

맥 빠진 분위기는 식어버린 찻잔보다도 어색하다. 누군가를 지배하려던 이에게도, 무언가를 갈망하던 이에게도 더할 나위 없는 고역의 시간일 뿐이다.

그러나 이대로 포기할 수 없는 사람도 있다.

"하아, 다시 얘기를 이어봅시다. 팔괘로로 제련되는 선단, 극락제련산은 여러분들에게 무츠이나 신비로운 세상을 열어줄 것이오."

그리고 때를 기다리던 사람이 등장했다.

"어찌 그렇게 단언하시는지요?"

"음?"

불청객처럼 질문을 던지며 진무가 나서자 극락선인이 인상을 찌푸렸다.

"자네⋯⋯."

"예, 생사침전에서 한번 뵈었던 진무라는 사람입니다. 기억하십니까?"

"내 어찌 자네를 잊을까? 신분을 숨기느라 곤욕을 치를 때 자네가 도와주지 않았던가?"

억지로 웃음을 쥐어짜 내며 극락선인이 말하자 진무가 재차 물었다.

"한 번도 만들어지지 않은 선단일진대 어찌 그리 효능을 단정하시는 겁니까?"

"만들었으니 하는 소리지."

극락선인이 옅게 미소 지었다.

"하지만 최초의 극락제련산은 내가 복용했다네. 만약에라도 부작용이 생긴다면 큰일 아니겠는가? 그래서 직접 먹어보았지."

"효과는 보셨는지요?"

진무의 물음에 극락선인이 광량한 웃음을 터뜨렸다.

"크하하하! 효과를 보았냐고! 물론이지! 흩어지던 공력을 되찾았는데 이보다 더한 효과가 어디……."

순간적으로 말실수를 깨달은 극락선인이 입을 닫았지만 이미 엎질러진 물이었다.

"공력이 흩어지셨다고요? 천외사선 급의 고수에게 그런 일이 발생했다면 보통 일이 아닐 텐데… 무슨 문제라도 있었던 겁니까?"

"무, 문제라니! 그냥 수련 중에 문제가 생겨서……."

"제가 대신 말씀드릴까요?"

극락선인의 말을 자른 진무가 눈을 빛냈다.

"팔패로를 얻기 전에 제조한 미약, 환희제련산 때문에 그리되신 것 아닙니까?"

"뭐, 뭣?!"

빙글 몸을 돌린 진무가 군웅들에게 외쳤다.

"실패작이었던 망아제련산보다 월등히 뛰어난 성능을 지녔지만 부작용에서는 자유롭지 못했던 환희제련산! 여러분들

도 기억하실 겁니다, 황가장원에서 미쳐 버렸던 사람들을! 이들이야말로 환희제련산의 희생양이었던 겁니다!'

다시 극락선인을 보며 진무가 짧게 뇌까렸다.

"선인 자신도 말이지요."

쿠쿵!

극락선인이 부정하지 못하자 군웅들이 술렁이기 시작했다.

실패를 했단다. 부작용에서 스스로도 자유롭지 못하단다. 이렇다면 극락제련산도 충분히 위험할 수 있다는 소리가 아닐까?

"조, 좋네. 내가 실패작을 만들었다는 건 인정하네. 그러나 환희제련산이 유포된 것은 누군가가 빼돌렸기 때문일세."

"충인 말씀이십니까?"

"난 그런 아이 모르네!"

격렬하게 반응하는 극락선인을 넌지시 보며 진무가 입가에 사선 하나를 그렸다.

"좋습니다. 그렇다면 부작용이 있다는 것을 아시면서 왜 다른 분들에게 복용시키신 겁니까?"

"그건 또 무슨 소리……?!"

발작하려던 극락선인의 앞으로 촌로와 아름다운 중년의 부인이 걸어왔다.

"자, 자네들……."

그저 시린 눈으로 극락선인을 바라볼 뿐, 황복만과 은월선
자는 아무런 말도 하지 않았다.

　　"그, 그게 아니라… 이보게들……."

　　"마지막으로!"

　　다시 극락선인의 말을 잘라 버린 진무가 이를 갈았다.

　　"십오 년 전, 환희제련산에 중독된 열다섯 명의 아이는 자
신들이 최고라는 최면에 걸려 대상의 정체도 모른 채, 살행에
나섰지요. 그러나 그들이 상대해야 했던 인물은 하늘 밖의 하
늘 가운데서도 발군의 실력을 지닌 인물이었습니다. 결국 손
한 번 변변히 써보지도 못하고 아이들은 줄행랑을 놓았지만
천외천의 인물은 주화입마에 걸려 영원히 무학을 사용할 수
없게 되었지요. 안 그렇습니까?"

　　"대체 누굴 얘기하는 거야!"

　　부들부들 떨며 극락선인이 소리치자 몸을 튼 진무가 외쳤
다.

　　"친구라고 믿었던 사람의 계략 때문에 일생이 망가진 분이
계십니다! 농간이나 계책으로 무너지기에는 너무도 강했지만
그만큼의 순수함 때문에 스스로 파괴된 분이 여기 오셨습니
다!"

　　황복만과 은월선자가 공간을 만들자 두 사람의 가운데로
지팡이에 의지한 노인이 등장했다.

　　"뇌… 로?"

"아니야, 뇌로와는 비슷하지만 허리도 펴졌고 얼굴에도 생기가 넘치는걸?"

"맞아, 뇌로의 음침함은 찾아볼 수 없어."

군웅들이 웅성거리자 극락선인을 노려보며 진무가 말했다.

"그렇습니다. 이분은 천외사선 가운데 단연 으뜸이셨던 만희산인이십니다. 저 가증스러운 극락선인의 계략으로 주화입마에 빠졌던 바로 그분입니다."

망연히 극락선인을 바라보던 만희산인이 힘없이 중얼거렸다.

"결국… 자네였나……."

"절대로 살아날 수 없었을 텐데……."

"그렇다네. 보통이라면 살지 못했겠지. 하지만 한이 깊어서 눈을 감을 수 없었다네."

담담한 만희산인의 대답에 극락선인의 얼굴에서 핏기가 가셨다.

끝장이다. 이들을 언젠가 마주치리란 건 알았지만 이런 식으로 조우하리라고는 생각지도 못했다.

"한 가지만 묻겠습니다."

목이 마른지 진무가 침을 꿀꺽 삼켰다.

"만약에라도 살행이 성공리에 마무리되었다면 그 아이들은 어쩌려고 하셨습니까?"

모든 것을 포기한 듯 극락선인이 차갑게 대답했다.

"소모품은 소모품대로의 운명이 있는 법이지."

"소모… 품이라고 하셨습니까?"

"이상한 놈이로군. 그까짓 소모품들을 왜 신경 쓰는……?"

"그 소모품 중에!"

극락선인의 말을 자른 진무의 어깨가 푸들푸들 떨렸다.

"인간 취급 받아보지 못한 소모품 가운데!"

거칠게 숨을 몰아쉬던 진무가 벼락처럼 외쳤다.

"내 친구도 있었단 말이다, 이 개자식아!"

폭갈을 뱉으며 진무가 뛰쳐나가자 그의 주먹을 여유있게 막은 극락선인이 광소를 터뜨렸다.

"오냐! 반쪽짜리 공력의 친구들을 믿었다면 진정한 천외사선의 힘이 무엇인지 똑똑히 보여주겠다!"

쿠르릉!

그가 공력을 모으자 반경 삼 장 이내로 무지막지한 돌풍이 몰아쳤다.

"이야아!"

진무도 즉시 내력을 돌렸다.

뭉클뭉클—

안개처럼 피어오르는 핏빛의 아지랑이.

혼돈혈애라 이름 지어진 희대의 강기가 그를 감싸자 극락선인이 껄껄 웃었다.

"은하도 나를 어찌하지 못할 텐데, 그까짓 강기 따위로 뭘 어찌하려느냐?"

둘의 대치를 유심히 지켜보던 누군가가 고개를 떨어뜨렸다.

"끝장이다."

누구도 모를 독백. 그리고 그는 인파 속으로 사라졌다.

자포자기의 심정이 만들어낸 힘일까? 극락선인은 엄청난 박력으로 진무를 압박했다.

"죽어라! 죽어버려!"

그의 손이 어지럽게 허공을 수놓자 수천, 수만 개의 유성이 한꺼번에 떨어지는 착각이 들 정도의 장력이 몰아쳤다.

만변무환장(萬變無環掌)!

변환의 끝에 이르렀기에 그 수를 헤아릴 수 없다는 절대의 장법!

"타앗!"

비조처럼 몸을 빼며 진무가 양팔을 들었다.

촤악!

전신에서 아른거리던 혈무가 열 개의 구슬로 뭉쳐 그의 주위를 회전하다 날아드는 장력을 덮쳤다.

인타라망!

중중무진법신으로 만들어지는 마력의 그물!

두 개의 강기가 허공에서 얽히자 섬광과 함께 진무와 극락선인이 뒤로 물러섰다.

"이놈! 셋의 힘을 모은 모양이로구나!"

깜짝 놀란 극락선인이 손바닥에 청색의 기운을 모았다.

"하지만 그 모두가 쓸모없는 일. 온전한 천외사선의 진짜 힘을 보아라……."

중얼거리며 극락선인이 어른 주먹 크기의 강기를 하나 내보냈다.

퉁—

진무도 반사적으로 법신을 쏘아내려다 동작을 멈췄다.

"멍청한 녀석, 이제 알았느냐? 혼돈혈애를 구체화시키고도 그것의 밀도를 조절할 생각을 왜 하지 못한 것이냐?"

'후웁!'

합장한 그가 주위를 도는 중중무진법신 가운데 하나에게 힘을 집중시켰다.

"가라!"

티잉—

쏜살처럼 튀어나간 핏빛의 구슬이 그보다 몇 배는 커다란 청색의 강기와 충돌했다.

퍼— 억!

잘 익은 수박을 깨뜨리듯 청색의 강기를 관통한 핏빛 구슬이 자신에게 다가오자 극락선인이 귀찮다는 듯 손을 털었다.

파악—

"꽤나 잘 배웠구나. 그렇다면 이제 여흥은 관두기로 하자."

돌변한 태도. 드디어 극락선인은 진무를 상대로 인정한 것이다.

"자, 그럼 끝을 보도록 하자."

그가 손을 들어 거대한 원을 하나 그렸다.

우우웅—

보고도 믿기 어려울 크기의 구체!

어찌 사람의 몸으로 저런 강환을 만들어낸다는 건가?

'강기라기보다는 태양에 가깝구나.'

태양처럼 커다란 강기가 이글이글 타오르자 진무가 허리춤에 주먹을 붙였다.

"자연스러움이란 그런 것이 아니다! 때론 강하기도 하고, 때로는 나약하기도 한 자신을 인정하고 받아들이는 데서부터 비롯된다는 것을 왜 몰라?"

숨을 크게 들이켜자 바삐 돌아다니던 중중무진법신이 그

의 콧속으로 빨려 들어가며 진무의 등 뒤로 핏빛의 강기가 날개처럼 돋아났다.

"가라!"

극락선인이 구체를 밀어내자 태양만큼 광휘로운 강기가 진무에게 떨어져 내렸다.

"타앗!"

핏빛의 날개를 너울거리며 진무가 태양에게 다가섰다.

쿵!

한번 디딘 발걸음에 해와 달이,

'음?'

쿠— 웅!

다시 내디딘 발길엔 구름과 바람이,

'뭐야?'

쿠— 웅! 쿵!

굳건히 버틴 두 발에 천하를 담으니 어찌 조화롭지 않을까!

'이, 이놈!'

대충 엿보았던 염왕보가 아니다. 정신 산만한 조화보는 더더욱 아니다. 그렇다면 이것이 바로…….

"불사조의 날갯짓에 염왕군림보의 조화로움이라… 과연 선자답구만!"

"입 발린 칭찬은 나중에 하시오. 아직 싸움은 끝나지 않았으니."

　보법 자체가 하나의 완벽한 무학이라는 염왕군림보로 한
걸음, 한 걸음 다가서는 진무의 위용 앞에 이글거리던 태양이
조금씩 빛을 잃었다.

　"아직은 아니다!"

　극락선인이 손을 모아 원 모양을 만들자 힘을 잃던 구체가
미친 듯이 회전했다.

　"타!"

　반쪽짜리 염왕보였기에 필요했던 일곱 걸음, 이제는 네 걸
음으로 충분하다.

　그리고 남은 건······.

　파앗!

　새처럼 화려하게 도약한 진무가 태양을 향해 돌진했다.

　콰— 직!

　아침 이슬처럼 부서지는 태양, 그리고 긴 궤적을 남기며 날
갯짓을 멈추는 진무의 모습은 태양을 머금은 봉황이 따로 없
었다.

　"허허, 약관을 겨우 지난 애송이가 나의 전능태양환(全能太
陽丸)을 깨뜨려?"

　어처구니없는 표정으로 진무를 응시하던 극락선인이 과거
에 친구였던 세 사람을 곁눈질했다.

순간적으로 치받는 감정. 미안함일까, 외로움일까?

'난 늘 혼자였지. 그리고 너희는 늘 함께였어. 하지만 다가설 수 없었다. 아무리 애를 써도 비집고 들어갈 틈이 없었어……'

사십 년의 회한이 한 번에 몰아닥치자 극락선인의 기혈이 마구 뛰놀기 시작했다.

"흐흐흐… 그래그래… 이곳에서 모조리 묻어버리자. 정이 든 한이든 모조리 파묻는 거야……."

콰르릉!

십오 년 전의 업보를 받는 건가? 어이없게도 극락선인은 친구에게 자행했던 일이 자신에게 닥쳤다는 사실조차 모른 채 광기를 흩뿌렸다. 거기에 극락제련산의 부작용까지 더해지자 그는 불가에서 말하는 아수라가 되어버렸다.

극락제련산도… 완전하지 않았다.

"다 죽자꾸나! 다!"

그가 가공할 속도로 진무에게 달려들자 모든 이들이 소리쳤다.

"위험해!"

순간 진무가 무언가를 꺼냈다.

핏!

"끅!"

극락선인의 이마에 점 하나가 새겨지며 달려들던 그대로

그는 지면에 처박혔다.

사십 년간 희대의 악행을 저지른 악인치고는 허무하기 짝이 없는 말로.

얼떨떨한 표정으로 일망성을 내려다보던 진무가 한숨과 함께 손가락에 힘을 풀었다.

떼구루루—

힘없이 굴러가는 원통.

"공자! 진무 공자 괜찮아요?"

"난 괜찮소."

달려들 듯 다가오는 우문초설을 맞이하며 힘없이 웃던 진무가 맥이 풀렸는지 주저앉았다.

웅성웅성—

갑작스럽고 황당한 전개에 모두가 진무를 바라보며 수군대는데 청아한 방울소리가 들렸다.

딸랑딸랑—

"험고화마차?"

진무가 고개를 돌리자 순백의 말이 이끄는 꽃마차가 털레털레 나타났다.

"부향주가 무슨 일로……."

급한 불은 껐지만 또 다른 분란이 야기 될지 몰라서 잔뜩 긴장한 진무가 마차를 주시하는데 마차의 문이 열렸다.

사라락—

옷깃 끄는 소리도 아름답게 유청하가 모습을 드러내자 군웅들이 환호 반, 긴장 반으로 그녀를 맞이했다.

"여러 영웅들께 유청하가 인사드립니다."

"만래고품향에서 어쩐 일로 오셨소이까?"

"역시 팔괘로가 목적인 거요?"

사람들이 긴장을 풀지 않고 질문공세를 퍼붓자 유청하가 담담히 웃었다.

"물론 만래고품향은 팔괘로에 관심이 많지요. 아주 많답니다."

잠시 말을 끊은 그녀가 부드러운 음성으로 이야기를 이었다.

"하지만 뭇 영웅들께서 원하신다면 팔괘로를 먼저 사용하세요. 그리고 원하시는 목적을 이루신다면 만래고품향에 돌려주실 것을 제안합니다. 기한은 오 년. 어떤가요?"

파격적인 건의. 마다할 이유가 없다.

"구천마련은 부향주의 제안을 수락하네."

사군휘가 고개를 끄덕이자 조선악도 동의했다.

"좋습니다, 그리하시지요."

"그럼 오 년 후에 뵙겠어요."

명쾌하기 짝이 없는 태도. 간단하게 상황을 정리한 그녀가 마차에 오르려다 우연처럼 사하를 바라보았다.

"꼭 오 년 후가 아닐 수도 있겠네요."

사하의 얼굴이 홍시처럼 불타오르자 싱긋 웃은 그녀가 마차와 함께 사라졌다.

　융중산의 혈겁은 그렇게 막을 내렸다.

　"처음부터 약로를 의심했나요?"

　우문초설의 물음에 진무가 어깨를 으쓱였다.

　"설마… 내가 타심통을 익힌 사람도 아닌데 어찌 알았겠소?"

　"그럼 언제인가요?"

　"총교두에게 암습 당시의 상황을 듣고 확신했지."

　"암습 당시의 상황?"

　"그렇소. 총교두는 산발한 여인이 그 어떤 기척도 없이 나타났다고 했소. 하지만 그건 물리적으로 불가능한 일이요. 물론 한 가지의 경우라면 가능하지."

　진무가 눈썹을 모으자 우문초설이 종달새처럼 답했다.

　"절대적인 고수가 강기막을 펼쳐 공간 자체를 막는 것?"

　"바로 그거요. 총교두가 회상하기를 이질적으로 느껴질 정도의 적막감이 흘렀다고 했소. 수십 명이 돌아다니는 공간에서 그런 일이 가당키나 하겠소?"

　"그리고 사하 공자와 함께 있었던 사람은 단 한 명……."

　"약로, 능용헌이었지. 또한 나와 총교두의 행보를 그렇게 들여다볼 수 있는 위치의 인물 역시 약로밖에 없었다오."

"그렇다면……."

"탈취당한 상자에 아마도 팔괘로가 담겨 있었겠지. 우습게도 나와 총교두는 그를 위해서 열심히 열쇠를 수집하고 다닌 격이고."

헛웃음을 흘리며 진무가 맥 빠진 음성으로 중얼거렸다.

"마지막 열쇠를 소유했으니 느긋했던 거지. 육잠화를 완성시키려면 결국 자기를 찾아올 수밖에 없다는 걸 약로, 아니, 극락선인은 너무나 잘 알고 있었으니까. 즉, 팔괘로는 애초부터 그의 손에 들어갈 운명이었던 거요."

진무의 처량한 회고에 우문초설이 눈썹을 모았다.

"하면 유 부향주에게 정보를 흘리고 료료라는 사내를 시켜 주 대인의 집을 습격한 이유는 뭐지요?"

"나와 총교두의 마음을 최대한 다급하게 만들어서 생각이라는 걸 하지 못하도록 재촉한 거라오. 우리 말고도 최소 두 군데의 세력에서 육잠화를 원한다는 걸 알게 되자 초조해진 나와 총교두는 열쇠를 얻는 것에만 정신이 팔려서 다른 건 돌아보지도 못했으니까."

진무의 분석에 고개를 끄덕인 우문초설이 눈을 감았다.

"근데 정도맹의 털북숭이 아저씨한테는 무슨 장난을 친 거예요?"

"쪽지 하나 건넸소."

"쪽지?"

"여자 살인마가 여기 있다고 알려줬지. 물론 일각 후에 펴보라고는 했지만."

"손 안 대고 코 풀었군요?"

"푸하하하!"

진무가 기분 좋게 웃자 우문초설이 콧등을 찡긋거렸다.

"유청하라는 사람 참으로 현명한 여인이더군요. 몇 마디 말로 중원과의 불화를 순식간에 잠재웠잖아요. 또한 극락선 인마저 사라진 마당에 팔패로의 쓰임새는 장인들에게나 통할 판이니 그녀는 원하는 바도 이룬 것이고요."

"비단 현명할뿐더러 아름답지 않소? 정말 매력적인 여인이지."

"오호, 그런가요?"

진무가 놀리자 우문초설이 나지막이 코웃음을 흘렸다.

"근데 말이에요, 진 공자는 제 성격을 아직 잘 모르지요?"

모른다. 그렇게 희한한 조건에서만 만났는데 어찌 성격을 알 수 있을까?

변변한 대화 한번 나누지 못했는데.

"또한 해 지부장인지, 변태인지가 와 저를 보고 얼어붙었는지도 모르지요?"

무슨 말을 하는지 알 길이 없어서 진무가 고개를 젓자 우문초설이 싸늘하게 웃었다.

"저는 보통의 인간 남성은 존중하지만 욕정에 머리를 파묻은 인간 남성에게는 매우 가혹한 처벌을 내린답니다."

"무, 무슨 처벌을 내린다는 거요?"

"어머, 뭘 그리 놀라는 거예요? 설마하니 제가 사람을 죽이기야 했겠어요? 그저 따끔한 응징을 선사했을 뿐이지."

그러니까 그 응징이 뭐냐고!

푸석푸석해지는 진무의 얼굴을 음미하며 우문초설이 아무렇지 않게 말했다.

"서로 간에 대화가 가능할 정도로 훈계를 한 후, 반성하라는 차원에서 옷을 벗겨서 삼 장 높이의 나무에 매달아둔답니다. 물론 반항을 한다면 훈계의 범위는 가일층 넓어지겠지요."

뜨악한 표정으로 진무가 우문초설을 바라보았지만 그녀는 별일 아니라는 듯 어깨를 으쓱 들어 올렸다.

"그러다 보니 본의 아니게 묘한 별칭도 얻었지요."

어쩐지 등골이 서늘해서 진무가 마른침을 꿀꺽 삼켰다.

"혹시 들어보셨는지 모르겠네요. 고공소저라고."

고공소저의 만행에 가까운 응징을 어찌 모르겠는가. 그녀가 우문초설이라는 것을 몰랐다는 게 문제지.

'바람이 아니라 기녀가 있는 술집이라도 갔다간 나무에 매달릴 판이로군.'

허무하게 웃는 진무의 머리를 쓰다듬으며 우문초설이 부

드럽게 말했다.

　"평소에는 꿀처럼 달콤한 여자니까 걱정할 것 없어요, 평소에는."

　어련하시겠습니까, 마님…….

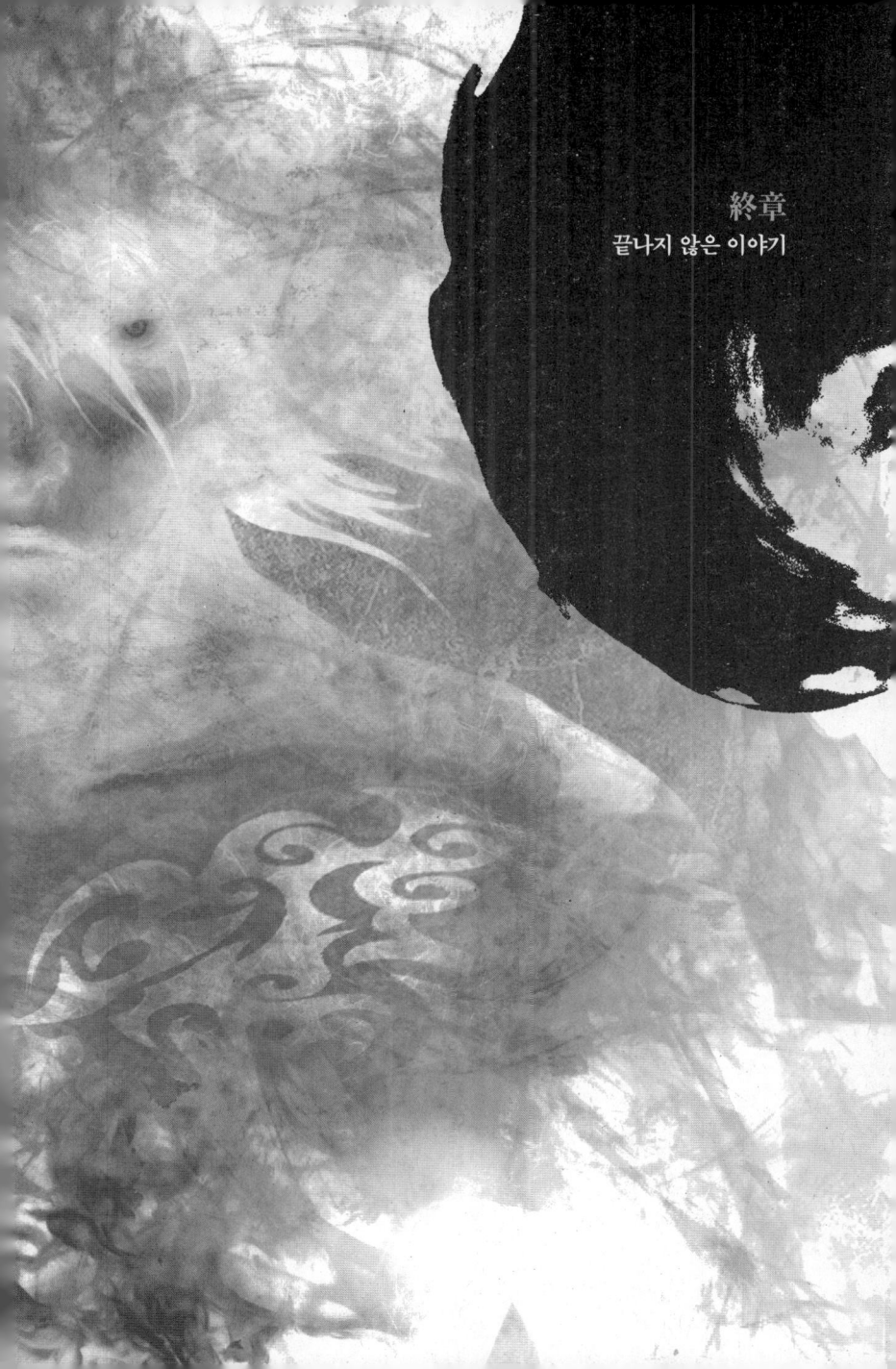

終章
끝나지 않은 이야기

염왕진무
閻王眞武

하나

빛 한 점 들어오지 않는 깜깜한 방.

구석에 웅크린 사람 하나가 중얼거리고 있었다.

"헤헤헤, 결국 나를 다시 찾게 되었잖아."

"면목이 없군."

"결국 너는 나한테서 자유로울 수 없다니까. 그냥 이렇게 살아야 해."

"그런가……."

사람은 한 명, 목소리는 두 개. 그렇다면 한 사람이 두 가지의 목소리를 낸다는 소리인가?

"사실 너는 그런대로 잘해왔어. 정도맹의 자금과 정보력을 이용해서 사분오열이었던 무림 상권을 통일하여 막후 실력자로 군림했지. 물론 그것이 가능했던 건 어디까지나 네가 정도맹 총단 내당당주였기에 가능했던 일이고."

쿵!

사해상방의 결성에 관련된 비사가 흘러나오는 순간이다. 대체 이 사람이 누구이기에 이토록 치밀한 계획을 세워 무림 상권을 장악했단 말인가?

"또한 사욕에 눈먼 타락한 신선, 극락선인을 충동질하여 하늘 밖의 인물과도 같았던 천외사선마저 처리했지."

어린 음성의 말대로라면 극락선인 역시 이자의 손에서 놀아났다는 것이다.

"마지막으로 뇌로를 죽이고, 주변 인물들을 정리하여 사해상방에 머물렀던 흔적을 깨끗이 지우고 정도맹으로 복귀한다, 그리고 팔패로와 극락선인을 내세워 정과 패의 싸움을 유도한다… 뭐, 나름 훌륭했어. 변수만 발생하지 않았더라면 너의 계획은 성공리에 마무리되었을지도 몰라."

"그래, 변수! 진무 그노옴!"

중년의 목소리에 노기가 어리자 어린 목소리가 달래듯 종알거렸다.

"맞아. 그 자식한테 모든 것이 주어져 버렸어. 천외사선 가운데 셋의 힘, 사람들의 믿음, 무엇보다 아빠의 사랑까지도."

"아버지 얘기는 입에 담지도 말아!"

으르렁거리는 중년의 목소리에 어린 음성이 살짝 뒤로 빠졌다.

"괜찮아, 괜찮아. 비록 극락선인을 추대하는 척하다가 그의 뒤통수를 쳐서 정패대전(正覇對戰)을 일으키는 것으로 무림을 지워 버리려던 계획은 수포로 돌아갔지만 우리의 정체는 아무도 모르니 다시 시작할 수 있어."

"그럴까……."

"물론이지. 너는 명망있는 무림인이고, 사해상방에서 꿍쳐 놓은 돈도 많잖아. 무엇보다 저 여자……."

반대편에 매달려 있는 여인, 실종된 해월이었다!

"나는 잘 모르는데 인간을 타락시키는데 육욕처럼 효과적인 수단이 없다고 하더라? 아, 그리고 어차피 선인이 애(愛)와 오(惡), 그리고 욕(慾)을 만들면서 배당받은 여자니까 이번 일에 투입하지 않은 걸 미안해할 필요는 없어."

"으음……."

조금은 안정되는 중년의 목소리에 힘을 얻은 어린 음성이 나지막하게 속삭였다.

"그러니까 다시 시작하는 거야. 무림이라는 곳을 없애 버리자고. 무림 때문에 아들을 돌보지 않는 아빠들이 생기지 않게."

슬그머니 쳐든 얼굴, 그는 현 무림맹주 조선악이었다!

"아들을 돌보지 않는 아버지들이 생기지 않게……."

같은 말을 반복하며 어린 조선악이 엄지를 입가에 가져갔다.

"무림을… 없애 버리는 거야……."

장년의 조선악이 앵무새처럼 말을 따라 했다.

찜찜한 여운을 남기며 그의 음성이 어둠 속에서 흩어졌다. 빛 한 점 없는 방은 조선악의 마음처럼 공허하기 짝이 없었지만 그렇게 더욱 위태로웠다.

"무림을… 없애……."

둘

따사로운 양광에 취한 사내 하나가 이름 모를 정자에 앉아 꾸벅꾸벅 졸다 산새 지저귀는 소리에 슬며시 눈을 떴다.

반짝—

햇빛에 무언가가 반사되어 산산이 흩어졌지만 그것은 처음부터 없었던 현상처럼 흔적도 없이 소멸되었다.

"아아… 참으로 나른한 날입니다."

중얼거린 사내가 슬그머니 일어섰다.

"대단한 무엇을 기대했는데 융중산의 일도 저의 허무함을 채우기에는 역부족이었지요."

독백이 특기인지 사내는 들어주는 이 하나 없는 공간에서 말을 이었다.

"흐아아—"

고양이처럼 기지개를 켠 사내가 습관적으로 단편안경을
또 들어 올렸다.

반짝—

다시 한 번 부서지는 햇살.

무엇으로도 채워지지 않는 허무.

공허함을 이기지 못하고 자신의 배를 문지른 사내가 휘적
휘적 걸음을 옮겼다.

"오늘은 어디를 가야 재미난 일을 마주하게 될까요. 아아,
당분간은 지옥과도 같은 평화가 이어질 텐데. 참으로 아쉬운
일입니다."

흐느적흐느적 걸음을 옮기는 료료의 발걸음은 말과는 달
리 유쾌함이 묻어났다.

…오늘은 허무하지만 언제나 그러하리라는 법은 없겠지
요. 안 그렇습니까, 진무 공자?

『염왕진무』終

저작권 보호!!
장르문학의 성장에 힘이 되어주십시오.

저작물의 무단 전재와 복제, 불법 다운로드!
이것은 관심이 아니라 무관심입니다!

작가님들은 창의적 열정과 시간을 투자해 자신의 꿈과 생계를 유지합니다.
한 권의 책을 만들어 많은 사람들은 자신의 인생과 미래를 설계합니다.

저작물 속에는 여러 사람의 노력과 희망이
담겨 있습니다!

저작물의 무단 전재와 복제, 불법 다운로드는 여러 사람들의 꿈과 생계를
위협함으로써 장르문학을 심각한 상황에 빠뜨리고 있습니다.

이제는 무관심이 아니라 관심으로 장르문학의
성장에 힘이 되어주세요.

[도서출판 **청어람**은 항시적인 저작권 보호를 통해 장르문학과
여러분의 희망을 지키겠습니다.]

도서출판
청어람

장영훈 新무협 판타지 소설

절대강호
絶代强虎

보표무적, 일도양단, 마도쟁패, 절대군림에 이은
장영훈의 다섯 번째 강호 이야기.
절대강호(絶代强虎)!!

악의 집합체 사악련에 맞선 정파강호의 상징 신군맹.
신군맹이 키운 비밀병기 십이귀병, 그들 중 최강의 실력을 지닌 적호.

"우리가 세상을 얻기 위해 자식을 죽일 때…
그는 자식을 위해 세상과 싸우고 있어. 웃기지?"

신군맹 후계 자리를 차지하기 위한 대공자와 삼동녀의 치열한 암투 속에서
오직 딸을 지키기 위한 적호의 투쟁이 시작된다.

"맹세컨대, 내 딸을 건드리면…
상상도 할 수 없는 일이 벌어질 거야."

Book Publishing CHUNGEORAM
유행이 아닌 자유추구 -
WWW.chungeoram.com

김용희 新무협 판타지 소설

天府天下
천부천하

강호와 천하를 삼킨 천부(天府).
천부천하를 뒤흔든 게을러빠진 천재가 나타났다!

어떤 무공이든 한눈에 익힐 수 있는 공전절후한 무위,
좌수(左手) 마두, 우수(右手) 대협으로 펼치는 독창적인 무쌍류,
빼어난 요리 실력과 정도를 아는 횡령(?)까지.
놀라운 재능을 가진 무림의 신성 이무쌍!

그가 친우(親友) 소운과 자신의 안락함을 위해 강호에 섰다!
가슴 따뜻한 무쌍의 인정 넘치는 이야기.
천부천하(天府天下)!

Book Publishing CHUNGEORAM

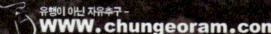 유행이 아닌 자유추구 —
WWW.chungeoram.com

Dragon order of FLAME 폭염의 용제

김재한 판타지 장편 소설

「사이킥 위저드」, 「마검전생」의 작가 김재한!
그가 그려내는 새로운 액션 히어로가 찾아온다!

모든 것을 잃고 복수마저 실패했다.
최후의 일격마저 막강한 레드 드래곤 앞에서 무너지고,
죽음을 앞에 둔 그에게 찾아온 또 하나의 기회!

"네 운명에 도박을 걸겠다."

과거에서 다시 눈을 뜬 순간,
머릿속에 레드 드래곤의 영혼이 스며들었을 때,
붉은 화염을 지배하는 용제가 깨어난다!

강철보다 단단한 강체력을 몸에 두른
모든 용족을 다스리는 자, 루그 아스탈!

세상은 그를 '폭염의 용제' 라 부른다!

Book Publishing CHUNGEORAM

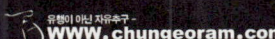
유행이 아닌 자유추구 -
WWW.chungeoram.com

임영기
新무협 판타지 소설

대중원 大中原

천룡(天龍)이 지상으로 내려왔다.
구름과 바람과 영웅들이 모여든다.

운종룡풍종호(雲從龍風從虎).

천룡이 가는 곳에 **구름**이 가고,
범이 가는 곳에 **바람**이 간다.

천룡은 구름과 바람을 일으켜
대중원(大中原)을 호령한다.

Book Publishing CHUNGEORAM